Stefan Zweig

Emile Verhaeren

Stefan Zweig: Emile Verhaeren

Erstdruck: Insel Verlag, Leipzig, 1910

Neuausgabe
Herausgegeben von Karl-Maria Guth
Berlin 2016

Der Text dieser Ausgabe folgt:
Insel Verlag, Leipzig, 1913

Die Paginierung obiger Ausgabe wird hier als Marginalie zeilengenau mitgeführt.

Umschlaggestaltung von Thomas Schultz-Overhage unter Verwendung des Bildes: Emile Verhaeren beim Schreiben, Théo van Rysselberghe, 1915

Gesetzt aus der Minion Pro, 11 pt

Verlag: Henricus - Edition Deutsche Klassik GmbH
Mörchinger Str. 33, 14169 Berlin, info@henricus-verlag.de
Druck: Libri Plureos GmbH, Friedensallee 273, 22763 Hamburg

Die Ausgaben der Sammlung Hofenberg basieren auf zuverlässigen Textgrundlagen. Die Seitenkonkordanz zu anerkannten Studienausgaben machen Hofenbergtexte auch in wissenschaftlichem Zusammenhang zitierfähig.

ISBN 978-3-8430-8578-6

Bibliografische Information der Deutschen Nationalbibliothek

Die Deutsche Nationalbibliothek verzeichnet diese Publikation in der Deutschen Nationalbibliografie; detaillierte bibliografische Daten sind im Internet über www.dnb.de abrufbar.

Inhalt

Son tempérament, son caractère, sa vie, tout conspire à nous montrer son art tel que nous avons essayé de le définir. Une profonde unité les scelle. Et n'est-ce pas vers la découverte de cette unité-là qui groupe en un faisceau solide les gestes, les pensées et les travaux d'un génie sur la terre que la critique, revenue enfin de tant d'erreurs, devait tendre uniquement?

Verhaeren, Rembrandt 5

Erster Teil: Entscheidungen

Les Flamandes / Les Moines / Les Soirs / Les Débâcles / Les Flambeaux noirs / Aux Bords de la Route / Les Apparus dans mes Chemins

1883–1893

Die neue Zeit

Tout bouge – on dirait, des horizons en marche.

E. V.

Anders ist unsere Zeit, anders das Empfinden dieses unsres Augenblickes in der Ewigkeit, als das Lebensgefühl all unserer Ahnen. Unbewegt und alterslos ist nur die ewige Erde geblieben, das dunkle Feld, auf dem der eintönige Schein der Jahreszeiten Blüte und Welken in regelmäßigem Reigen abteilt, unveränderlich nur das Wirken der Elemente und das rastlose Überschwingen vom Tag zur Nacht. Aber anders ist ihr geistiges Antlitz geworden, alles das, was dem Werke des Menschen unterliegt. Ist anders geworden, um wieder anders zu werden. Immer schneller scheint sich dieser Wandel der kulturellen Phänomene zu vollziehen, nie war die Spanne von hundert Jahren so groß, so inhaltsreich wie die bis zur Schwelle dieser unserer Tage. Städte sind jäh aufgewachsen, so groß und verwirrend, so undurchdringlich und so endlos, wie es einst nur die Urwälder waren, die nun schwinden und bebautes Land werden. Immer mehr gewinnt das menschliche Werk die Grandiosität und das Elementare, das einst nur Geheimnis der Natur war. Der Blitz ist in ihren Händen und der Schutz vor den Plötzlichkeiten des Wetters; Länder, die einst auseinanderklafften, sind zusammengeschmiedet durch den eisernen Reifen, den man der Meerenge überwölbte; Meere sind wieder vereinigt, die sich seit Jahrtausenden vergeblich suchten; in der Luft baut sich nun ein neuer Weg von Land zu Land. Alles ist anders geworden.

»Tout a changé: les ténèbres et les flambeaux,
Les droits et les devoirs ont fait d'autres faisceaux,
Du sol jusqu'au soleil, une neuve énergie
Diverge un sang torride en la vie élargie. –
Des usines de fonte ouvrent, sous le ciel bleu,
Des cratères en flamme et des fleuves en feu;
Des rapides vaisseaux, sans rameurs et sans voiles,
La nuit sur les flots bleus, étonnent les étoiles;
Tout peuple reveillé, se forge une autre loi,
Autre est le crime, autre l'orgueil, autre est l'exploit.«

9

Anders ist das Verhältnis des Einzelnen zum Einzelnen, des Einzelnen zur Gesamtheit geworden, schwerer und wieder leichter das Netz der sozialen Gesetze, schwerer und wieder leichter unser ganzes Leben.

Aber noch ein Größeres ist geschehen. Nicht nur die wirklichen Formen, die vergänglichen Tatsächlichkeiten des Lebens sind verwandelt, wir wohnen nicht nur in andern Städten, andern Häusern, gehen in andern Kleidern, sondern auch das Unendliche über uns, das scheinbar Unerschütterliche ist anders geworden als für Eltern und Voreltern. Wo sich Tatsächliches ändert, ändert sich auch das Relative. Die elementarsten Formen unseres Begreifens, Raum und Zeit, sind verschoben. Anders ist der Raum geworden, denn wir messen ihn mit neuen Geschwindigkeiten. Wege, die unsere Vorväter noch in Tagen machten, führt nun eine einzige rasche Stunde; zu warmen blühenden Ländern, die einst getrennt waren durch langwierige Mühsale und Reisen, trägt uns eine einzige flüchtige Nacht. Die abenteuerlichen Wälder der Tropen mit ihren fremden Sternenhimmeln, die zu sehen die Früheren mit einem Jahre ihres Lebens bezahlten, sind uns plötzlich nahe und erreichbar. Anders messen wir mit diesen anderen Geschwindigkeiten das Leben. Siegreicher wird die Zeit über den Raum. Andere Distanzen hat auch der Blick gelernt, der in kalten Sternbildern plötzlich versteinerte Formen der Urlandschaften erkennt, tausendfach stärker scheint die menschliche 10 Stimme zu sein, seit sie über Tausende Kilometer hin freundschaftliche Gespräche führen kann. Anders empfinden wir die Umspannung der Erde in diesem neuen Verhältnis der Kräfte, und neu wird auch für uns der Rhythmus des Lebens, seit sein Takt heller und schleuniger schlägt. Mehr und doch weniger wird uns die Spanne von Frühling zu Frühling, mehr und weniger die einzelne Stunde, mehr und weniger unser ganzes Leben.

Und mit neuen Gefühlen müssen wir darum auch diese neue Zeit begreifen. Denn wir empfinden alle, daß wir nicht mit den alten Vorvätermaßen das Neue messen dürfen, nicht mit verbrauchtem Gefühl das Neue erleben, daß wir uns ein anderes Distanzgefühl, ein anderes Zeitgefühl, ein anderes Raumgefühl entdecken müssen, daß wir zu diesem nervösen, fiebernden Takt rings um uns eine neue Musik finden müssen. Dieses neugeborene menschliche Bedingtsein heischt eine andere Moral, das neue Beisammensein eine neue Schönheit, das neue Untereinandersein eine neue Ethik. Und dieses andere Gegenüberstehen einer anderen erneuten Welt, einem anderen Unbekannten, will eine neue Religion, einen neuen Gott. Dumpf quillt in uns allen ein neues Weltgefühl.

Ein Neues aber will in neue Worte geprägt sein. Eine andere Zeit will andere Dichter, Dichter, deren Anschauungen an ihren Raumverhältnissen entstanden sind, Dichter, die, um dieses neue Verhältnis auszudrücken, mitschwingen in diesem fiebernden Kreislauf des Lebens. Aber die meisten unserer Dichter sind zag. Sie fühlen den Mißton ihrer eigenen Stimme mit dem der Wirklichkeiten, fühlen sich noch nicht eins, noch nicht selbstverständlich in dem neuen Organismus, sie ahnen dumpf, daß ihre Sprache noch nicht die unserer Lebensstunde ist. Wie Fremde, wie Verschlagene stehen sie in den großen Städten. Schreckhaft und fremdartig sind ihnen die großen rauschenden Ströme der neuen Gefühle. Willig nehmen sie all den Luxus und allen Komfort des modernen Lebens hin, gern nützen sie die Bequemlichkeit der Technik und der Organisation aus, aber poetisch lehnen sie alle diese Phänomene ab, weil sie sie nicht bewältigen können. Sie schrecken vor der Aufgabe zurück, eine Umwertung des Poetischen vorzunehmen, das dichterisch Neue in den neuen Dingen zu empfinden. Und so gehen sie abseits. Sie flüchten vor dem Wirklichen, vor dem Zeitgenössischen zu dem Ewigen zurück, zu dem, was unberührt blieb vom ewigen Wandel, besingen die Sterne, den Frühling, das ewig gleiche Rauschen der Quellen, den Mythos der Liebe, flüchten zu den alten Symbolen, den alten Göttern. Nicht aus dem Augenblick, aus der feurig fließenden Masse greifen und formen sie das Ewige, sondern graben seine Symbole immer noch aus der kühlen Erde der Vergangenheit, wie alte griechische Statuen. Sie sind darum nicht wertlos, aber sie geben im besten Fall ein Wichtiges, nie ein Notwendiges.

Denn ein Dichter, der unserer Zeit notwendig sein will, kann nur derjenige werden, der selbst wieder alles in dieser Zeit als notwendig und darum als schön empfindet. Einer, dessen ganzes dichterisches und menschliches Bemühen es wäre, einen Gleichtakt des eigenen Gefühles mit den zeitgenössischen Gefühlen zu erstreben, den Rhythmus seines Gedichtes nichts anderes sein zu lassen, als Nachhall vom Rhythmus der lebendigen Dinge, das Tempo sich lehren zu lassen vom Takt unserer Tage und in seine zuckenden Adern das Blut unserer Zeit einströmen zu lassen. Er muß darum den alten Idealen nicht fremd sein, wenn er neue zu schaffen sucht, denn jeder wahre Fortschritt ruht auf tiefstem Verständnis der Vergangenheit. Der Fortschritt muß für ihn im Sinne Guyaus die Fähigkeit sein, »le pouvoir lorsqu'on est arrivé à un état supérieur d'éprouver les sensations et les émotions nouvelles, sans cesser d'être encore accessible à ce que contenaient de grand ou de beau ses précédants émotions«. Groß kann ein Dichter in unserer Zeit nur werden, wenn er sie in seinen Gefühlen als groß begreift. Was seine Zeit beschäftigt, muß ihn beschäftigen, ihr soziales Problem muß seine persönliche Angelegenheit werden. In einem solchen Dichter würden die späteren Generationen dann erkennen, wie der Mensch aus der Vergangenheit her sich den Übergang zu ihr erkämpft hat, wie man in jener schon verloschenen Minute um die seelische Identität des eigenen Gefühles mit dem Weltgefühle gerungen hat. Und selbst wenn die großen Werke eines solchen Dichters im einzelnen schon zersplittert sind, seine Gedichte veraltet, seine Bilder verblaßt, bleibt noch das Wertvollere, das Unsichtbare seiner Absicht, die Melodie, der Atem, der Rhythmus seiner Zeit, gleichsam in graphischem Bilde bewahrt. Solche Dichter, die der zukünftigen Generation Wegweiser werden, sind im tieferen Sinne auch die Bedeutungsvollsten der eigenen Epoche. Und darum ist es heute an der Zeit, von Emile Verhaeren zu reden, dem Größten und vielleicht dem Einzigen der Modernen, die das bewußte Gefühl des Zeitgenössischen dichterisch empfunden, dichterisch gestaltet haben, dem Ersten, der mit unvergleichlicher Begeisterung und unvergleichlicher Kunst unsere Zeit zum Gedichte versteinert hat.

Im Werke Verhaerens spiegelt sich unsere Epoche. Die neuen Landschaften sind darin, die finsteren Silhouetten der großen Städte, die drohende Brandung der demokratischen Masse, die unterirdischen Schächte der Bergwerke, die letzten schweren Schatten der schweigsamen sterbenden Klöster. Alle geistigen Gewalten unserer Zeit, ihre Ideologie ist hier Gedicht geworden, die neuen sozialen Ideen, der Kampf des Industrialismus mit dem Agrariertum, die vampirische Gewalt, die das Landvolk von den gesunden Feldern in die brennenden Steinbrüche der Großstadt lockt, die Tragik der Auswanderer, die finanziellen Krisen, die blendenden Resultate der Wissenschaft, die Synthesen der Philosophie, die Errungenschaften der Technik, die neuen Farben der Impressionisten. Alle Manifestationen der Neuzeit sind hier im Dichterischen, im Seelischen reflektiert in ihrer Wirkung auf das zuerst verwirrte, dann verständnisvolle und dann begeisterte Gefühl des neuen Europäers. Wie dieses Werk entstanden ist, aus welchen Widerständen und Krisen sich hier ein Dichter das Gefühl von der Notwendigkeit und dann von der Schönheit der neuen Weltform erzwungen hat, wird nun zu sagen sein. Will man heute Verhaeren einreihen, so wird man seinen Platz nicht so sehr unter den Dichtern finden. Er steht nicht so sehr neben ihnen oder über ihnen, die Kunstschmiede geworden sind, Kunsthandwerker, Musiker und Maler, sondern neben den großen Organisatoren, jenen, die die neuen sozialen Ströme in Dämme gepreßt haben, neben den Gesetzgebern, die den Zusammenstoß der aufflammenden Energien zu ordnen und zu vermeiden suchen, neben den Philosophen, die in genialer Synthese all diese tausendfach verwirrten Triebe ordnen und vereinen wollen. Seine Dichtung ist der Versuch einer dichterischen Weltschöpfung, ist ein Wille zu neuen Formen, neuer Ästhetik und neuer Begeisterung. Er ist nicht nur der Dichter, auch der Prediger unserer Zeit. Als Erster hat er sie als schön empfunden, nicht aber wie die Schönfärber, die geflissentlich das Dunkle wegretuschieren und das Helle verstärken, sondern er hat sie – und es wird zu zeigen sein, mit wie schmerzlicher und intensiver Anspannung – nach ursprünglicher hartnäckigster Ablehnung endlich als notwendig begriffen und den Begriff ihrer Notwendigkeit, ihrer Absicht zur Schönheit gewandelt. Er hat nach vorn und nicht mehr nach rückwärts geschaut. Als den Gipfel alles Vergangenen und als Wendung gegen die Zukunft hin, ganz im Sinne der Entwicklung, im Sinne Nietzsches, empfindet er unser Zeitalter hoch über den Vergangenheiten. Manchen wird dies vielleicht zuviel erscheinen, die unser Zeitalter gern ein armes, ein kleines nennen, als ob sie innerlich von Größe oder Kleinheit der Früheren wüßten. Denn jedes Zeitalter wird nur groß durch die Menschen, die nicht an ihm verzweifeln, wird nur groß durch seine Dichter, die es als groß empfinden, durch Staatenlenker, die ihm ein Gewaltiges Zutrauen. Von Shakespeare und Hugo sagt Verhaeren: ils grandissaient leur siècle. Sie schilderten es nicht mit der Perspektive der anderen, sondern aus ihrer eigenen Größe heraus. Si plus tard, dans l'éloignement des siècles, ils semblent traduire mieux que personne leur temps c'est qu'ils l'ont recréé l'après leur cerveau et qu'ils l'ont imposé non pas tel qu'il était, mais tel qu'il l'ont déformé. Aber indem sie es erhoben, indem sie selbst flüchtige Geschehnisse ihrer Tage in eine weite Perspektive emporführten, sind sie selbst groß geworden. Während die Verkleinerer und die Gleichgültigen selbst immer kleiner werden mit der Entfernung der Jahrhunderte, während sie in sich zusammensinken und zersplittern, kann man an solchen Dichtern so wie an den leuchtenden Uhren der Türme die 15 Stunde der Zeit einmal aus großer Ferne lesen. Bleibt von den andern kleiner Besitz, ein paar Gedichte, Sprüche und vielleicht ein Buch, so bleibt von diesen ein wichtigeres: die große Anschauung, die große Idee einer Zeit, jene Musik des Lebens, nach der die Zagen und Kleinen der nächsten Epoche wieder sehnsüchtig zurücklauschen werden, weil sie wieder nicht imstande sein werden, den Rhythmus ihrer eigenen zu verstehen. Durch diese Art der begeisterten Vision ist Verhaeren der große Dichter unserer Zeit geworden, dadurch, daß er sie nicht nur schilderte, sondern sie bejahte, daß er die neuen Dinge nicht in ihrer Tatsächlichkeit betrachtete, sondern feierte als eine neue Schönheit. Er hat alles Seiende unserer Epoche bejaht, alles und selbst den Widerstand, den er nur als willkommene Mehrung des kämpfenden Lebensgefühles empfunden hat. Die ganze Luft unserer Zeit scheint eingepreßt in die dichterische Orgel seines Werkes, und wenn er an die hellen oder dunklen Tasten rührt, wenn er laut oder leise ein Gefühl zum Anschwingen bringt, immer schwingt ihre rauschende Gewalt in seinen Gedichten mit. Während die andern Dichter immer matter und leiser wurden, immer abgesonderter und verzagter, ist die Stimme Verhaerens immer lauter und lebendiger geworden, wirklich wie eine Orgel, voll von priesterlichen Klängen und der mystischen Gewalt des großen Gebetes. Eine geradezu religiöse Gewalt, aber nicht eine des Verzagens, sondern eine des Vertrauens und der Freude geht von ihr aus. Rascher, heller, frischer fühlt man das Blut in den Adern kreisen, liest man seine Gedichte, farbiger, belebter, schenkender und schöner erscheint einem unsere Welt, reicher, männlicher und jünger lodert, befeuert vom Fieber seiner Verse, unser Lebensgefühl. 16

Weil aber unser Leben gerade heute nichts notwendiger braucht als Erfrischung und Verjüngung des Lebensgefühles, darum müssen wir – weit über alle literarische Bewunderung hinaus – seine Bücher lieben, darum muß von diesem Dichter gesprochen werden mit all jener freudigen Begeisterung, die wir erst aus seinem Werke für unser Leben gelernt haben.

Das neue Belgien

Entre la France ardente et la grave Allemagne.

E. V.

Belgien ist eine Wegkreuzung Europas. Wenige Stunden führen von Brüssel, dem Herzen des eisernen Geäders, nach Deutschland, Frankreich, Holland und England und dann von der Küste hin auf der pfadlosen Ebene des Meeres zu allen Ländern und allen Rassen. Klein ist die Fläche des Landes und spiegelt so übersichtlich in charakteristischer Verkürzung unendliche Vielfalt. Alle Gegensätze stehen sich knapp und scharfkonturiert Stirn an Stirn gegenüber. Der Zug braust durch: jetzt vorbei an den Kohlengruben, an den Hochöfen, die in den aschfarbenen Himmel das feurige Wort der Arbeit schreiben, jetzt durch gelbe Felder oder grüne Wiesen, wo schön gefleckte Kühe grasen, jetzt durch die großen Städte, die mit vielen Schornsteinen zum Himmel weisen, und schließlich ans Meer, den Rialto des Nordens, wo Berge von Frachten kommen und gehen und der Handel mit tausend Händen schaltet. Belgien ist Agrarland und Industrieland, zugleich konservativ katholisch und sozialistisch, gleichzeitig arm und reich. Immense Vermögen sind aufgestapelt in den Riesenstädten, und zwei Stunden davon fristet bitterste Armut in Minen und Scheunen erbärmliches Leben. Und in den Städten wieder stehen sich größere Gewalten ringend gegenüber: Tod und Leben, Vergangenheit und Zukunft. Mönchisch vereinsamte Städte, mit schweren mittelalterlichen Wällen gegürtet, wo auf den schwarzen versumpften Kanälen einsame Schwäne wie helle Gondeln hinziehen, Städte, die wie Traum sind, kraftlos und von ewigem Schlaf umfangen. Daneben glitzern die modernen Residenzen, Brüssel mit seinen grellen Boulevards, wo funkelnde Schriftzeichen die Fassaden elektrisch auf- und niederstürzen, wo die Automobile sausen, die Straßen dröhnen und mit fiebernden

Nerven das moderne Leben zuckt. Gegensätze an Gegensätze. Von rechts schlägt die germanische Flut herein, der protestantische Glaube, von links der romanische, strenggläubige, prunkvolle Katholizismus. Und die Rasse selbst ist rastlos ringendes Produkt zweier Rassen, der flandrischen und der wallonischen. Nackt, klar, unvermittelt und wundervoll übersichtlich trotzen sich hier die Gegensätze.

Aber so stark, so unablässig ist der von beiden Seiten lastende Druck der nachbarlichen Rassen, daß diese Mischung nun schon ein neues Ferment, eine neue Rasse geworden ist. Unkennbar vermischt sind die einstigen Gegensätze in ein Werdendes und Neues. Germanen sprechen französisch, Romanen fühlen flandrisch. Pol de Mont ist trotz seines gallischen Namens ein flämischer Dichter, Verhaeren, Maeterlinck und van Lerberghe, trotzdem kein Franzose ihren Namen richtig aussprechen kann, französische. Und diese neue belgische Rasse ist eine starke Rasse, eine der tüchtigsten Europas. Die Berührung mit so viel fremden Kulturen, die Nähe so kontradiktorischer Nationen hat sie befruchtet, gesunde ländliche Arbeit ihren Körper gestählt, die Nähe des Meeres ihren Blick zu den Fernen aufgetan. Es ist noch nicht lange, daß sie ihrer selbst bewußt wurde, hundert Jahre vielleicht seit der Unabhängigkeit ihres Landes. Hundert Jahre, so jung wie Amerika, ist ihre Nation, sie lebt ihre Jünglingsjahre jetzt und freut sich der neuen, unversuchten Kraft. Und wie in Amerika hat hier die Mischung der Rassen und ein fruchtbares, gesundes Land starke Menschen gezeugt. Denn die belgische Rasse ist eine Rasse der Vitalität. Nirgends in Europa vielleicht wird das Leben so intensiv, so freudig genossen wie in Flandern, nirgends ist Sinnlichkeit und die Lust am Übermaß so sehr das Maß der Kraft. Gerade im Sinnlichen muß man sie sehen, muß sehen, wie in Flandern genossen wird, mit welcher Gier, welcher bewußten Freude und gesunden Ausdauer. Dort fand Jordaens die Modelle seiner Freßorgien, bei jeder Kirmes, jedem Totenschmaus wären sie heute noch zu suchen. Statistisch ist nachgewiesen, daß im Verbrauch von Alkohol Belgien heute an der Spitze Europas steht. Jedes zweite Haus ist ein Kabarett, ein Estaminet, jede Stadt, jedes Dorf hat seine Brauerei, und die Brauherren sind hier die Reichsten im Lande. Nirgends sind so laute, lärmende, züggellose Feste, nirgends wird so überschwenglich, so glühend das Leben geliebt und gelebt. Belgien ist das Land der gesteigerten Vitalität, war es von je. Für dieses Lebensgefühl, dieses volle, satte Genießen haben sie gerungen. Ihre heroische Tat, der große Krieg gegen die Spanier, war nur ein

Ringen nicht so sehr um die Religion, als um die sensuelle Freiheit. Diese verzweifelten Revolten, diese ungeheure Anspannung war eigentlich nicht gegen den Katholizismus gerichtet, sondern gegen seine Moral, gegen die Askese, nicht so sehr gegen Spanien als gegen die finstere Tücke der Inquisition, gegen die verschlossene, herbe, hinterlistige Art, die den Genuß verkürzen wollte, gegen den schweigsamen, kalten, mürrischen Philipp II. Sie wollten damals nichts als ihr helles, heiteres Leben beibehalten, den freien dionysischen Genuß, das Imperium der begehrlichen Sinne, wollten ihr Übermaß als Maß sich wahren. Und das Leben hat mit ihnen gesiegt. Gesundheit, Kraft und Fruchtbarkeit spürt man heute noch überall in Stadt und Land. Selbst die Armut ist hier nicht hohlwangig und entknöchert. Rotwangige, pausbäckige Kinder spielen in den Straßen, straff und stramm stehen die Bauern bei ihrem Werke, die Arbeiter selbst sind muskulös und stark wie die Bronzen des Constantin Meunier, die vielen fruchtbaren Frauen, die einem begegnen, künden schöpferische Kraft, und die ungebrochene Kraft der Greise ein lang andauerndes, sicheres Lebensgefühl. Mit fünfzig Jahren hat hier Constantin Meunier sein Lebenswerk begonnen, mit sechzig erst stehen Künstler wie Verhaeren und Lemonnier auf der Höhe ihrer schöpferischen Leistung. Unersättlich scheint die Kraft dieser Rasse, deren tiefstes Gefühl Verhaeren in ein paar stolze Strophen gemeißelt hat:

>>Je suis le fils de cette race,
Dont les cerveaux plus que les dents
Sont solides, et sont ardents,
Et sont voraces.
Je suis le fils de cette race
Tenace,
Qui veut, après avoir voulu
Encore, encore et encore plus.<<

Diese ungeheure Anspannung ist nicht vergeblich gewesen. Belgien ist heute verhältnismäßig das reichste Land Europas. Die Kongokolonie ist zehnmal so groß wie das Mutterland. Kaum wissen sie, wohin mit ihrem Kapital; in Rußland, in China, in Japan ist belgisches Geld investiert, an allen Unternehmungen sind sie beteiligt, ihre Finanziers beherrschen die Konsortien der großen Länder. Und auch der Mittelstand ist gesund, stark und zufrieden.

Solches gutes und gesundes Blut ist mehr als jedes andere befähigt, gute und vor allem lebensfreudige Kunst zu erzeugen. Denn der Drang zu künstlerischer Betätigung ist am größten in Ländern mit geringen Expansionsmöglichkeiten. Große Nationen absorbieren die Phantasie hauptsächlich für die praktische Betätigung ihrer Entwicklung. Dort drängt die Auslese der Kraft in die Politik, in die Verwaltung, zu militärischer Berufung, hier aber, wo die Politik notwendigerweise kleinlich, die Verwaltungsprobleme begrenzt sein müssen, sind geniale Naturen in ihrer Betätigung fast ausschließlich auf künstlerische Probleme angewiesen. Skandinavien ist das eine Beispiel, Belgien das andere, wo die Rückdrängung der geistigen Auslese auf Kunst und Wissenschaft die höchsten Resultate erzielt hat. Und bei solchen jugendlichen Rassen muß der Lebenstrieb jedwede künstlerische Betätigung von vornherein stark und gesund machen, und selbst wenn sie Dekadenz hervorbringen, so ist diese Abkehr, diese Verneinung so entschieden und konsequent, daß in ihrer Schwäche wieder eine Stärke liegt. Denn nur ein starkes Licht kann starken Schatten, nur eine starke sinnliche Rasse kann die wirklich großen und ernsten Mystiker erzeugen, weil eine entschiedene und zielbewußte Abkehr ebensoviel Energie erfordert wie eine Tätigkeit.

Auf breitem Fundament ruht der hochtürmige Bau der belgischen Kunst. Fünfzig Jahre galten der Vorbereitung, dem Wachsen unter der Scholle, und dann erst wurde sie in fünfzig Jahren von einer Jugend geschaffen, einer einzigen Generation. Denn jede gesunde Entwicklung ist langsam, am meisten bei germanischen Rassen, die nicht so flink, geschmeidig und geschickt sind wie die romanischen, bei denen Erkenntnis Erleben ist und nicht Erlernen. Wie ein Baum Ring an Ring, so ist diese Literatur gewachsen, tief mit ihren Wurzeln in den gesunden Boden greifend, der von jahrhundertelanger unnachgiebiger Ausdauer genährt war. Wie jedes Bekenntnis hat diese Literatur ihre Heiligen, ihre Märtyrer, ihre Meister und ihre Schüler. Der erste der Schöpfer, der Verkünder war Charles De Coster, und sein großes Epos »Tiel Uylenspiegel« ist das Evangelium dieser neuen Literatur. Sein Schicksal ist traurig wie das aller Beginner. In ihm ist die heimatliche Mischung plastischer veranschaulicht wie in allen anderen späteren. Germanischen Ursprungs, war er in München geboren, schrieb französisch und fühlte als erster belgisch. Mühsam fristete er als Lektor der Kriegsschule sein Leben.

Und als sein großer Roman erschien, war es schwer, einen Verleger zu finden, und noch schwerer, die Anerkennung oder überhaupt nur Beachtung. Und doch ist dieses Werk mit seiner wunderbaren Gegenüberstellung Uylenspiegels als des Erlösers Flanderns und Philipps II. als des Antichrists noch immer das schönste Symbol des Kampfes von Licht und Dunkel, Lust und Entsagung, ein ewiges Stück Weltliteratur, weil das Epos einer ganzen Nation. Mit einem solchen weitausblickenden Werk hat die belgische Literatur begonnen, wie die Ilias steht es mit seinen heroischen Kämpfen stolz und urweltlich am Beginne einer feineren, kultivierten, aber mehr zersplitterten Literatur. An die Stelle dieses früh Verstorbenen trat Camille Lemonnier, der mit der großen Verpflichtung auch die traurige Erbschaft der Vorkämpfer, den Undank und die Enttäuschung auf sich nahm. Auch von diesem stolzen und schönen Charakter muß man wie von einem Heros reden. Seit vierzig Jahren hat er, ein Kämpfer und ein Soldat vom ersten bis zum letzten Tage, für Belgien unermüdlich gekämpft, hat Buch an Buch gereiht, hat geschaffen, geschrieben, gerufen, gesammelt und nicht früher gerastet, bis das Adjektiv »belgisch« in Paris und Europa nicht mehr mit der Mißachtung des Provinziellen ausgesprochen wurde, bis es, wie einst der Name der Geusen, ein Ehrentitel wurde aus einer anfänglichen Schmach. Unerschrocken, durch keinen Mißerfolg entmutigt, hat dieser Prachtvolle das Land besungen, die Felder, die Minen, die Städte, die Menschen, das zornige, hitzige Blut der Burschen und der Mägde und darüber die brennende Sehnsucht nach einer helleren, freieren, größeren Religion, nach einer seligen Vereinigung mit der großen Natur. Mit der ekstatischen Farbenfreude seines erlauchten Ahnherrn Rubens, der in froher Sinnlichkeit alle Dinge des Lebens zum Feste versammelte, hat er als Wiedergenießer die Farben verschwendet, seine Freude am Grellen, Glühenden und Satten gehabt und die Kunst, wie jeder Echte, als eine Steigerung, als einen Rausch des Lebens empfunden. Vierzig Jahre hat er so geschaffen, und wunderbar, ganz wie die Männer dieses Landes, wie die Bauern, die er schilderte, so ist er stärker geworden von Jahr zu Jahr, von Ernte zu Ernte, immer heißer, lebenstrunkener und glühender seine Bücher, immer heller und zuversichtlicher sein Lebensglaube. Er war der erste, der mit bewußtem Stolz die Kraft des jungen Landes empfand, und er hat gerufen und die Stimme erhoben, bis er nicht mehr allein stand, bis eine Schar von anderen Künstlern sich um ihn reihte. Jeden von diesen hat er unterstützt und gefestigt, mit starkem Griff hat er sie in den Kampf gestellt und hat neidlos und sogar freudig den Triumph erlebt, sein eigenes Werk von erfolgreicheren Schöpfungen der Jüngeren überschattet zu sehen. Freudig, weil vielleicht nicht sein Roman, sondern dieses Erschaffen einer Literatur sein größtes und dauerndstes Werk war. Denn es war, als ob in diesen Jahren das ganze Land lebendig geworden wäre, als ob jede Stadt, jeder Beruf, jeder Stand einen Dichter oder Maler entsendet hätte, der ihn verewigen sollte, als ob dieses ganze Belgien sich in Kunstwerken einzeln hätte symbolisieren wollen, bis dann der kam, der alle Städte und Stände, die geeinte Seele des Landes umschuf zum Gedicht. Die alten germanischen Städte Brügge, Courtrai und Ypern, sind sie nicht vergeistigt in den Strophen des Rodenbach, in den Pastellen des Fernand Knopfh, den mystischen Statuen des Georges Minne? Sind die Säemänner und Minenarbeiter nicht Stein geworden in den Büsten des Constantin Meunier, glüht die große Trunkenheit nicht in den Schilderungen des Georges Eekhoud? Die mystische Kunst Maeterlincks und Huysmans' trinkt ihre tiefste Kraft aus den alten Klöstern und Beguinagen, die Sonne der flandrischen Felder glüht auf den Bildern des Theo van Rysselberghe und Claus. Das zarte Schreiten der Mädchen und das Singen der Glockenspiele ist Musik geworden in den Strophen des sanften Charles van Lerberghe, die ungestüme Sinnlichkeit einer wilden Rasse hat sich vergeistigt in der raffinierten Erotik des Felicien Rops. Die Wallonen haben in Albert Mockel ihren Vertreter, und wie viele andere wären noch zu nennen von den großen Schöpfern: van der Stappen, der Bildhauer, Hymans, Stevens, des Ombiaux, Demolder, Glesener, Crommelynck, die alle sich in sicherem, unentwegtem Vordringen die Achtung Frankreichs und Bewunderung Europas erworben haben. Denn sie gerade waren befähigt, das große komplexe und erst im Werden begriffene europäische Gefühl durchleuchten zu lassen, weil sie im Begriff der Heimat nicht nur das begrenzte belgische Land, sondern alle die Nachbarländer empfanden, weil sie Heimatliche und Weltfahrer zugleich waren: die Wegkreuzung, zu der nicht nur alte Wege führen, sondern von der auch alle ihren Ausgang haben.

Jeder von diesen hatte aus seinem Gesichtswinkel die Heimat gestaltet, eine ganze Phalanx von Künstlern Bild an Bild gereiht. Bis dann dieser Größte kam, Verhaeren, der alles in Flandern sah, fühlte und liebte, »toute la Flandre«. Und erst in seinem Werke ist es Einheit geworden, denn er hat alles besungen, Land und Meer, Städte und Fabriken, die vergangenen und erstehenden Residenzen. Nicht vereinzelt hat er dieses Flandern gefühlt als eine Provinz, sondern als das Herz Europas, hat Blutkraft von außen nach innen und von innen nach außen strömen lassen, die Horizonte hinter den Grenzen aufgetan und so lange erhöht, verbunden und in gleicher Begeisterung das Einzelne zusammengeglüht, bis aus seinem Werke ein Lebenswerk wurde: das lyrische Epos der flandrischen Welt. Was Decoster vor einem halben Jahrhundert aus dem Gegenwärtigen nicht zu bilden wagte, wo er verzagte, Stolz, Kraft und Heroismus des Lebens zu finden, da hat Verhaeren eingesetzt und ist so der »carilloneur de la Flandre« geworden, der Glöckner, der wie einst vom Wachtturme das ganze Land zur Verteidigung seines Lebenswillens und das Volk zum Stolze und zum Bewußtsein seiner Kraft aufruft.

Dies konnte Verhaeren nur schaffen, weil er selbst alle Kontraste, alle Vorzüge der belgischen Rasse darstellt. Auch er ist ein Ferment von Gegensätzen, ein zu einem Neuen überwundener Zwiespalt divergenter Kräfte. Von den Franzosen hat er die Sprache, die Form, von den Deutschen jenes Gottsuchertum, den Ernst und die Wucht, das metaphysische Bedürfnis und den pantheistischen Drang. Die politischen Triebe, die religiösen, Katholizismus und Sozialismus, haben in ihm gerungen, Großstädter ist er zugleich und Bewohner der heimatlichen Scholle, und der tiefste Trieb seines Volkes, das Unmaß und die Lebensgier, das Fieber des Wollens ist im letzten seine dichterische Kunstmaxime. Nur daß aus der Freude am Rausch hier Freude an edler Trunkenheit, an der Ekstase geworden ist, aus der Freude am blühenden Fleisch die Lust an den Farben, aus dem Toben und Tollen die Lust am donnernden, lärmenden, überschäumenden Rhythmus. Das Tiefste seiner Rasse, eine unbeugsame, durch keine Krisen und Katastrophen zu erschütternde Vitalität, ist hier Weltgesetz geworden, bewußte, gesteigerte Lebensfreude. Denn wenn ein Land stark geworden ist und sich seiner Stärke freut, braucht es wie jeder Überschwang einen Schrei, einen Jubel. Walt Whitman war der Jubel des erstarkten Amerikas, Verhaeren ist der Triumph der belgischen und auch der europäischen Rasse. Denn so stark, so glühend, so männlich ist dieses freudige Bekenntnis des Lebens, daß man fühlt, es bricht nicht aus der Brust eines Einzelnen, sondern hier freut sich ein neues, junges Volk seiner schönen und noch unerkannten Kraft.

Jugend in Flandern

Seize, dix-sept et dix-huit ans!
O ce désir d'être avant l'âge et le vrai temps,
Celui
Dont chacun dit
Il boit à larges brocs et met à mal les filles.

E. V.

Die Geschichte der modernen belgischen Literatur beginnt durch ein
Spiel des Zufalls im selben Hause. In Gent, der Lieblingsstadt Kaiser
Karls, der alten, schweren, wallumgürteten flandrischen Stadt, steht abseits von den lauten Straßen St. Barbe, das graue Kloster der Jesuiten.
Ein Kloster mit dicken, kühlen, abwehrenden Mauern, stummen Gängen,
schweigsamen Refektorien, ein wenig erinnernd an die schönen Colleges
in Oxford, nur daß hier den Wänden die heitere Ranke des Efeus fehlt
und den begrünten Höfen der buntgestickte Teppich der Blumen. Dort
begegnen sich auf der Schulbank zwei seltsame Knabenpaare in den
siebziger Jahren, vier Namen finden sich unter den Tausenden, die
später der Stolz ihres Landes sein sollten. Zuerst Georges Rodenbach
und Emile Verhaeren, dann Maeterlinck und Charles van Lerberghe.
Zwei Freundschaftspaare, die beide heute durch den Tod zerrissen sind.
Die Schwächeren, die Zarteren, Georges Rodenbach und Charles van
Lerberghe, sind gestorben, Emil Verhaeren und Maeterlinck, die beiden
Heroen Flanderns, sind mit ihrem Ruhm und ihrer Kunst noch mitten
in einem unabsehbaren Wachstum. Alle diese aber haben in dem alten
Kloster den Anfang genommen. Bei den Jesuitenpatres empfingen sie
ihre humanistische Bildung, lernten sogar Gedichte schreiben, vorerst
allerdings in lateinischer Sprache, wobei merkwürdigerweise Maeterlinck
abfiel gegen den formbewußteren van Lerberghe, Verhaeren gegen den
geschmeidigeren Georges Rodenbach. Mit Ernst und Nachdruck erzogen
sie die Patres, Vergangenes zu bewahren, Gewohntes zu glauben, in alten
Regeln zu denken und Neues zu hassen. Nicht nur dem Katholizismus,
auch dem Priestertum sollten sie gewonnen werden, diese Klostermauern
sie beschützen vor dem feindlichen Atem der neuen Welt, die in Flandern wie überall stark und stärker ihre Stimme zur Jugend wandte.

Aber es ist anders gekommen bei allen diesen, und besonders bei Verhaeren, vielleicht ebendarum, weil er als Schößling einer strenggläubigen Familie der Geeignetste war, ein Priester zu werden, weil er jede Überzeugung nicht geistig aufnahm, sondern tätig lebte, weil sein innerstes Wesen Hingebung und glühender Glaube an große Ideen war. Aber in ihm war die Stimme des freien Landes, in dem er aufgewachsen war, zu stark, der Ruf des Lebens in seinem Blut noch zu laut, um sich so früh schon von allem abzuwenden, zu unbändig sein Sinn, als daß er sich mit Gegebenem und Althergebrachtem begnügt hätte. Die Eindrücke der Kindheit waren lebendiger als die Lehren der Scholastiker. Denn Verhaeren ist am Lande geboren, in St. Amand an der Schelde (am 21. Mai 1855), mit dem Blick zu den großen Horizonten der Heide und des Meeres. Auf das glücklichste flochten hier freundliche Bedingungen den Kranz der Jugendjahre. Seine Eltern waren vermögende Leute, hatten sich aber von der lauten Stadt zurückgezogen in diesen kleinen flandrischen Winkel, ein kleines Haus war ihr Eigen, wo im Vorgarten bunte Blumen flammten. Und hart hinter dem Haus begannen schon die großen gelben Felder, die blühenden und verworrenen Hecken, und nahe war der Fluß mit seinen langsamen Wellen, die sich nicht mehr eilen, denn sie fühlen ihr Ziel, das unendliche Meer, schon nahe. Von den ungebundenen Kindertagen hat der Alternde in seinem wunderbaren Buch der »Tendresses premières« erzählt. Hat von dem Knaben, der er war, erzählt, wie er über die Felder lief, in den glitzernden Boden gefahren ist, auf die Türme geklettert, die Bauern beim Säen und Ernten beobachtete, und die Mägde belauschte, wenn sie beim Waschtrog die alten flandrischen Lieder sangen. In alle Berufe hat er gesehen, in alle Winkel gespürt. Beim Uhrmacher ist er gesessen, hat gestaunt, wie aus surrenden kleinen Rädern die Stunde wurde, wie beim Bäcker der glühende Bauch der Öfen das Korn schluckte, das tagsvorher noch in rauschenden Ähren durch seine Hand geglitten war und nun schon Brot wurde, golden, warm und duftend. Bei den Spielen hatte er die frohe Kraft der Burschen bestaunt, wenn sie mit gewaltiger Kugel die taumelnden Kegel hinschmetterten, war mit den Musikanten gegangen, die wanderten von Dorf zu Dorf, von Messe zu Messe. Und er hat am Ufer der Schelde die farbenbewimpelten Schiffe kommen und gehen sehen und ihnen nachgeträumt in die großen Fernen, die er nur kannte von den Schilderungen der Matrosen, den Bildern alter Bücher. All dies, diese tägliche körperliche Vertrautheit mit den Dingen der Natur, dieser erlebte Einblick in die tausend Tätigkeiten des Alltags, ist ihm unverlierbar geblieben. Und unverlierbar auch jener menschlich nahe Zusammenhang mit seinen Heimatgenossen. Von ihnen hat er gelernt, alle diese tausend Dinge zu benennen, den geheimnisvollen Mechanismus aller Verrichtungen und Fertigkeiten zu verstehen und damit auch alle ihre kleinen Sorgen und Mühen, diese vielen vereinzelten kleinen Lebensseelen, die sich zusammenfügen zur Seele des ganzen Landes. Und darum ist Verhaeren der einzige der modernen Dichter in französischer Sprache, der bei seinen Heimatgenossen in allen Ständen wirklich populär geworden ist. Als ihresgleichen geht er heute noch unter ihnen, sitzt in ihrem Kreise, nun, da ihn der Ruhm längst schon an die ersten Stellen gewiesen, plaudert am Wirtstisch mit den Bauern und liebt es zu hören, wie sie vom Wetter sprechen und der Ernte und den tausend kleinen Dingen ihrer engen Welt. Er gehört zu ihnen und sie zu ihm. Er liebt ihr Leben, ihre Sorgen, ihre Arbeit, liebt dieses ganze Land mit den Nordstürmen, mit Hagel und Schnee, mit dem Zorn des Meeres und der Drohung der Wolken. Stolz betont er seine Zugehörigkeit, und wirklich, in seinem Gange, in seinen Bewegungen ist manchmal etwas von dem Bauern, der schwer stapfend, mit hartem Knie hinter dem Pfluge schreitet, seine Augen »sind grau wie das Meer seiner Heimat, die Haare gelb wie das Korn seiner Felder«. In seinem ganzen Wesen und Werke ist dieses Elementare. Man fühlt, daß er nie den Zusammenhang mit der Natur verloren hat, noch immer organisch mit den Feldern, dem Meer, mit der freien Luft verbunden ist, er, der den Frühling schmerzhaft empfindet, die weiche Luft wie einen Druck, und nur das Wetter seiner Heimat liebt, den Ungestüm und die wilde, ungebändigte Kraft.

Darum hat er auch später das andere, das Polare, die großen Städte anders und intensiver empfunden als die Dichter, die in ihnen aufgewachsen waren. Was jenen selbstverständlich erschien, war ihm Erstaunen, Abscheu, Erschrecken, Bewunderung und Liebe. Für ihn war die Atmosphäre, in der wir atmen, schwer, stickig und vergiftet, die Gassen zwischen den Häuserburgen zu eng, zu verschnürt, stündlich hat er, mit Schmerz zuerst und dann mit Bewunderung, die schöne Furchtbarkeit der ungeheuren Dimensionen, die Fremdartigkeit der neuen Lebensformen gefühlt. So wie wir zwischen den Schluchten der Berge mit erschreckt-erhabenem Staunen, so ist er durch die Städte gegangen, langsam sich erst an sie gewöhnend, er hat sie durchsucht, sie beschrieben, sie gefeiert und in tiefstem Sinn erlebt. Ihr Fieber ist in sein Blut geströmt, ihre Revolten haben sich in ihm aufgebäumt, ihre Hast und Unrast hat seine Nerven aufgepeitscht ein halbes Menschenleben lang. Aber dann ist er wieder heimgekehrt. Der Fünfzigjährige ist wieder heimgeflüchtet zu den Feldern, zu dem einsamen Himmel der Heimat. In einem kleinen Hause lebt er irgendwo in Belgien, wo die Eisenbahn nicht mehr hinkommt, freut sich an den heiteren und arglosen Menschen, die schlichtem Tagewerk zugehörig sind, wie die Freunde und Begleiter seiner Kindheit es waren. Mit gesteigerter Freude drängt er von Jahr zu Jahr an das Meer, als brauchten es seine Lunge und sein Herz, um wieder stark atmen zu können, um jubelnder und begeisterter das Leben zu empfinden. In dem Fünfzigjährigen ist eine wunderbare Wiederkehr der gesunden, seligen Kindheit, und dem Flandern, dem seine ersten Verse galten, gelten wieder seine letzten.

Gegen diesen vererbten Sinn, gegen diese helle und unverlierbare Lebensfreude haben die Patres von St. Barbe nichts vermocht. Sie konnten nur seinen großen Lebenshunger abdrängen von den materiellen Dingen, und hinwenden gegen die Wissenschaft, gegen die Kunst. Der Priester, den sie aus ihm machen wollten, ist er wirklich geworden, nur daß er alles predigte, was sie versagten, alles befeindete, was sie anpriesen. Wie Verhaeren die Schule verläßt, ist er schon erfüllt von jener edlen, doch fiebernden Lebensgier, jener unbändigen Sehnsucht nach intensiven und bis zum Schmerz gesteigerten Reizen, die für ihn so charakteristisch ist. Dem geistlichen Stand war er abhold. Aber auch die Fabrik seines Onkels lockt ihn nicht, deren Leitung ihm zugedacht war. Noch ist es nicht ausgesprochen der dichterische, aber jedenfalls ein freier, lebendiger Beruf mit vielfältigen Möglichkeiten, den er sich ersehnt. Um Zeit zur endgültigen Entschließung zu gewinnen, studiert er die Rechte und wird Advokat. In diesen Jahren des Studiums in Löwen hat Verhaeren unbändig seine Lebenslust ausgetobt, hat als echter Fläme das Übermaß mehr geliebt als das Maß. Noch heute erzählt er gerne von seiner gefährlichen Neigung für das gute belgische Bier, wie sie sich betranken, wie sie tanzten auf allen Kirmessen, pokulierten und fraßen, wenn der Furor über sie kam, wie sie groben Unfug trieben, der sie nicht selten mit der Stadtwache in Konflikt brachte. Entschiedenheit war immer ein Zug seines Wesens, und so war sein Katholizismus in jenen Jahren kein schweigsamer und unpersönlicher, sondern seine Strenggläubigkeit war streitbar. Ein Bündel feuriger Köpfe – der Verleger Deman war darunter und der Tenor van Dyk – gründete damals eine

Zeitung, in der sie gewaltig gegen die moderne verdorbene Welt loszogen und sich selbst nicht zu propagieren vergaßen. Rasch verbot ihnen die Universität diese frühreifen Kundgebungen; aber bald gründeten sie ein zweites Blatt, nun schon mehr im Zusammenhang mit den großen Bewegungen der Zeit. Dazwischen entstehen Verse. Und noch leidenschaftlicher ist die Tätigkeit des jungen Dichters, als er im Jahre 1881 in Brüssel ins Barreau eintritt. Dort lernt er starke Lebendigkeit kennen, der Kreis der Maler und Künstler nimmt ihn auf, es bildet sich ein Cénacle junger, kunstbegeisterter Talente, die sich in krassem Gegensatz zur konservativen Bourgeoisie Brüssels empfinden. Verhaeren, der damals alle Snobismen als das Neue gierig aufnimmt, in phantastischer Kleidung umherstolziert, macht sich bald durch die stürmische Leidenschaft und seine ersten literarischen Versuche bekannt. Schon in der Schule hatte er begonnen, Verse zu schreiben. Lamartine war sein Vorbild gewesen, dann Victor Hugo, der Faszinator der Jugend, der Herr der großen Geste, der unbestrittene Meister des Wortes. Diese Verse des jungen Verhaeren sind nie ediert worden, und sie werden auch wenig interessant sein, weil hier noch unbändiges Lebensgefühl in tadellosen Alexandrinern sich zu äußern versuchte. Immer mehr fühlte er mit seinem künstlerischen Wachstum die Berufung zum Dichter, die geringen Erfolge als Advokat bestärkten ihn noch mehr, und so warf er endlich, dem Rate Edmond Picards folgend, die Robe des Advokaten ab, die ihm schon so eng und verschnürt dünkte wie einst die Soutane.

Und dann kam jene Stunde, jene erste entscheidende Stunde. Verhaeren und Lemonnier, beide erzählen sie gern, beide mit jener innigen, stolzen Freude an einer unerschütterlichen dreißigjährigen Freundschaft, beide in herzlicher Bewunderung, einer für den anderen … Einmal, es war ein regnerischer Tag, kam Verhaeren plötzlich zu Lemonnier, den er nicht kannte, in die Wohnung, kam herein mit seinem bäurisch schweren Schritt, seiner herzlichen Geste und begann ohne Umschweife: »Je veux vous lire des vers!« Es war das Manuskript seines ersten Buches »Les Flamandes«, und nun las er, während draußen der Regen niederschlug, mit seiner harten, scharf skandierenden Stimme, seiner großen Begeisterung und der beschwörenden Geste diese von Leben zuckenden Bilder aus Flandern, dies erste freie Bekenntnis heimatlicher Liebe und aufschäumender Vitalität. Und Lemonnier sprach ihm zu, beglückwünschte, half und änderte, und bald erschien das Buch zum Schrecken von Verhaerens strenggläubiger Familie, zum Entsetzen der Kritiker, die solchen Kraftausbrüchen ratlos gegenüberstanden. Gehaßt und geliebt, Interesse erzwang es sofort, erregte allerdings in Belgien weniger Zuspruch als Widerspruch, aber doch allerorts Sturm und jene grollende Unruhe, wie sie immer dem gewitterhaften Nahen eines Neuen vorangeht.

35

Les Flamandes

Je suis le fils de cette race
Tenace,
Qui veut après avoir voulu
Encore, encore et encore plus.

E. V.

Das Lebenswerk großer Künstler enthält nicht nur einfach, sondern dreifach ein Kunstwerk. Das erste nur und nicht immer das wichtigste ist die tatsächliche Schöpfung, das zweite muß ihr Leben sein und das dritte jenes harmonisch durchgebildete, organisch verknüpfte Verhältnis zwischen Schaffen und Schöpfung, Dichtung und Leben. Zu überschauen, wie innerliches Wachstum mit äußerer Gestaltung, Krisen der Wirklichkeit mit künstlerischer Dekadenz verbunden sind, wie Entwicklung und Vollendung sich gleicherweise im Erlebten wie im Gestalteten durchdringen, muß eine gleiche künstlerische Wollust, eine ebenso reine Schönheitslinie auslösen wie das einzelne Werk. Bei Verhaeren sind diese Bedingungen des dreifachen Kunstwerkes voll erfüllt. So schroff und unvermittelt die Kontraste in seinen Büchern zu sein scheinen, die Gesamtheit seiner Entwicklung rundet sich doch zu einer klaren Linie, zur Figur des Kreises. Im Anfang war schon das Ende, im Ende der Anfang enthalten, der kühne Bogen kehrt in sich selbst zurück. Wie ein Weltreisender, der den ganzen ungeheuren Ball der Erde umzirkt, gelangt er schließlich zum Ausgangspunkt zurück. Anfang und Ende berühren sich im Motiv. Zum Lande, dem seine Jugend gehörte, kehrt das Alter zurück, Flandern gilt sein erstes Buch, und Flandern gelten seine letzten.

Freilich, zwischen diesen beiden Büchern »Les Flamandes« und »Toute la Flandre«, zwischen dem Werk des Fünfundzwanzigjährigen und des Fünfzigjährigen, liegt die Welt einer Entwicklung mit all ihren Einsichten und Errungenschaften. Jetzt erst, wo die anfangs so unruhige

36

Linie in sich selbst zurückgekehrt ist, läßt sich übersichtlich ihre harmonische Form erkennen. Aus einer rein äußerlichen Anschauung ist Durchdringung geworden, nicht die Pupille betrachtet schließlich mehr die äußeren Erscheinungen der Dinge, sondern alles ist von innen heraus in seiner Seele erfaßt und seiner Wirklichkeit nachgedichtet worden. Nichts ist mehr als Einzelnes gesehen, aus Neugier oder flüchtigem Interesse, sondern alles als ein Seiendes, als ein Gewachsenes und weiter Werdendes betrachtet. Das Motiv ist das gleiche im ersten und in den letzten Büchern; nur ist das erste eine isolierte Betrachtung, während in den großen Gestaltungen der letzten Epoche die ungeheuren Horizonte der modernen Welt hinter die Szenen gestellt sind, die Schatten der Vergangenheit einerseits, und auch die feurigen Ahnungen der Zukunft neues Licht über die Landschaft ergießen. Aus dem Maler, der nur die Außenfläche, die Patina schildert, ist dann der Dichter geworden, er, der das Seelische und Unfaßbare in musikalischer Schwingung verlebendigt. Diese beiden Werke verhalten sich zueinander wie Wagners Erstlinge »Rienzi« und »Tannhäuser« zu den späteren Schöpfungen, dem »Ring« und »Parzival«, was früher nur intuitiv war, wird schöpferisch bewußt. Und wie bei Wagner, gibt es auch bei Verhaeren noch heute solche, die jene noch in traditioneller Form befangenen Werke den späteren Gestaltungen vorziehen und so dem Dichter eigentlich fremder sind als diejenigen, die ein prinzipiell ablehnendes Verhältnis zu seinem künstlerischen Werke eingenommen haben.

»Les Flamandes«, der Erstling Verhaerens, erschien in einer literarisch 37 bewegten Zeit. Die realistischen Romane Zolas waren eben zur Diskussion gelangt und hatten Frankreich ebenso wie die angrenzenden Länder in Aufruhr versetzt. In Belgien war Camille Lemonnier der Vermittler dieses neuen Naturalismus, dem die absolute Wahrheit wichtiger war als die Schönheit, der in der Photographie, der exakten, wissenschaftlich genauen Wiedergabe der Wirklichkeit, den einzigen Zweck der Dichtung erblickte. Heute, da der exzessive Naturalismus überwunden ist, wissen wir, daß diese Theorie nur die Hälfte des Weges weit führt, daß die Schönheit nicht neben der Wahrheit lebendig sein könne, andererseits aber Wahrheit noch nicht mit Kunst identisch sei, sondern daß nur eine Umwertung des Schönen vorgenommen werden mußte, daß im Wirklichen, in den Realitäten die Schönheit zu suchen war. Jede neue Theorie braucht, um sich durchzusetzen, Übertreibungen. Und die Idee der Wirklichkeitsdarstellung auch im Poetischen hat den jungen Verhaeren verlockt, in der Schilderung seiner Heimat alles Sentimentale und Romantische sorglich zu vermeiden, und nur das Derbe, Urwüchsige und Wilde poetisch zum Ausdruck zu bringen. Ein Äußeres und Inneres, Natur und Absicht wirken hierbei zusammen. Denn der Haß gegen das Sanfte, Weiche, gegen Rundung und Ruhe stecken Verhaeren im Blute. Sein Naturell war von vornherein feurig und liebte, starken Anreiz mit vehementem Rückschlag zu erwidern. In ihm war von je eine Liebe zum Brutalen, Harten, Rauhen, Eckigen, eine Neigung für das Grelle und Intensive, für das Laute nnd Lärmende, die erst in den jüngsten Büchern dank des kühleren Blutes die klassische Rundung und Reinheit gewonnen hat. Damals aber leitete ihn noch der Haß gegen das Genrebilderhafte, jener Haß, der sich in Deutschland gegen die Salontiroler Defreggers, die parfümierten Bauern Auerbachs, gegen die geschniegelte Mythologie der »poetischen« Bilder entlud, bewußt dazu an, das Gewaltsame, Unästhetische und im damaligen Sinne Unpoetische zu unterstreichen, gewissermaßen mit schweren Schuhen in den langweiligen Schritt der französischen Poeten hineinzustapfen. Barbar: mit diesem Worte suchte man ihn damals abzutun, nicht so sehr wegen der Härte und Rauheit seiner poetischen Sprache, die einen manchmal an die gutturalen Laute der Germanen erinnert, sondern um jener wilden Wahl des Instinktes willen, der immer das Laute und Lebendige vorzog, der nicht von Nektar und Ambrosia sich nährte, sondern rote, dampfende Fetzen Fleisch aus dem Leib des Lebens riß. Und wirklich barbarenhaft, germanisch wild ist dieser sein Einbruch in die französische Literatur, erinnernd an jene Völkerzüge der Teutonen in die romanischen Länder, wo sie mit wilder Wucht und rauhen Schreien in den Kampf stürmten, um viel später erst von den Besiegten die höhere Kultur, die feineren Instinkte des Lebens zu lernen. Verhaeren schildert in diesem Buche nicht das Liebenswürdige, das Träumerische in Flandern, nicht das Idyllische, sondern »les fureurs d'estomac, de ventre et débauche«, alle Explosionen der Lebenslust, die Orgien der Bauern und selbst der animalischen Welt. Vor ihm hatte sein Mitschüler Rodenbach den Franzosen von Flandern in Gedichten erzählt, die leise silbern klangen, wie das Spiel der Carillons über den schwebenden Dächern, er hatte sie erinnert an jene unvergeßliche Melancholie des Abends über den Kanälen von Brügge, an die Magie der Mondnacht über den Feldern. Verhaeren aber will nichts von dem Sterben wissen, er schildert das Leben dort, wo es am tollsten ist, »les décors monstrueux des grasses kermesses«, die Feste des Volkes,

38

39

wo Rausch und Wollust die zügellosen Kräfte der Menge aufstachelt, wo Kraft und Gier miteinander ringen, das Tierische siegreich wird über die Kultur und Moral. Und selbst in diesen Schilderungen, die oft strotzen von der Überschwenglichkeit des Rabelais, spürt man, wie selbst dieses explosive Leben ihm noch nicht toll genug ist, er sehnt sich nach Steigerungen über die Wirklichkeit hinaus, »jadis les gars avaient les reins plus fermes et les garces le plus beau téton«. Zu schwach sind ihm die Burschen, zu sanft die Dirnen, er will das Flandern von einst, wie es lebt auf den glühenden Bildern des Rubens und Jordaens und Brueghel. Die sind seine wahren Meister, sie, die Genießer des Lebens, die ihre Meisterwerke zwischen zwei Orgien schufen, deren Lachen und Schwelgen hineinklingt in die Motive. Gewisse Interieurs und sensuelle Genrebilder hat er ihnen geradezu nachgedichtet, wie die Burschen von Gier entflammt die Mädchen in die Hecken werfen, wie die Bauern johlend und trunken den Tisch umtanzen. Den großen Überschwang in allen sinnlichen Dingen selbst in Lust darzustellen, Überschwang mit Überschwang, das ist seine Sehnsucht. Und Ausschweifung – »un rût« – sind seine Farben und Worte, die dick und verschwenderisch aufgetragen sind, die flüssig und feurig quellen. Ausschweifung ist dies Prunken und Hinwerfen von kochenden Bildern. Eine ungeheure Sinnlichkeit tobt sich nicht nur im Motiv, sondern auch in der Gestaltung aus, eine Freude an diesen Menschen, die toll werden können, wie die Hengste in ihrer Brunst, die wühlen wollen in duftenden Speisen und in blühendem Frauenfleische, die sich trunken machen wollen mit Bier und Wein und dann in Tanz und Umarmung all dieses eingeschluckte Feuer wieder entladen. Manchmal ist ein ruhendes Bild dazwischengestellt, festgebannt in dem dunklen Rahmen des Sonettes. Aber die heiße Welle strömt über diese Augenblicke des Atemholens hinweg, immer muß man an Rubens und Jordaens, die großen Verschwender, bei diesem Buche denken.

Aber die naturalistische Kunst ist eine malerische und nicht eine dichterische. Und es ist der große Mangel dieses Buches, daß nur ein begeisterter Maler es geschrieben hat und noch nicht der Dichter. Die Worte sind farbig, aber noch nicht frei, noch wiegen sie sich nicht in ihrem Rhythmus, noch stürmen sie nicht dahin und reißen das Gedicht empor, sondern der Alexandriner deichselt sie zu regelmäßigem Trott. Ein Mißverhältnis ist zwischen der inneren Unbändigkeit und äußeren Regelmäßigkeit dieser Gedichte. Noch ist der Inhalt nicht Erlebnis genug, um die ererbte Form zu zersprengen. Man fühlt, daß die wirkliche Gier »à travers un tempérament« gesehen ist, daß hier eine Kraft gegen alles Ererbte sich aufstemmt, eine Kraft, deren ungefüge Art die Vorsichtigen und Kurzsichtigen mit Schrecken begrüßten. Aber noch ist Kraft und Kunst hier nicht frei. Verhaeren ist schon der leidenschaftliche Betrachter, aber immer noch Betrachter, einer, der außen steht und nicht selbst innen im Wirbel, der alles mit Sympathie und Begeisterung sieht, aber der es noch nicht erlebt. Noch ist hier das flandrische Land nicht persönliches Empfinden geworden, noch nicht die neue Form und die neue Anschauung errungen, noch fehlt jene letzte Siedehitze der künstlerischen Erregung, die dann später alle Gefäße und Umschnürungen zersprengt, um nur ihrem eigenen freien Gefühle in seliger Trunkenheit nachzustürzen.

Die Mönche

Moines, venus vers nous des horizons gotiques,
Mais dont l'âme, mais dont l'esprit meurt de demain ......
Mes vers vous bâtiront des mystiques autels.

E. V.

Rubens, der Verschwender und Genießer, ist der Genius der flandrischen Lebenslust, aber Lebenslust ist nur das Temperament und noch nicht die Seele Flanderns. Vor ihm waren die ernsten Meister der Klöster, die Primitiven, die van Eyks, Memling, Gerard David, Roger van der Weyden, und nach ihm kam Rembrandt, der ernste Betrachter, der ruhelose Sucher der neuen Werte. Belgien ist nicht nur das heitere Land der Kirmessen, das gesunde sensuelle Volk ist noch nicht die flämische Seele. Grelle Lichter werfen starke Schatten. Jede starkbewußte Vitalität erzeugt ihr Gegenspiel, Absonderung und Askese, gerade die gesundesten, die elementaren Rassen – das Rußland von heute zum Beispiel – haben unter den Starken die Schwachen, unter den Lebensgierigen die Lebensleugner, unter den Bejahenden die Verneinenden. Neben dem aufstrebenden, fruchtbaren Belgien gibt es auch ein abgesondertes und verfallendes. Eine Kunst nur im Sinne Rubens' müßte alle die vereinsamten Städte verschweigen, Brügge, Ypern, Dixmude, durch deren lautlose Straßen die Rabenscharen der Mönche in langen Zügen hasten, in deren

Kanälen sich die weißen stummen Schatten der streifenden Nonnen spiegeln. Mitten im Leben sind dort breite Inseln des Traumes, wo die Menschen zurückflüchten vor den Wirklichkeiten. Selbst in den großen belgischen Städten sind wieder solche Absonderungen der Stille, die Beguinagen, jene kleinen Städte in der Stadt, wo sich alternde Frauen und Männer zurückgezogen haben, um klösterlich dem Irdischen zu entsagen. Nirgends ist ebenso wie die Lebenslust auch der katholische Glaube, nirgends ist das Mönchische ernster und stärker ausgeprägt als in Belgien, in demselben Belgien, wo die sinnliche Freude so lärmend und überschwenglich wird. Wieder enthüllt sich hier eine Polarität der Gegensätze: der materialistischen Weltanschauung steht schroff die spirituelle entgegen. Während die gesunden, starken, blühenden Massen das Leben laut und in ewiger Lust nehmen, steht abseits und versprengt eine andere kleine Schar, denen das Leben nur ein Warten zum Tode ist, deren Schweigen ebenso beharrlich ist wie der Jubel der anderen. Überall hat hier ernster Glaube seine schwarzen Wurzeln in der fruchtbaren, kräftigen Erde. Denn Religiosität bleibt immer lebendig in einem Volke, das einmal, und seien auch Jahrhunderte darüber hingegangen, mit aller Anspannung seiner Kräfte um seinen Glauben gekämpft hat. Ein unterirdisches, geheimnisvoll tätiges Belgien ist dies, leicht dem flüchtigen Blick entfliehend, denn es lebt in Schatten und Schweigen. Von diesem Schweigen aber, von diesem abgekehrten, ernsten Sinn hat die belgische Kunst jene mystische Nahrung empfangen, die den Werken Maeterlincks, den Bildern des Fernand Knopf, des Georges Minne ihre geheimnisvolle Kraft geliehen hat. Auch Verhaeren ist an diesen dunklen Geländen nicht vorbeigegangen. Er hat als Schilderer des belgischen Lebens auch jene Schatten versinkender Vergangenheiten gesehen und seinem ersten Buch »Les Flamandes« im Jahre 1886 ein zweites, »Les Moines«, angereiht. Es ist, als ob er erst beide historischen Stile seiner Heimat hätte erschöpfen müssen, ehe er zu einem eigenen und modernen gelange. Denn dieses Buch bedeutet seine Rückkehr, sein Bekenntnis zur Gotik.

Die Mönche sind für Verhaeren heroische Symbole großer Vergangenheiten. Schon in Kindheitstagen war ihr ernstes Bild seinem Blicke befreundet. Nahe am hellen Haus, wo er seine Jugend verbrachte, war ein Bernhardinerkloster in Bornheim, und oft hatte der Knabe den Vater zur Beichte begleitet, hatte erstaunt, mit kindischer Scheu, in den kühlen Gängen gewartet, zu denen kirchlicher Gesang mit den ernsten Tönen der Orgel majestätisch rauschte. Und mit ungeheurem frommen Schauer hat er bei ihnen an einem seligen Tag die Kommunion empfangen. Seitdem waren sie für ihn in all den gewohnten Wirklichkeiten das Fremde, das Schöne und Übersinnliche geblieben, das Überirdische seiner kindlichen Welt. Als er dann nach Jahren Flandern im Bilde der Gedichte schildern wollte, in all seinen leuchtenden und brennenden Farben, da wollte er auch dieses geheimnisvolle »clairobscure«, diesen ernsten Ton nicht entbehren. Auf drei Wochen zog er sich in das gastliche Kloster von Forges, nahe von Chimay, zurück, nahm teil an allen Zeremonien und Riten der Mönche, die ihm, in der Hoffnung, einen Priester zu gewinnen, vollen Einblick in ihr Leben gewährten. Aber Verhaerens innerliches Verhältnis zum Katholizismus war schon damals kein religiöses mehr, sondern mehr ein ästhetisches, eine dichterische Bewunderung für die edle Romantik des Ritus, eine moralische Pietät für das Vergangene. Drei Wochen blieb er. Dann flüchtete er hinaus, bedrängt von dem schweren Druck der lastenden Mauern, und schuf sich als Erinnerung in Versen das klösterliche Bild.

44 Auch dieses Buch wollte wohl nur ein malerisches, ein beschreibendes sein. In runden Sonetten waren wie mit Rembrandts Radiernadel die halbdunkeln Ausblicke der Klostergänge festgehalten, die Stunden des Gebetes, das ernste Beisammensein der Mönche, das Schweigen zwischen den frommen Gesängen. Die Abende der Landschaft waren geschildert, ganz in den Bildern des Glaubens, die Sonne im Abendrote flammend wie der Wein im Kelche, die Kirchtürme als leuchtende Kreuze in den schweigsamen Himmel, das Klingen der Vesper, das die rauschenden Ähren ins Knien beugt. Die Poesie der Andacht und Ruhe lebte hier auf, die Harmonie der Orgel, die Schönheit der efeuumkränzten Gänge, das ergreifende Idyll des einsamen Kirchhofes, das leise Sterben des Priors, das trostbringende Gehen zu den Kranken. Mit tief leuchtenden Farben, mit der ernsten Ruhe des Gegenstandes war alles in den streng kirchlichen Rahmen gedrängt.

Aber das Malerische erwies sich hier als nicht zulänglich im Dichterischen. Das Problem der Religiosität ist ein zu sehr innerliches, als daß die äußere, und selbst die plastischste Form schon seine Seele anrührte. Ein so eminent Unsinnliches, ja das Symbol selbst aller Unsinnlichkeit, verlangt nach einer anderen als malerischen Durchdringung, das Beschreiben eines geistigen Problems kann nicht mehr schildernd sein, sondern wird Psychologie. So früh also schon wird Verhaeren vom

Malerischen abgedrängt. Er versucht vorerst noch Plastik zu geben, dunkle Statuen von Mönchen, aber schon sind sie nur Typen eines Innerlichen, Symbole der Wege zu Gott. Verhaeren entwickelt in den Mönchen die Verschiedenheit der Charaktere, die selbst unter der Soutane noch wirksam sind, und zeigt damit die vielfachen Möglichkeiten der Religiosität. Der feudale Mönch, der Mönch aus altem Adel, will sich Gott erobern, wie seine Väter einst ihr Schloß und ihren Wald mit 45 Sporen und Schwert. Der »moine flambeau«, der Glühende und Inbrünstige, will ihn mit seiner Leidenschaft niederringen wie eine Frau. Der wilde Mönch, der wie aus einem Walde kommt, kann ihn nur heidnisch verstehen, ihn nur fürchten als Erzeuger von Blitz und Donner, während der sanfte Mönch, der wie ein Troubadour zärtlich und scheu die Gottmutter liebt, vor seinen Schauern flüchtet. Der eine will ihn erlernen mit den Büchern und in Beweisen, der andere aber versteht ihn nicht, weiß ihn nicht zu erfassen und findet ihn überall, in allen Dingen, als unablässiges Erlebnis. So stehen alle Charaktere des Lebens, die schroffsten Gegensätze, gebändigt nur durch die Regeln des Klosters, hart aneinander. Aber nebeneinander nur, so wie der Maler alle Farben und Dinge gleich liebt, wie er die Dinge, ohne sie nach Werten zu messen, nebeneinanderstellt. Noch ist nicht ein innerlicher Zusammenhang unter ihnen, noch nicht der Kampf der Kräfte, nicht die große Idee; und auch die Verse sind noch nicht frei, sondern gebunden durch die klösterlich strenge Zucht. »Il s'environne d'une sorte de froide lumière parnassienne, qui en fait une œuvre plus anonyme, malgré la marque du poète poinçonnée à maintes places sur le métal poli«, sagt Albert Mockel, der feinste ästhetische Kritiker, von dem Buche. Diese Unzulänglichkeit muß Verhaeren selbst gefühlt haben, denn im Bewußtsein, die Probleme nicht ganz dichterisch bezwungen zu haben, hat er beide Aspekte des Landes noch einmal gestaltet, beide Bücher noch einmal nach Jahren in anderer Form erneuert. »Les Moines« in der Tragödie »Le Cloître«, »Les Flamandes« in der großen Pentalogie »Toute la Flandre«.

»Les Moines« war das letzte der beschreibenden Bücher Verhaerens 46 gewesen, das letzte, in dem er noch der außenstehende leidenschaftslose Betrachter der Dinge war. Aber schon hier ist zuviel Temperament in ihm, um zusammenhanglos und ungeordnet die Dinge zu betrachten, schon regt sich in ihm jene Lust und Freude an der Vergrößerung und Erhöhung durch das Gefühl. Nicht einzeln und versprengt sieht er die

Mönche mehr, sondern in einer großen Synthese rafft er sie im Finale alle zusammen. Hinter ihnen sieht der Dichter eine Ordnung, ein geheimnisvolles Gesetz, eine große Gewalt des Lebens. Sie, diese einsamen Verzichter, verteilt in tausend Klöster der Welt, unkund einer des anderen, sind dem Dichter die letzten Reste einer großen vergangenen Schönheit, die um so grandioser ist, als sie schon den Sinn für unsere Zeit verloren hat. Die letzten Trümmer des sterbenden Christentums in der neuen Welt, in tragischer Einsamkeit, ragen sie zu unseren Tagen. »Seul vous survivez l'ancien monde chrétien mort!« ruft er in Bewunderung zu ihnen, den Erbauern des großen Hauses Gottes, die ihr Blut seit zwei Jahrtausenden hingeben für die ewig weiße Hostie. In Bewunderung ruft er sie an. Nicht aus gläubiger Liebe, sondern in Bewunderung für ihre furchtlose Energie und vor allem, weil sie für ein Totes und Verlorenes unerschrocken kämpfen, weil ihre Schönheit keinem mehr dient als sich selbst, weil sie einsam wie die alten Beffrois des Landes, die keinen mehr rufen, in unsere Zeit hineinragen. Wo alles den Zwecken dient, der Freude und dem Gold, stehen sie einsam, sterben ohne Schrei und ohne Klage, kämpfend gegen einen unsichtbaren Feind, sie, die letzten Verteidiger der Schönheit. Denn damals, in jener frühen Epoche, war für Verhaeren Schönheit noch identisch mit dem Vergangenen, weil er die Schönheit in den neuen Dingen sich noch nicht entdeckt hatte; in den Mönchen feiert er die letzten Romantiker, weil er das Dichterische in den wirklichen Dingen, die neue Romantik, den Heroismus des Alltags noch nicht gefunden hatte. Als große Träumer liebt er sie, die »chercheurs des sublimes chimaires«, aber er kann sie nicht bestärken, nicht ihren Besitz wahren, denn hinter ihnen stehen schon die Erben. Die Dichter werden diejenigen sein – der Gedanke von David Strauß über die Religion klingt hier seltsam wider – die das sein müssen, was die Religion mit ihren Getreuen für die Vergangenheit war, die Bewahrer und ewigen Förderer der Schönheit. Sie – seltsam klingt hier die tiefste Absicht des späteren Verhaerenschen Werkes heraus – werden es sein, die ihren neuen Glauben über die Welt wie eine Fahne schwingen werden, sie, »les poètes, venus trop tard pour être prêtres«, werden Prediger sein müssen einer neuen Inbrunst. Alle Religionen, alle Gläubigkeiten zerschellen und sind vergänglich, Christus stirbt wie Pan, auch diese, die letzte und höchste Errungenschaft des Geistes muß vergehen.

>»Car il ne reste rien que l'art sur cette terre
Pour tenter un cerveau puissant et solitaire
Et le griser de rouge et tonique liqueur.«

In diesem großen Hymnus an die Dichtung offenbart sich schon die erste Abkehr Verhaerens vom Vergangenen, der erste Weg gegen das Zukünftige. Denn mit neuen und größeren Gefühlen ist hier die dichterische Idee verstanden als im Anbeginn. Dichtung ist Konfession für Verhaeren nicht nur im goethisch-individuellen Sinn, sondern auch im religiösen: als höchstes moralisches Bekenntnis.

So sehr in diesen beiden ersten Büchern das Bestreben lebte, das wirkliche Flandern zu schildern, innerlich war doch eine stärkere Sehnsucht vom Gegenwärtigen zum Vergangenen zurückgeblieben. Jedes Temperament geht über die Wirklichkeit hinaus. Flandern war hier im Sinne eines Ideals geschildert, aber das Ideal ist in beiden Fällen noch nach rückwärts produziert. Die Schönheit hatte der junge Verhaeren in den Mönchen, den Symbolen der Vergangenheit, gesucht, die Kraft, das Lebensfeuer, in den alten flandrischen Meistern. Noch brauchte er das Kostüm des Vergangenen, um das Heroische und das Schöne im Gegenwärtigen zu entdecken, ganz wie unsere Dichter, die, wenn sie starke Menschen schildern wollen, ihre Dramen in die florentiner Renaissancezeit schieben, die, wenn sie Schönheit bilden wollen, ihren Menschen griechische Kostüme umlegen. Kraft und Schönheit, mit einem Worte das Dichterische in den wirklichen, den uns umgebenden Dingen zu finden, ist hier Verhaeren noch versagt, und darum hat er dieses Werk wieder verworfen. Mit Stolz fühlt man den ungeheuren Weg vom traditionellen Dichter zum wahrhaft zeitgenössischen in der Distanz der alten und der neuen Werke.

Wenn auch noch nicht mit Meisterhand geschieden, noch nicht im Lichte seiner Wirklichkeit, so war doch der innere Kontrast des Landes, das Ringen zwischen Körper und Seele, zwischen Lebensfreude und Todessehnsucht, Genuß und Verzicht, die Entscheidung zwischen Ja und Nein in dem Kontrast dieser beiden Bücher »Les Flamandes« und »Les Moines« schon enthalten. Und bei einem wirklich emotionellen Dichter konnte dieser Gegensatz kein rein äußerlicher bleiben, er mußte sich verdichten zum innerlichen Problem, zur persönlichen Entscheidung zwischen Vergangenheit und Zukunft. Zwei Weltanschauungen, beide ererbt im Blute, sind hier in einem Menschen bewußt geworden und müssen – sie, die im Leben nebeneinander sich gestalten können – im einzelnen Kampf zur Entscheidung werden, Entscheidung durch Kraft oder durch ein Höheres, durch innere Versöhnung. Ein Kampf um die Weltanschauung bricht durch den konstanten Kontrast zwischen der Bejahung und Verneinung des Lebens in dem Dichter aus, ein Ringen, das zehn Jahre lang mit unerhörten Krisen sein künstlerisches und menschliches Erleben unterwühlte und hart bis an die Grenze der Vernichtung brachte. Die ganze Feindlichkeit des Landes scheint wie in einem Einzelkampfe tödlich und vernichtend in seiner Seele zum Austrag kommen zu wollen, Vergangenheit und Zukunft zu ringen um eine neue Synthese. Aber nur aus solchen Krisen, aus so mitleidlosen Kämpfen mit den eigenen Gewalten wachsen die großen Weltanschauungen und ihre neue schöpferische Versöhnung.

Der Zusammenbruch

Nous sommes tous des Christs qui embrassons nos croix.

E. V.

Jede Empfindung, jede Sensation ist im letzten Grunde Umformung von Schmerz. Alles, was von außen an die Epithel in Schwingung oder Berührung streift, rührt sie feindlich als Schmerz an. Als Schmerz, der dann durch die geheimnisvolle Chemie der Nerven, durch die Übertragung der Zentren sich in Impressionen, in Farben, Töne und Begriffe verwandelt. Der Dichter, dessen letztes Geheimnis es eigentlich ist, sensibler zu sein als die anderen, mit noch zarterem Filter diese Schmerzen der Berührung zum Gefühl zu läutern, muß feinnerviger sein als die anderen. Er muß, wo jene nichts oder ein unbestimmtes Empfinden spüren, schon deutlichen Eindruck haben und ihn mit Gefühl begleiten, ihn werten und erwidern. Bei Verhaeren war schon in den ersten Büchern eine besondere Art der Reaktion auf jeden Anreiz zu bemerken. Sein Gefühl antwortet eigentlich nur auf starke, intensive, grelle Reize, seine Feinfühligkeit war nicht abnorm, sondern nur der energische Rückschlag bemerkenswert. Die ersten künstlerischen Reize, die der flandrischen Landschaften, waren aber nur Empfindungen der Netzhaut, grelle Farben, malerische Reize, und erst in den »Moines« hatten sich feinere seelische Nuancierungen kristallisiert. Inzwischen war eine Wandlung in seinem äußeren Leben erfolgt. Verhaeren hatte sich von der Natur abgewandt, war in die Kultur eingetreten, die andere Erregungen bringt und andere Antworten verlangt. Verhaeren hatte große Reisen gemacht, er war in Paris und London gewesen, in Spanien und in Deutschland, mit ungestümer Hast hatte er alle großen Ideen, alle neuen Formen, die tausendfachen Begriffe des Daseins an sich ge- 51 rissen. Ohne Pause, unablässig, springen gegen ihn Erlebnisse an und machen ihn müde. Tausend Eindrücke sprechen zu ihm, jeder will Antwort, die großen, finsteren Städte entladen ihr elektrisches Feuer gegen ihn, füllen seine Nerven mit springendem Feuer. Der Himmel über ihm ist verdunkelt von der Wolke der Städte; in London irrt er wie in einem verlorenen Walde. Diese graue, neblige, wie aus Stahl ge- baute Stadt wirft ihre ganze Melancholie auf die Seele dessen, der dort einsam lebt, unkund der fremden Sprache, und der noch einsamer wird, weil alle diese Manifestationen des neuen großstädtischen Lebens ihm noch unverständlich sind. Noch weiß er sie dichterisch nicht zu bändi- gen, und so bleiben sie schmerzhafter Ansprung, wirres, unverständliches Eindringen. Und in dieser neuen Atmosphäre verfeinern sich seine Nerven so rasch und so sehr, daß schon die leiseste Berührung der Außenwelt eine zuckende Reaktion äußert. Wie mit spitzen Nadeln dringt jedes Geräusch, jede Farbe, jeder Gedanke auf ihn ein, seine ge- sunde Sensibilität wird hypertroph, jene Feinhörigkeit, wie sie sich etwa bei der Seekrankheit einstellt, die jeden Lärm, auch den leisesten Laut wie einen Hammerschlag, jeden verfliegenden Geruch ätzend wie eine Säure, jede Lichtstrahlung wie weißen glühenden Stich auf die Nerven empfindet, unterwühlt seinen ganzen Organismus. Dazu kommt noch eine rein körperliche Indisposition, die mit der seelischen Erkrankung korrespondiert. Es stellte sich bei Verhaeren damals ein nervöses Magen- leiden ein, eine jener Reziprozitäten der Physischen und Psychischen, wo kaum zu sagen ist, ob das Magenleiden die neurasthenischen Zustän- de oder die Schwäche der Nerven die Hemmungen der Verdauungsfunk- tion erzeugt. Innerlich sind beide Krankheiten koordiniert, beide eine 52 Ablehnung des äußeren Eindruckes, eine ohnmächtige Verweigerung der chemischen Umsetzung. So wie der Magen jede Speise als Schmerz, als Fremdkörper empfindet, so stößt das Ohr jeden Laut als Störung, der Blick jeden Eindruck als Schmerz von sich. Die nervöse Ablehnung der Außenwelt war damals in Verhaerens Leben bereits pathologisch. Die Klingel an der Tür mußte abgeschafft werden, weil sie den Nervösen erschreckte, die Hausbewohner mußten die Schuhe durch Filzpantoffeln ersetzen, die Fenster waren versperrt gegen den Lärm der Straße. Diese Jahre im Leben Verhaerens sind der Tiefstand, die Krise seines Lebensgefühles. In solchen Depressionen sperren sich die Kranken von der Welt ab, von den Menschen, vom Lichte, von dem Lärm, von den Büchern, von allen Berührungen der Außenwelt, weil sie instinktiv fühlen, daß alles ihnen Schmerzerneuerung und nichts ihnen Lebensbereicherung werden kann. Sie suchen die Welt leiser zu machen, tönen ihre Farben ab, vergraben sich in die Monotonie der Einsamkeit. Diese »soudaine lassitude« greift dann über ins Moralische, der Wille erlahmt, weil er keinen Sinn für das Leben findet, alle Werte stürzen in sich zusammen, die Ideale versinken in furchtbarstem Nihilismus. Die Erde wird zum Chaos, der Himmel zum leeren Raum, alles entäußert sich zum Nichts, zum Negativen. Solche Krisen im Leben eines Dichters sind fast immer steril. Und es ist darum von unerhörtem Wert, daß hier ein Dichter sich selbst noch in diesem Zustande beobachtet und veranschaulicht hat, daß er ohne Angst vor der Häßlichkeit, vor der Verworrenheit seines Ichs, die Geschichte einer seelischen Krise künstlerisch geschildert hat. In der Trilogie Verhaerens: »Les Soirs«, »Les Débâcles«, »Les Flambeaux noirs« besitzen wir ein Dokument, das den Pathologen ebenso wie den Psychologen unschätzbar sein muß. Denn hier hat ein tiefer innerlicher Wille, aus jeder Form des Lebens die letzte Konsequenz zu ziehen, das Stadium einer geistigen Erkrankung hart bis an die Grenze des Wahnsinns geschildert, hat ein Dichter beharrlich, so wie ein Arzt noch im wühlenden Schmerz die Symptome seines Leidens verfolgt, in Gedichten den Entzündungsprozeß der Nerven verewigt.

Die Landschaft dieser Bücher ist nicht die heimatliche mehr und kaum noch eine irdische. Sie ist grandiose Traumlandschaft, Horizonte wie von einem anderen Stern, eine jener Welten, die zum Monde ausgekühlt sind, wo die Erdwärme erloschen ist und eisige Windstille kühl die menschenverlassene Ferne füllt. Schon im Buch der Mönche war die heitere Rubenslandschaft verdunkelt, und im nächsten, »Aux Bords de la Route«, hatte sich graue Wolkenhand über die Sonne gelegt. Hier aber sind alle Farben des Lebens verglommen, kein Stern glänzt von diesem stahlgrauen metallischen Himmel, nur ein grausamer, kalter Mond gleitet manchmal darüber wie ein ironisches Lächeln. Es sind Bücher fahler Nächte, wo Wolken mit ungeheuren Flügeln den Himmel verschließen, die Welt eng wird, die Stunden wie Ketten kalt und schwer

sich um die Dinge legen. Eisige Kühle erfüllt diese Werke. »Il gèle …«
beginnt ein Gedicht, und dieser schaurige Ton klingt wie das Heulen
von Hunden immer und immer wieder in die endlose Fläche. Tot ist
die Sonne, tot die Blumen, die Bäume, selbst die Sümpfe sind erfroren
in diesen weißen Mitternächten:

> »Et la crainte saisit d'un immortel hiver,
> D'un grand Dieu soudain, glacial et splendide.« 54

Immer träumt der Fiebernde von dieser Kälte wie in geheimer Sehnsucht nach ihrer Kühlung. Niemand spricht zu ihm, nur durch die
Straßen heulen sinnlos die Winde wie Hunde um das Haus. Manchmal
kommen Träume, aber sie sind »fleurs du mal«, sie glühen giftig und
gelb aus dem Eise. Immer monotoner werden die Tage, immer furchtbarer, wie Tropfen schwer und schwarz fallen sie herab.
Mes jours toujours plus lourds s'en vont roulant leurs cours.
In diesen Versen ist gedanklich und onomatopoetisch die ganze
Furchtbarkeit dieser Öde ausgedrückt. Ohnmächtig hämmert das Ticken
der Uhr in diese endlose Leere und mißt eine unfruchtbare Zeit. Immer
dunkler wird die Welt, immer drückender, die Träume verzerrt der
Hohlspiegel der Einsamkeit zu furchtbaren Fratzen, und wie Geister
besprechen sich böse Gedanken im ruhelosen Herzen.
Und wie Nebel, wie eine schwere, erstickende Wolke sinkt über die
Seele die Müdigkeit. Zuerst war die Lust an den Dingen gestorben, dann
der Wille selbst nach Freude. Nichts will die Seele mehr. Die Nerven
haben ihre Fühler von der Außenwelt zurückgezogen, sie fürchten sich
vor jedem Eindruck, sie sind matt. Was zufällig noch an sie herantreibt,
wird nicht mehr Farbe, nicht mehr Ton, nicht mehr Eindruck, die Sinne
sind zu schwach, Eindrücke chemisch umzusetzen: so bleibt alles nur
Schmerz, ein leiser, nagender Schmerz. Das Gefühl, dem nun die Nerven
keine Nahrung mehr bringen, verhungert, keine Sehnsucht wird mehr
wach. Es ist Herbst geworden, alle Blüten sind abgefallen, und der
Winter naht.

> »Il fait novembre dans mon âme
> Et c'est le vent qui clame,
> Comme une bête dans mon âme.« 55

Langsam, aber unaufhaltsam wie eine schwellende Flut steigt ein böser Gedanke hervor: der Gedanke der Sinnlosigkeit alles Lebens, die Idee des Sterbens. Als letzte Sehnsucht schwingt das Wort auf: »Mourir mourir, comme des fleurs trop grands«, denn wie wund ist der ganze Körper von diesen Berührungen mit der Außenwelt, von diesen kleinen, nagenden Schmerzen. Kein einziges großes Gefühl steht mehr aufrecht: alles ist zerfressen von diesem kleinen, nagenden, zuckenden Schmerz. Da bäumt sich der Gequälte auf, so wie ein Tier, gefoltert von den Stichen der Insekten, die Ketten zerreißt und wahnsinnig ins Blinde stürmt. Der Kranke will sich losreißen vom Folterbett, aber er kann nicht mehr zurück. Man kann nicht mehr »se recommencer enfant avec calcul«. Reisen, Träume, all das sind nur Betäubungen, nach denen die Qual des Erwachens doppelt wieder einsetzt. Ein einziger Weg ist offen: der Weg nach vorwärts, der Weg zur Vernichtung. Aus tausend kleinen Schmerzen ersehnt sich der Wille einen einzigen tödlichen, statt des langsamen Verbrennens einen Blitz. Der Kranke will – so wie der Fiebernde sich die Wunde aufreißt – diesen Schmerz, der nur peinigt, aber nicht vernichtet, so groß und mörderisch machen, daß er tödlich wird, er will sich den Stolz retten, selbst die Ursache seines Unterganges zu sein. Der Schmerz soll nicht dieses kleine Stacheln bleiben, er will nicht »mourir, immensement emmaisté d'ennui«, sondern verzehrt werden von einem großen, feurigen, wilden Schmerz; er will einen schönen und tragischen Untergang. *Der Wille zum Erlebnis wird hier Wille zum Schmerz* und selbst zum Tode. Alle Qual erdulden, nur nicht dies Eine, dies Niedrige, dies Kleine, nur sich selbst nicht so verächtlich fühlen, nicht so krank und niedergebeugt.

>»N'entendre plus se taire en sa maison d'ébène
>Qu'un silence de fer, dont auraient peur les morts.«

Und mit flagellantischer Lust nährt der Kranke dieses fiebrige Feuer, bis es aufflammt zum lodernden Brande. Verhaerens tiefstes Kunstgeheimnis war von je die Lust am Überschwang, die Kraft der Übertreibung. Und so reißt er auch diesen Schmerz, diese Neurasthenie empor zu einer wundervollen, feurigen und grandiosen Ekstase. Ein Schrei, eine Lust bricht aus dieser Befreiungsidee. Zum erstenmal flammt wieder das Wort der Freude auf in dem Schrei: »La joie enfin me vient de souffrir par moi même, parsque je le veux.« Perverse Freude freilich nur, ein Sophisma, der falsche Triumph des Selbstmörders über das Leben, der das Schicksal besiegt zu haben glaubt, während es ihn doch überwunden hat. Aber auch dieser Trug ist schon sublim.

Durch diese plötzliche Einmengung des Willens wird diese physische Qual der Nerven zum seelischen Ereignis, die Krankheit des Körpers greift über in das Denken, die Neurasthenie wird eine »déformation morale«, der leidende Zwiespalt seines Ichs teilt sich gewissermaßen selbst in einen Schmerzerreger und einen Schmerzbereiter. Das Seelische will sich vom Körperlichen losreißen, sich dem gefolterten Leib entziehen.

> »Pour s'en aller vers les lointains et se défaire
> De soi et des autres un jour,
> En un voyage ardent et mol comme l'amour
> Et légendaire ainsi qu'un départ de galère.«

Aber unerbittlich hängen die beiden zusammen, keine Flucht ist möglich, wie sehr auch der Ekel ihn jagt, wenigstens einen Teil seiner selbst zu einem reineren, stilleren und höheren Zustand zu retten. Niemals, glaube ich, ist der Abscheu eines Kranken vor sich selbst, der Wille eines Lebendigen zur Gesundheit grausamer und grandioser geworden, wie in diesem Buche teuflischster Empörung gegen sich selbst. Zerrissen in zwei Teile ist die leidende Seele. In furchtbarer Personifizierung ringen der Henker und der Gerichtete miteinander oder vielmehr gegeneinander. »Se cravacher soi-même«, und schließlich der wütende Schrei: »Se cracher soi-même!« das sind die entsetzlich gellen Schreie des Hasses und des Selbstekels. Mit allen Strängen ihrer aufgepeitschten Kraft reißt die Seele sich von dem faulenden und gequälten Körper los, und ihre tiefste Qual ist die Unmöglichkeit der Zerspaltung. In dieser Zerrissenheit flackert schon die erste Flamme des Wahnsinns.

Niemals hat so grausam tief – wenn wir Dostojewski beiseite lassen – das Skalpel eines Dichters in der Wunde seines Ichs, niemals so gefährlich nahe am Lebensnerv gewühlt. Und niemals, vielleicht nur im »Ecce homo« Nietzsches, ist ein Dichter so bewußt dieser Nähe an den Abgrundsrand des Daseins getreten, um sich zu weiden am Gefühl des Schwindels und an der tödlichen Gefahr. Der Brand der Nerven hat bei Verhaeren langsam das Gehirn entzündet. Aber der andere, der Dichter in ihm, war wach geblieben, er hat bemerkt, wie das Auge des Wahn-

sinns langsam, unabwendbar und wie magnetisch angezogen sich ihm
nähert. »L'absurdité grandit en moi comme une fleur fatale.« Mit leisem
Schauer, aber mit geheimnisvoller Lust zugleich hat er die Nähe des
Furchtbaren gefühlt. Lange schon hat er gespürt, daß durch dieses Sich-
selbst-zerreißen sein Denken aus den klaren Kreisen getreten ist. Und
in einem grandiosen Gedicht, wo er die Leiche seiner Vernunft die graue
Themse hinabschwimmen sieht, schildert der Kranke jenen tragischen
Untergang.

> »Elle est morte, morte de trop savoir,
> De trop vouloir sculpter la cause,
> Elle est morte atrocement,
> D'un savant empoisonnement,
> Elle est morte aussi d'un délire
> Vers un absurde et rouge empire.«

Aber keine Angst faßt ihn bei diesem Gedanken. Verhaeren ist ein
Dichter, der die letzten Steigerungen liebt. Und so wie der körperlich
Kranke in tiefster Lust nach dem Rausch der Krankheit, nach ihrem
Überschwang, nach dem Tod gerufen hat, so will nun auch das kranke
Denken seinen Rausch, die Auflösung aller Ordnung, seinen herrlichsten
Untergang: den Wahnsinn. Auch hier steigert sich die Lust der
Schmerzbereitung zum höchsten Superlativ, zur Lust an der Selbstzer-
störung. Und wie der Kranke inmitten seiner Qual jäh nach dem Tode
schreit, so schreit der Gefolterte hier in grausamer Sehnsucht nach dem
Wahnsinn:

> »Aurai-je enfin l'atroce joie,
> De voir nerfs par nerfs comme une proie
> La démence attaquer mon cerveau?«

Er hat alle Tiefen des Geistes gekostet, aber alle Worte der Religion
und der Wissenschaft, alle Elixiere des Lebens haben ihn nicht retten
können vor dieser Qual. Alle Sensationen kennt er, alle sind klein geblieben, haben ihn angestachelt, keine ihn erhöht, keine ihn emporgetragen.
Und da brennt sein Herz dieser letzten entgegen. Er kann sie nicht mehr
erwarten, er will ihr entgegengehen. »Je veux marcher vers la folie et
ses soleils.« Er ruft den Wahnsinn wie einen Heiligen, wie den Erlöser,

er zwingt sich »à croire en la démence ainsi qu'une foi«. Ein herrliches Bild ist es, erinnernd an die Legende vom Herkules, der, gequält vom feurigen Nessusgewande, sich selbst auf den Scheiterhaufen wirft, um rasch in einer großen Flamme zugrunde zu gehen, statt versengt durch tausend kleine Qualen jämmerlich zu verenden.

Hier ist der höchste Zustand der Verzweiflung erreicht, die schwarze Fahne des Todes und die rote des Wahnsinns umarmen sich. Mit unerhörter Konsequenz hat Verhaeren, verzweifelnd an einer Deutung des Lebens, den Widersinn zum Sinn der Welt erhoben. Aber gerade in dieser gänzlichen Umkehr ist schon die Überwindung. Johannes Schlaf hat es in seiner schönen Studie mit großem Schwung ausgeführt, wie gerade in jenem Augenblick der Kreuzgebärde, wo der Kranke ausruft: »Je suis l'immensement perdu«, wo er sich an das Endlose verloren fühlt, er gleichzeitig der Erlöste und Befreite wird. Gerade dieser Gedanke, der hier bis zum Wahnsinn den kleinen Schmerz empor-gepeitscht hatte,

> »A chaque heure violenter sa maladie,
> L'aimer et la maudire et la sentir«,

ist schon das tiefste Leitmotiv des Verhaerenschen Werkes, der befreiende Schlüssel. Denn er ist nichts anderes als seine Lebensidee, durch grenzenlose Liebe das Widerstrebende zu bezwingen, »aimer le sort jusque dans ces rages«, niemals einem Ding auszuweichen, jedes zu nehmen und es emporzusteigern, bis es schöpferisch ekstatische Lust wird, jedes Leid mit einer neuen Willigkeit zu empfangen. Selbst dieser Schrei nach dem Wahnsinn, das wohl äußerste Dokument menschlicher Verzweiflung, ist eine ungeheure Sehnsucht nach Klarheit, in diesem qualvollen Ekel vor der Krankheit schreit eine in unseren Tagen vielleicht unbekannte Lebensfreude, und der ganze Konflikt, der eine Flucht vor dem Leben scheint, ist im letzten Grunde ein namenloser, ungeheurer Heroismus. Voll ist hier das große Wort Nietzsches erlebt: »Für eine dionysische Aufgabe gehört die Härte des Hammers, *die Lust selbst am Vernichten* in entscheidender Weise zu den Vorbedingungen.« Und was in dieser Epoche des Werkes noch als negativ scheint, ist im höheren Sinne Vorbereitung zum Positiven, zu den entscheidenden Vollendungen.

Darum bleibt diese Krise und ihre Gestaltung ein unvergängliches Denkmal unserer zeitgenössischen Literatur, denn sie ist gleichzeitig ein ewiges Denkmal der Überwindung menschlichen Leidens durch künstlerische Kraft. Die Krise Verhaerens, seine innerliche Auseinandersetzung um den Wert des Lebens ist tiefer gegangen als die jedes anderen Dichters unserer Zeit. Noch heute stehen die Leiden jener Tage mit Falten und Keilhieben eingespalten in seiner hohen Stirne, keine Gesundung und Erstarkung hat diese edlen Narben verlöschen können. Ein Brand ohnegleichen, eine Flamme der Leidenschaft war diese Krise. Nicht eine einzige Errungenschaft von früher ist aus ihr gerettet worden. Verhaerens einstiges Verhältnis zur Welt ist zusammengebrochen, sein katholischer Glaube, seine Religion, sein Heimats-, sein Welt- und Lebensgefühl, alles ist vernichtet. Und wenn er nun sein Werk aufbaut, so wird es ein anderes sein müssen, mit anderem künstlerischen Ausdruck, mit anderen Empfindungen, anderen Erkenntnissen und anderen Harmonien. Dieser Orkan hat die Landschaft seiner Seele, wo einst Frieden und bescheidenes Leben geherrscht hatten, in eine pfadlose Öde verwandelt. Aber diese Öde und Einsamkeit hat Raum und Freiheit zum Aufbau einer neuen, reicheren und tausendfach wertvolleren Welt.

61

Flucht in die Welt

On boit sa soif, on mange sa faim.

E. V.

Bis zur letzten Möglichkeit war in dieser Krise die Verneinung getrieben. Nicht nur die äußere Welt hatte der Kranke negiert, sondern sich selbst. Nichts war geblieben als der Unwille, der Ekel und die Qual.

> »La vie en lui ne se prouvait
> Que par l'horreur qu'il en avait.«

Bis zur letzten Möglichkeit, bis zu jener Möglichkeit, die Untergang heißt oder Umwandlung, war er gelangt. Aus dem ursprünglich rein physischen Schmerz der überempfindlichen Sinnesorgane war eine moralische Depression geworden, aus der Niedergeschlagenheit ein psychisches Leiden und aus diesem Leiden allmählich in grandioser Steigerung nicht nur mehr der Schmerz am einzelnen Ding, sondern das Leiden am All: der *Weltschmerz*. Für den aber, der einsam das Leid der ganzen

Welt auf sich genommen hat, der stark genug war, es für alle Jahrhunderte zu tragen, für den hat die Menschheit das Symbol des Gottes erfunden. Der Irdische, der Sterbliche muß zusammenbrechen unter so gigantischer Last. Bis in die letzte Ecke eines Ichs hatte hier das rachsüchtige Leben den gedrängt, der es verneinte, bis dorthin, wo er nun schauernd stand vor dem Abgrund der eigenen Brust, Stirn an Stirn gegenüber dem Tode und dem Wahnsinn. Der dichterisch menschliche Organismus Verhaerens war auf das äußerste, auf das gefährlichste überhitzt. Die Fieberglut der flagellantischen Ekstase hatte das Blut zum Kochen gebracht, sie füllte mit furchtbaren Bildern so übermächtig das Gehäuse seiner Brust, das nur ein Entspannen des Ventils vor der Explosion der Selbstvernichtung retten konnte.

Zweierlei Flucht war nur möglich aus dieser Vernichtung: die Flucht in ein Vergangenes – oder die Flucht in ein Neues. Manche, Verlaine zum Beispiel, waren in solchen Katastrophen, wo ihr ganzes Lebensgebäude zusammenbrach, um nicht einsam unter dem drohenden Himmel zu stehen, in die Kathedralen des Katholizismus geflüchtet. Verhaeren aber, obwohl Gläubigkeit und Begeisterung eine der lebendigsten Quellen seiner dichterischen Kraft sind, fürchtete mehr das Vergangene als das Unbekannte. *Seine Befreiung von dem ungeheuren Druck ist eine Flucht in die Welt.* Er, der früher mit Hochmut das ganze Weltgeschehen als eine persönliche Angelegenheit gefaßt hatte, der in sich einsam den ewigen Zwiespalt, das unsterbliche Ja und Nein des Lebens lösen wollte, stürzt sich jetzt mitten in die Dinge, bezieht sich ein in ihr Geschehen. Er, der früher alles nur subjektiv, nur isoliert empfand, objektiviert sich nun, er, der früher sich absperrte vor der Wirklichkeit, läßt nun seine Adern in den atmenden Organismus des Lebens bluten. Er bewahrt sich nicht mehr hochmütig, er gibt sich hin, er verschenkt sich mit aller Lust an alles, tauscht den Stolz des Alleinseins mit der ungeheuren Lust des Allgegenwärtigseins. *Er betrachtet nicht mehr alle Dinge in sich, sondern sich in allen Dingen.* Der Dichter aber in ihm befreit sich ganz im Sinne Goethes durch Symbole. Verhaeren jagt, so wie Christus in der Legende die teuflischen Gewalten aus dem Irrsinnigen in die Säue, seinen Überschwang aus sich in die ganze Welt. Die Hitze, das Fieber seines Gefühles – die konzentriert die enge Brust zersprengen wollten – befeuern nun die ganze ihm früher so eisige und erstarrte Umwelt. Alle die bösen Gewalten, die früher in der Gewandung kranker Träume ihn umschlichen, schafft er jetzt um zu Gestalten des Lebens. Er hämmert sie um, ist selbst der Schmied seines herrlichen Gedichtes, von dem er sagt:

> »Dans son brasier, il a jeté
> Les cris d'opiniâtreté,
> La rage sourde et séculaire;
> Dans son brasier d'or exalté,
> Maître de soi, il a jeté
> Révoltes, deuils, violences, colères,
> Pour leur donner la trempe et la clarté
> Du fer et de l'éclair.«

Er objektiviert das Persönliche im Kunstwerk, hämmert aus den kalten Blöcken, die eisern schwer auf ihm lasteten, nun Denkmäler und Statuen des Schmerzes. Alle die Gefühle, die früher nebelhaft dumpf, gestaltlos und traumhaft befangen wie Nachtalben auf ihm lasteten, werden nun klare Standbilder, versteinerte Symbole der seelischen Erlebnisse. Seine Angst, seine brennende, klagende, entsetzliche Angst hat der Dichter aus sich selbst gerissen und in den Glöckner gegossen, der auf dem lodernden Turme verbrennt. Die Monotonie seiner Tage hat er Musik werden lassen im Gedichte des Regens, seinen wahnsinnigen Kampf gegen die Elemente, die schließlich seine Kraft zerbrechen, zum Bilde gestaltet im Fährmann, der gegen den Fluß strebt und dem die Ruder zerbrechen, eines nach dem anderen. Das grausame Wühlen im eigenen Schmerz hat er veranschaulicht in der Idee des Fischers, der mit seinem durchlöcherten Netze immer nur Leid und Leid aus dem dunklen Strom emporfischt, seine bösen und roten Lüste im »Aventurier« vergeistigt, in dem Abenteurer, der heimkehrt aus der Ferne zum Brautfest mit der toten Geliebten. Nicht mehr in Stimmungen, im zerrinnenden Material
der Träume, sondern in der unendlich wandelbaren Form von Menschen sind hier die Gefühle gestaltet. Hier ist Symbolismus im höchsten Sinn, im Sinne der Goetheschen Befreiung. Denn jedes Gefühl ist gleichsam weggezaubert aus der Brust, wenn es künstlerische Gestalt gefunden hat. Und so schwindet langsam der übermächtige Druck von dem Wesen des Dichters, das kranke Fieber aus seinem Werke. Nun erst erkennt er die selbstmörderische Feigheit hinter dem Visier des Stolzes, die ihn zur Weltflucht zwang, begreift den verhängnisvollen Egoismus jeder Abschnürung vor der Welt. »Je suis été lâche et je me suis enfui du

monde en mon orgeuil futile.« Diese Erkenntnis ist das letzte befreiende Wort der Krise.

Nun aber ist die faustische Verzweiflung überwunden. Ostermorgenstimmung klingt auf, der jubelnde Schrei: »Das Leben hat mich wieder!« mit den Chorälen der Auferstehung. In vielen Symbolen hat Verhaeren diese Befreiung, diesen Aufstieg von Krankheit zur Gesundung, vom verzweifelsten Ja zum seligsten Nein geschildert, am schönsten in jenem herrlichen Gedichte, wo St. Georg, der Drachentöter, mit leuchtender Lanze sich zu ihm neigt, und dann in jenem anderen, wo die sanften vier Schwestern sich ihm nahen und die Befreiung künden.

> »L'une est le bleu pardon, l'autre la bonté blanche,
> La troisième l'amour pensif, la dernière le don
> D'être, même pour les méchants, le sacrifice.«

Güte und Liebe ziehen nun ein, wo früher nur Haß und Verzweiflung gewesen ist. Und in ihrem Nahen schon fühlt er die Hoffnung der Genesung, die Hoffnung auf natürliche künstlerische Kraft.

> »Et quand elles auront, dans la maison
> Mis de l'ordre à mes torts, plié tous mes remords
> Et réfermé, sur mes péchés, toute cloison,
> En leur pays d'or immobile, où le bonheur
> Descend, sur les rives de fleurs entr'accordées,
> Elles dresseront les hautes idées,
> En sainte-table pour mon cœur.«

65

Immer sicherer wird dieses Gesundungsgefühl, immer mehr teilt sich der Nebel vor der nahenden Sonne der Heilung. Nun weiß er, daß er in dunklen Minengängen geirrt ist, im spröden Gestein des Hasses sich Irrwege gehämmert hat, statt im Lichte den Weg mit den Menschen zu gehen. Und endlich bricht hell und jubelnd, hoch über der schüchternen Stimme der Hoffnung und des Gebets der jähe Triumph der Gewißheit los. Zum ersten Male findet Verhaeren die Form des künftigen Gedichtes: den Dithyrambus. Wo früher irre und einsam klagend »le carillon noir« des Schmerzes tönte, schwingen und klingen nun alle Stränge des Herzens.

»Sonnez, tous mes voix d'espoir,
Sonnez en moi, sonnez sous les rameaux
En des routes claires et du soleil.«

Und hell geht nun der Weg »vers les claires métamorphoses«.

Diese Flucht in die Welt war die große Befreiung. Nicht nur der Körper ist wieder gesundet, freut sich des Wanderns und der Wege, nicht nur die Seele ist heiter geworden, der Wille neu beschwingt und stärker als je zuvor, auch die Kunst ist von frischem, lebensrotem Blut erfüllt. Bis in den Vers Verhaerens, der feinnervig alle psychischen Veränderungen wiedergibt, spürt man die Befreiung. Denn das Gedicht, das früher in der Teilnahmlosigkeit malerischer Darstellung die kühle Form des Alexandriners wahrte, das dann in der grausamen Monotonie der Krise die Leere und Öde der Empfindung durch eine erschreckende, grauenhaft schöne Gleichtönigkeit darzustellen versuchte, dieses Gedicht wird hier plötzlich wie von einem Traum lebendig, wacht auf wie ein Tier aus dem Schlafe, bäumt sich, überschlägt sich, wandelt sich, ahmt alle Gebärden nach, die drohende, die flüchtende, die jubelnde und die ekstatische, plötzlich ist – fernab von allen Einflüssen und Theorien – der »vers libre«, der freie Vers, gewonnen. So wie der Dichter nicht mehr die Welt in sich einschließt, sondern sich an sie verschenkt, so will auch das Gedicht nicht mehr eigenwillig die Welt in sein viereckiges Gefängnis sperren, sondern gibt sich hin jedem Gefühl, jedem Rhythmus, jedem Melos; es paßt sich an, wird dehnbar, kann die unübersehbare Gewalt der Städte mit seiner schäumenden Lust in sich bergen, kann sich zusammendrücken, um die Schönheit einer einzigen gefallenen Blüte in sich zu schließen, kann die donnernde Stimme der Straße, das Hämmern der Maschinen nachahmen und das Flüstern der Verliebten in einem Frühlingsgarten. *In allen Sprachen des Gefühles, mit allen Stimmen der Menschen kann das Gedicht nun sprechen, seit es Weltstimme wurde aus dem gequälten Klageschrei des Einzelnen.*
Mit dieser neuen Lust fühlt aber der Dichter auch die Schuld, die er seiner Zeit vorenthalten hat. Er sieht die verlorenen Jahre, wo er nur sich selbst, seinem eigenen kleinen Gefühle gelebt hatte, statt dem Worte seiner Zeit zu lauschen. In merkwürdiger Kongenialität drückt hier das Werk Verhaerens aus, was – im selben Jahre vielleicht – Dehmel in seinem Gedichte »Die Bergpredigt« so grandios gestaltet, wo er, aus-

schauend von der Höhe der Einsamkeit auf die Städte im Dunst, ekstatisch ruft:

> »Was weinst du, Sturm? – Hinab, Erinnerungen!
> dort pulst im Dunst der Weltstadt zitternd Herz!
> Es grollt ein Schrei von Millionen Zungen
> nach Glück und Frieden: Wurm, was will dein Schmerz!
> Nicht sickert einsam mehr von Brust zu Brüsten,
> wie einst die Sehnsucht, als ein stiller Quell;
> heut stöhnt ein Volk nach Klarheit, wild und gell,
> und du schwelgst noch in Wehmutslüsten?
>
> Siehst du den Qualm mit dicken Fäusten drohn
> dort überm Wald der Schlote und der Essen?
> Auf deine Reinheitsträume fällt der Hohn
> der Arbeit! fühls: sie ringt, von Schmutz zerfressen.
> Du hast mit deiner Sehnsucht bloß gebuhlt,
> in trüber Glut dich selber nur genossen;
> schütte die Kraft aus, die dir zugeflossen,
> und du wirst frei vom Druck der Schuld!«

Schütte die Kraft aus, die dir zugeflossen! gib dich hin! – das ist auch
der selige Schrei Verhaerens in dieser Stunde. Das Polare berührt sich.
Aus höchster Einsamkeit wird höchste Gemeinsamkeit. Der Dichter fühlt,
daß Sichhingeben mehr ist, als sich bewahren. Mit einem Male sieht er
hinter sich die schaurige Gefahr dieses eigensüchtigen Schmerzes.

> »Et tout à coup je m'apparais celui,
> Qui s'est, hors de soi-même enfui
> Vers le sauvage appel des forces unanimes.«

Und der früher vor diesem Aufruf in kalte Einsamkeit geflohen war,
wirft sich nun ekstatisch weltwärts in tiefster Sehnsucht.

> »De n'être plus qu'un tourbillon,
> Qui se disperse au vent mystérieux des choses.«

Er fühlt, daß er, um alles Große und Schöne dieser feurigen Welt mit-
zuleben, sich nun vervielfältigen müsse, tausendfach und zehntausendfach
sein. »Multiple-toi!« Sei vielfach! Gib dich hin! Dieser Ruf flammt hier
zum ersten Male auf. Sei vielfach!

> »Multiple-toi et livre-toi! Défais
> Ton être en des millions d'êtres,
> Et laisse l'immensité te filtrer et transparaître.«

Aus dieser Bruderschaft mit allen Dingen wachsen erst die Möglichkeiten,
ein moderner Dichter zu sein. Nur durch Hingabe an jedes Ding
konnte Verhaeren so grandios das Zeitgenössische verstehen, konnte er
nun Dichter der Demokratie der Städte, des Industrialismus, der Wissenschaft, der Dichter Europas, der Dichter unserer Zeit werden. Aus
diesem pantheistischen Empfinden formte sich erst das innige Verhältnis
zwischen Eigenwelt und Umwelt, das später in jener Identität ohnegleichen endet: nur aus einem so verzweifelten Nein konnte ein so seliges
Ja werden, nur aus dem Weltflüchtling der große Weltempfinder.

47

Zweiter Teil: Gestaltungen

Les Campagnes hallucinées / Les Villages illusoires / Les Villes tentaculaires / Les Drames

1893–1900

Das zeitgenössische Gefühl

J'étais le carrefour où tout se rencontrait.

E. V.

La beauté nouvelle dans les nouvelles choses.

E. V.

Die Befreiung Verhaerens aus der Umklammerung der Krise war eine Flucht zu den Wirklichkeiten. Nicht mehr den Blick starr auf sich selbst zu heften, Lust und Qual nach innen zu wühlen, sondern zu den Problemen hinzuwenden in die Welt der Erscheinungen war seine Rettung. Nicht einsam will er nunmehr der Welt gegenüberstehen, sondern vielfach sein, in allem sich verwirklichen, was lebendig ist, was einen Willen, eine Idee, eine Form, irgendein Lebendiges ausdrückt. Nicht nur mit sich selbst, sondern mit der ganzen Welt sich auseinanderzusetzen ist nun seine dichterische Absicht.

Die Wirklichkeiten und gerade unsere Wirklichkeiten waren bisher den lyrischen Dichtern fremd. Es war schon Gemeinplatz geworden, von der Gefahr des Industrialismus, der Demokratie, des Maschinenzeitalters für die Kunst zu sprechen, das unser Leben uniformiere, die Individualitäten abtöte, die Poesie aus den Wirklichkeiten lösche. Alle diese Dichter haben die neuen Schöpfungen, die Maschinen, die Eisenbahn, die gigantischen Städte, den Telegraphen, das Telephon, alle die Errungenschaften der Technik als eine Hemmung des Poetischen empfunden. Ruskin predigte, man solle die Fabriken niederreißen, die Schornsteine vertilgen, Tolstoi weist auf den primitiven Menschen hin, der alle seine Bedürfnisse aus eigener Kraft, unabhängig von den Gemeinsamkeiten, erschafft, und erblickt in ihm das moralische und ästhetische Ideal der Zukunft. In der Dichtung war allmählich das Vergangene identisch mit dem Dichterischen geworden. Man schwärmte für die hellenischen Zeiten, für die Postkutschen und die kleinen, winkligen Gassen, begeisterte sich an allen fremden Kulturen und negierte die gegenwärtige als eine Entartung. Die Demokratie, die alle Verhältnisse nivellierte und selbst den Dichter in den bürgerlichen Beruf des Schriftstellers bannte, schien als soziale Ordnung das Korrelat der Maschinen zu sein, die jede Handfertigkeit unnötig machen durch die konstruktive Geschicklichkeit der Fabriken. Alle die Dichter, die willig die Vorzüge der Technik für den praktischen Gebrauch in Beschlag nahmen, die ungeheure Reisen in minimalen Zeiten zurücklegten, den Komfort des modernen Hauses, den Luxus der Lebensbedingungen, die Honorare und die soziale Unabhängigkeit in Beschlag nahmen, weigerten sich hartnäckig, in diesen Nützlichkeiten auch ein dichterisches Moment, ein Objekt der Begeisterung, Anregung oder Ekstase zu entdecken. Nach und nach war das Dichterische zu etwas dem Nützlichen geradezu Entgegengesetztem geworden, alle Entwicklung schien ihnen gleichzeitig ein Rückgang im kulturellen Sinn.

Die große Tat Verhaerens ist es nun, eine Umwertung des Dichterischen vorgenommen zu haben. In der breiten Masse der demokratischen Ordnung hat er das Erhabene gefunden, Schönheit nicht nur dort, wo sie sich vererbten Begriffen fügt, sondern auch dort, wo sie sich tiefer, noch verdeckt vom Keimblatt des Neuen, erst zu entfalten beginnt. Er hat die Grenzen der lyrischen Kunst unendlich erweitert, dadurch, daß er keine Erscheinung, sofern in ihr ein innerer Sinn und eine Notwendigkeit waltete, ablehnte. Und hat so Ackerboden und Frucht gerade dort gefunden, wo alle anderen an poetischer Saat verzweifelten. Er gerade, der solange in Absonderung sich abgeschnürt hat, empfindet die Kraft und die Fülle der Sozietät, das Dichterische der Kraftvereinigung in den großen Städten und den großen Erfindungen. *Seine tiefste Sehnsucht, seine erhabenste Tat ist die lyrische Entdeckung der neuen Schönheit in den neuen Dingen.*

Zu dieser Tat konnte er nur durch die Überzeugung gelangen, daß Schönheit nichts Absolutes ausdrückt, sondern ein mit den Verhältnissen und mit den Menschen Veränderliches, daß das Schöne wie alle Dinge, die der Entwicklung unterliegen, in beständiger Wandlung sei. Die Schönheit von gestern ist nicht mehr die Schönheit von heute. Auch die Schönheit ist nicht jener Tendenz der Vergeistigung entgegen, die das charakteristischste Symptom und Resultat aller Kultur ist. Die Phy-

74

siologen haben nachgewiesen, daß die körperliche Kraft des modernen Menschen geringer sei als die seiner Voreltern, sein Nervensystem aber vermehrt, daß also Kraft immer mehr zu einem Geistigen sich verdichte. Der Heros der Griechen war der Ringkämpfer, der Ausdruck eines harmonisch durchbildeten Körpers, die Vollendung von Kraft und Geschicklichkeit; der Heros unserer Zeit ist der Denker, das Ideal geistiger Kraft und Geschmeidigkeit. Und da wir die Vollendung der Dinge immer nur nach dem Ideal unserer persönlichen Empfindung zu bewerten vermögen, hat auch die Schönheitsform eine Wandlung ins Geistige erfahren. Selbst wo wir sie im Körperlichen suchen, wie etwa im Ideal der Frauengestalt, haben wir uns gewöhnt, nicht so sehr in Kraft und Rundung, sondern in einem edlen, schlanken Linienspiel, das irgendwie ein Seelisches ausdrückt, die Vollkommenheit zu sehen. Immer mehr wendet sich die Schönheit von der Außenfläche, vom Körperlichen nach dem Inneren, zum Seelischen. In dem Maße, als der Antrieb sich mehr und mehr verbirgt, die Harmonie nicht sinnfällig wird, intellektualisiert sich die Schönheit. Sie wird für uns nicht so sehr Schönheit der Erscheinung, sondern eine Schönheit der Absicht. Um den Telegraphen oder das Telephon bewundern zu können, genügt uns nicht die äußerliche Form, das Drahtnetz, der Taster, die Schallröhre, sondern die ideelle Schönheit, der Gedanke des Überspringens von Ländern, von ganzen Weltteilen durch einen schwingenden Funken. Die Maschine ist nicht wundervoll durch ihr rasselndes, rußiges, eisernes Gerüst, sondern durch die in dem Körper vergrabene Idee, die sie zur zauberischen Wirksamkeit befähigt. Ein moderner Schönheitsbegriff muß nicht nur sich dem Schönheitsbegriff der Vergangenheit, sondern auch dem der Zukunft anpassen. Und die Zukunft der Ästhetik ist eine Art Ideologie, oder wie Renan es ausdrückt, eine Identität mit den Wissenschaften. Wir werden verlernen, nur sinnlich die Dinge zu begreifen, ihre Harmonie nur an der Außenfläche zu sehen, und werden lernen müssen, ihre geistigen Absichten, ihre innere Form, die seelische Organisation durch die Form als Schönheit zu begreifen.

Denn diese neuen Dinge sind nur häßlich, wenn sie mit dem Blick des vergangenen Jahrhunderts gesehen werden, wenn unser Zeitalter sich jene Überschätzung der Pietät bewahrt, die sie das moderne Kunstwerk mißachten und gleichgültige Kunstwerke der Vergangenheit tausendfach überzahlen läßt. Nur aus diesen Gefühlen heraus ist es möglich, daß die Postkutsche als poetisch, die Lokomotive als häßlich empfunden wird, daß alle die Dichter, die noch nicht frei und unabhängig sehen, in so gehässigem Verhältnis zu unseren Wirklichkeiten stehen oder im besten Falle in einem indifferenten. Nietzsche sagt einmal so schön: »Meine Formel für die Größe am Menschen ist amor fati: daß man nichts anders will, vorwärts nicht, rückwärts nicht, in alle Ewigkeit nicht. Das Notwendige nicht bloß ertragen, noch weniger verhehlen – aller Idealismus ist Verlogenheit vor dem Notwendigen – sondern es lieben.« Und so haben einige Wenige in unseren Tagen das Neue geliebt, zuerst als Notwendigkeit, dann als Schönheit. Carlyle predigte vor Jahrzehnten schon den Heroismus des Alltags, die Mahnung an die Dichter, sie sollten nicht mehr aus Chroniken Größen schildern, sondern sie suchen, wo sie ihnen am nächsten seien, in den Wirklichkeiten. Constantin Meunier hat aus der Demokratie die Idee einer neuen Plastik gewonnen, Whistler, Monet in dem Dunst der Großstädte, im Atem des Maschinenzeitalters einen neuen Farbton entdeckt, der nicht weniger schön ist als das ewige Blau Italiens und der halkyonische Himmel Griechenlands. Walt Whitman hat nur aus den großen Versammlungen, aus den ungeheuren Dimensionen der neuen Heimat die Kraft und Gewalt seiner Stimme gewonnen. Die ganze Schwierigkeit, daß sich aber noch immer so wenige gefunden haben, der neuen Schönheit in den neuen Dingen zu dienen, liegt darin, daß gerade unser Zeitalter noch nicht eine Epoche der Entscheidungen, sondern erst die eines Überganges ist. Noch haben die Maschinen nicht vollkommen gesiegt, noch lebt das Handwerk neben ihnen, noch blühen die kleinen Städte, noch immer ist es möglich, zur Idylle zu flüchten, in einem versteckten Winkel die alte Schönheit zu finden. Erst wenn dem Dichter jede Flucht zu den vererbten Idealen versperrt sein wird, wird er zur Wandlung gezwungen sein. Denn noch haben die neuen Dinge ihre Schönheit nicht organisch entwickelt. Jedes Neue mengt ein Befremdendes, Brutales und Häßliches seinem Auftreten bei, formt sich erst nach und nach zu seinem organischen Sinn ästhetisch um. Die ersten Dampfschiffe, die ersten Lokomotiven, die ersten Automobile waren häßlich. Aber die schlanken, geschmeidigen Torpedoboote von heute, die farbigen, in sich geschlossenen, lautlos gleitenden Automobile, die großen breitbrüstigen Pacific-Railway-Maschinen von heute imponieren selbsttätig durch ihre äußere Form. Die großen Warenhäuser, etwa wie sie Messel in Berlin baute, entfalten eine Schönheit in Eisen und Glas, die vielleicht nicht geringer ist als die der Kathedralen und Paläste von einst. Gewisse große Dinge, wie der

Eiffelturm, die Firth-Bridge, die modernen Kriegsschiffe, die feurigen Hochöfen, die Boulevards von Paris haben eine neue Schönheit, der die Vergangenheiten nichts an die Seite zu stellen wissen. Einerseits durch die innere Absicht, andererseits durch die demokratische Grandiosität, die ungeheuren Dimensionen – die nur von den allergrößten Werken des Altertums erreicht werden – erzwingen sich die neuen Dinge eine neue Steigerung. Was aber schön ist, muß früher oder später dichterisch begriffen werden. Und so war Verhaeren sicherlich nur einer der ersten Brückenbauer von der alten zur neuen Zeit, andere werden kommen, die die neuen Schönheiten in den neuen Dingen feiern werden, die Riesenstädte, die Maschinen, den Industrialismus, die Demokratie, dieses feurige Streben nach neuen Größen, und sie werden nicht nur die neuen Schönheiten finden müssen, sondern auch neue Gesetze für diese neue Ordnung, eine andere Moral, eine andere Religion, eine andere Synthese für dieses andere Beisammensein. Die dichterische Umwertung des Schönen ist nur ein Anbeginn für die dichterische Umwertung des Lebensgefühles.

Jeder Dichter aber wird in den Dingen immer nur sein Temperament entdecken. Ist er melancholisch, so wird die Welt in seinen Büchern sinnlos, alle Lichter löschen aus, das Lachen stirbt; ist er leidenschaftlich, so brodeln alle Gefühle wie in einem Kessel in feuriger Gischt und schäumen in zornigen Geschehnissen auf. Während die wirkliche Welt vielfältig ist und gleichsam nur als Elemente die Elixiere von Lust und Schmerz, Vertrauen und Verzweiflung, Liebe und Haß in sich enthält, so ist die Welt der großen Dichter die Welt eines einzigen Gefühles. Und so sieht Verhaeren auch alle Dinge in ihrer neuen Schönheit nur mit seinem eigenen Lebensgefühl, nur mit Energie. In diesen seinen feurigen Mannesjahren sucht er nicht die Harmonie, sondern die Energie, die Kraft. Ihm ist ein Ding um so schöner, je mehr es Absicht, Wille und Kraft, je mehr es Energie enthält. Und da die ganze Welt von heute überhitzt ist von Anstrengung und Energie, da die großen Städte nichts anderes sind als ungeheure Zentren von vielfältiger Energie, da die Maschinen nichts anderes ausdrücken als gebändigte organisierte Kraft, da hier unzählbare Mengen sich vereinen zu gemeinsamer Tat, so ist ihm die Welt voll von Schönheit. Er liebt die neue Zeit, weil sie Anstrengung nicht vereinzelt, sondern kondensiert, weil sie sich nicht zersplittert, sondern zu Taten zusammenrafft. Und mit einem Male erscheint ihm alles vor seinem Blick beseelt. Alles was Willen hat, was sich ein Ziel setzt, der Mensch, die Maschine, die Masse, die Stadt, das Geld, alles was schwingt, arbeitet, hämmert, wandert, jubelt, alles was sich fortpflanzt, vermehrt, was Schöpfung werden will, alles was in sich Feuer, Ansprung, Elastizität und Gefühl hat, klingt wider in seinen Versen. Alles was früher tot, kalt und feindlich gegen ihn gewirkt hatte, bekommt Willen und Energie, lebt seine Minute; nichts ist nur Staub oder nutzloser Schmuck in diesem vielfältigen Räderwerk, alles ist Schöpfung, alles wirkt dem Zukünftigen entgegen. Die Stadt, die babylonische Türmung von Steinen und Menschen, wird auf einmal ein Lebewesen, ein Vampir, der die Kraft des Landes aussaugt; die Fabriken, die ihm früher nur häßliches Mauerwerk schienen, werden Schöpfer von tausend Dingen, die wieder Neues aus sich zeugen. Mit einem Male ist Verhaeren der soziale Dichter, der Dichter des Maschinenzeitalters, der Demokratie und der europäischen Rasse. Und Energie erfüllt auch sein Gedicht, es ist entfesselte Kraft, Enthusiasmus, Paroxysmus, Ekstase, wie immer man es nennen mag, aber immer tätige, glühende, bewegte Kraft, nie Ruhe, immer tätig. Sein Gedicht ist nicht mehr Deklamation, nicht mehr marmornes Grabmal einer Stimmung, sondern Schrei, Kampf, Aufzucken, Niederducken und Wiederaufspringen, es ist materialisierter Kampf. Alle Werte haben sich für ihn verändert. Gerade das, was ihn früher am meisten abgestoßen hat, London, die Riesenstadt, die Bahnhöfe, die Börse, lockt ihn nun am meisten als dichterisches Problem. Je mehr ein Ding der Schönheit zu widerstreben schien, je mehr er durch Kampf, durch qualvolles Ringen sich seine Schönheit erst entdecken mußte, um so ekstatischer preist er es nun. Die Kraft, die gegen sich selbst mörderisch gewütet hatte, bricht nun jubelnd und schöpferisch in die Welt. Am Niederringen des Widerstandes, an diesem Aufreißen der Schönheit aus ihrem verborgensten Winkel, ist ihm zehnfache Kraft und Lust des Schaffens geworden. *Verhaeren schafft nun das Großstadtgedicht im dionysischen Sinn,* den Hymnus an unsere Zeit, an Europa, die immer wieder erneute Ekstase an das Leben.

Die Städte (Les villes tentaculaires)

Le siècle et son horreur se condensent en elles,
Mais leur âme contient la minute éternelle.

E. V.

Wie der Gesundete nun zum ersten Male genesen in das Licht und mit ausgebreiteten Armen zu allen Dingen emporsteigt, fühlt er mit unendlicher Beseligung die freie Luft von allen Seiten, die Orgien von Licht, die Sturzbäche von Tosen und Lärm und empfängt mit unendlichem Jubelschrei die Symphonie des Lebens. Und von diesem ersten Augenblick an hat Verhaeren eine unendliche Gier und Begeisterung des Lebens erfaßt, als ob er die versäumten Jahre der Einsamkeit, der Krankheit und der Krise mit einem einzigen Sprunge überholen wollte. Sein Blick, sein Ohr, seine Nerven, alle seine Sinne, die gehungert hatten, stürzen sich nun mit einer fast mörderischen Lust auf die Dinge, reißen alles an sich, bis es ihnen ganz gehört. In alle Länder ist damals Verhaeren gefahren, als wollte er das ganze Europa fassen. In Deutschland ist er gewesen, in Berlin, in Wien und Prag, immer allein als einsamer Wanderer, unkundig der Sprache und nur horchend auf die Stimme der Stadt selbst, auf das fremde, finstre Rauschen, auf die Meeresbrandung der europäischen Metropolen. In Bayreuth ist er ehrfürchtig zum Grabe Wagners gepilgert, in München hat er diese Musik der Ekstase und Leidenschaft in sich aufgenommen, in Kolmar seinen geliebten Maler Mathias Grünewald verstehen gelernt; er hat in Spanien die tragische Landschaft des Nordens geliebt, jene finsteren, waldlosen Berge, deren drohende Silhouetten dann in seinem Carlos-Drama Hintergrund der feurigen Geschehnisse wurden; er hat in Hamburg tagelang dem gigantischen Verkehr, dem Kommen und Gehen der Schiffe, dem Tausch von Landung und Fracht begeistert zugesehen. Überall, wo das Leben intensiv, ausdrucksvoll und von neuer Energie beseelt war, hat er es begeistert geliebt. Es ist charakteristisch für sein Temperament, daß die harmonische Schönheit der friedlichen und offenen, der schlafenden und träumenden Städte ihm weniger zu sagen hatte, als die finsteren und rußigen modernen Städte. Fast mit Absicht wendet sich seine Liebe vom traditionellen Ideal einem noch unbekannten entgegen. Florenz, das vielhundertjährige Symbol aller Poeten, war ihm eine Enttäuschung, zu lau die italienische Luft, zu spärlich diese Konturen, zu träumerisch die Straßen. Aber London, dieses aufgetürmte Konglomerat von Wohnungen und Fabriken, diese wie aus Erz gegossene Stadt, dieses wimmelnde Labyrinth schmutziger Gassen, dieses ewig pochende, ruhelose Herz des Welthandels mit dem Qualm der Arbeit, der die Sonne zu verdunkeln droht, war ihm eine Entdeckung. Gerade die industriellen Städte, die bisher keinen Dichter reizten, jene Städte, die sich selbst ihren bleifarbenen Himmel aus Nebel und Rauch wölben, die ihre Menschen meilenweit zusammensperren, locken ihn an. Paris ist dem Farbenfreudigen teuer geworden und seither in alljährlicher Wiederkehr der Aufenthalt seiner Wintermonate. Gerade das Unruhige und Geschäftige, das Verwirrte und Atemlose, das Gehetzte, Eifernde, Fiebernde, Brünstige, das babylonisch Verwirrte reizt ihn an. Er liebt dieses Durcheinander und seine seltsame Musik. Oft ist er stundenlang auf dem Dache der schweren Omnibusse gefahren, um besser das Gewühl übersehen zu können, um nur am Körper mit geschlossenen Augen den dumpfen Lärm, dieses dem Waldesrauschen in seiner Unaufhörlichkeit nicht unähnliche Tosen besser anschlagen zu fühlen. Nicht mehr wie in seinen früheren Büchern geht er der Existenz der simplen Berufe nach, er liebt die Steigerung des Handwerklichen zum Maschinellen, wo die Absicht unsichtbar wird und nur die grandiose Organisation sich offenbart. Und langsam ist dieses Interesse für ihn selbsttätiges Lebensinteresse geworden. Der Sozialismus, der in diesen Jahren stark und tätig wurde, fiel wie ein roter Tropfen in die kranke Blässe seines dichterischen Werkes. Van der Velde, der Führer der freien Arbeiterschaft, wird sein Freund. Und wie nun die Partei in Brüssel das Maison du peuple begründet, hilft er wacker mit, liest selbst an der Université libre, nimmt teil an allen Bestrebungen, um sie dann in der schönsten Vision seines dichterischen Werkes weit über das Politische und Aktuelle in die großen Geschehnisse der Allmenschlichkeit emporzuheben. Sein innerlich nun gefestigtes Leben geht von jetzt ab mit weitem sicheren Pendelschwung. Persönliche Beruhigung, ein Gegengewicht für die ungezügelte Unrast, hatte er inzwischen durch seine Vermählung gewonnen. Nun haben die wilden Ekstasen ihren festen Punkt, von dem sie den feurigen Wirbel der neuen Erscheinungen übersehen können. Aus den krankhaften Bildern, den fiebrigen Halluzinationen werden nun klare Visionen, nicht in jähen Blitzen, sondern in starkem, strahlendem Licht erhellen sich für ihn die Horizonte unserer Zeit.

Nun da er ins Leben tritt, ist sein erstes Problem eine Auseinandersetzung mit der Umwelt, mit dem Nächsten, mit der Stadt. Aber nicht die Stadt, in der er lebt, interessiert ihn in heimatlichem Sinn, sondern die ideale moderne Stadt, die Riesenstadt überhaupt, dieses fremde und ungeheure Ding, das vampirisch alle Kräfte des Bodens und der Menschen an sich gerissen hat, um ein neues Residuum an Kraft zu bilden. Sie drängt die Kontraste des Lebens hart aneinander, stuft in jähen Schichten ungeheuren Reichtum über erbärmlichster Armut auf, macht die Gegensätzlichkeiten stark, feindlich und entschieden. Zu jener Entschiedenheit des Kampfes, in der Verhaeren alle Dinge zu betrachten liebt. Die Grandiosität dieses neuen Organismus ist jenseits aller Ästhetik des Gewesenen, neu und fremd stehen auch die Menschen vor der Natur, mit anderem Rhythmus, heißerem Atem, geschwinderen Bewegungen, wilderen Gelüsten, als sie alle sozialen Vereinungen von Menschen, alle Berufe und Kasten von vordem kannten. Anders ist hier der Ausblick. Er muß nicht nur in die Ferne greifen, sondern auch in die Höhe, zu den getürmten Häusermassen, muß mit neuen Schnelligkeiten und neuen Raumverhältnissen rechnen. Ein neues Blut, das Geld, nährt diese Städte, eine neue Energie befeuert sie, einen neuen Glauben, einen Gott müssen sie erzeugen und eine neue Kunst. Unendlich sind ihre Dimensionen, schreckhaft und von noch unbekannter Schönheit, ihre Ordnung ist unterirdisch versteckt hinter einer pfadlosen Wirrnis.

> »Quel océan ces cœurs!
> Quels nœuds de volontés
> Serrés en son mystère!«

ruft er in Staunen aus, wie er ihre Fülle durchschreitet, aber er kann ihrer Größe nicht widerstehen:

> »Toujours en son triomphe ou ses défaites
> Elle apparaît géante et son cri sonne et son nom luit.«

Eine ungeheure Energie fühlt er von ihr ausgehen, er spürt, wie ihre Atmosphäre mit anderem Druck auf seinem Körper ruht, wie sein Blut sich an ihrem Rhythmus beschleunigt. Schon ihre Nähe löst den Schauer neuer Lust aus.

»Dans ces villes
Je sens grandir et s'exalter en moi
Et fermenter soudain, mon cœur multiplié.«

Unwillkürlich fühlt er, wie er von ihr abhängig wird, wie diese grandiose Zusammenpaarung von Energie auch in ihm eine ähnliche Konzentration aller Kräfte erzeugt, wie ihr Fieber ansteckend das seine wird, und spürt – spürt mit einer Intensität, wie kein anderer Dichter in unseren Tagen – die Identität seiner Persönlichkeit mit der Seele der Stadt. Er erkennt ihre Gefahr, er weiß, sie wird ihn mit aller Unruhe erfüllen, ihn überhitzen und erregen, ihn mit ihren Gegensätzlichkeiten verwirren.

»Voici la ville en or des rouges alchimies,
Où te fondre le cœur en un creuset nouveaux
Et t'affoler d'un orage d'antimonies
Si fort qu'il foudroiera tes nerfs jusqu'au cerveau.«

Aber er weiß, sie wird ihn auch befruchten, wird ihm Kraft geben von ihrer Stärke. Kein Großer wird mehr sein, der an ihr vorübergeht, der sie nicht empfindet, nicht mit ihr lebt, nicht an ihr wächst. Von nun ab werden alle Neuen und Starken in einer Wechselwirkung mit ihr stehen.

Diese große Erkenntnis ist – wir haben es gesehen – keine spontane, sondern eine errungene. Denn im Sinne der alten Schönheit ist der Anblick der modernen Stadt ein furchtbarer. Sie ist die Schlaflose, die ewig Wache, nicht wie die Natur manchmal ruhend und schweigend. Rastlos reißt sie die Menschen in ihren Wirbel, reizt unablässig ihre Nerven, Tag und Nacht ist sie lebendig. Bei Tag ist sie grau wie Blei, ein finsteres Bergwerk, in dem die Menschen, in den Minen der Straßen vergraben, rastlos und unwillig arbeiten, ein schwüles Geschiebe von Leidenschaften. »Urwälder von Erz und Stein« sind aufgebaut, und von allen diesen Tausenden Straßen »à poumons lourds et haletants, vers on ne sait quel buts inquiétants«, scheint keine ins Freie, ins Licht zu führen. Monoton sehen sich die Millionen Fenster an, und die finsteren Höhlen, in denen die Menschen an Maschinen selbst wie Maschinen sitzen, donnern in unfaßbarem Rhythmus versteinerter Anstrengung. Kein Abglanz des Ewigen fällt auf sie nieder, feindselig, häßlich und grau keucht die Stadt bei Tag in ihrem Qualm. Aber die Nacht, die alle harten Linien mildert, schweißt die ungelenken Glieder feurig zu einem Neuen zusammen. Nachts wird die Stadt zur großen Verlockung. Die Leidenschaft, die bei Tag gefesselt ist, zerbricht ihre Ketten:

»Pourtant lorsque les soirs
Sculptent le firmament de leurs marteaux d'ébène,
La ville au loin s'étale et domaine la plaine
Comme un nocturne et colossal espoir;
Elle surgit: désir, splendeur, hantise,
Sa clarté se projette en lueurs jusqu'au cieux,
Son gaz myriadaire en buissons d'or s'attise,
Ses rails sont des chemins audacieux
Vers le bonheur fallacieux
Que la fortune et la force accompagnent;
Ses murs se dessinent pareils à une armée
Et ce qui vient d'elle encore de brume et de fumée
Arrive en appels clairs vers les campagnes.«

In grandiosen Visionen gestaltet Verhaeren diese feurigen Ausbrüche. Da ist die Vision der Music halls: Feuerräder kreisen um ein Haus, schreiende Lettern klettern die Fassaden hinan und locken die Massen bis vor die leuchtende Rampe. Hier wird der Hunger des Volkes nach Sensation gefüttert, täglich grausam die Kunst gemordet. Hier wird die Langeweile für ein paar Stunden gebändigt, wird mit Farbe, Flamme und Musik aufgepeitscht zu einer anderen Lust, die draußen wartet, sobald hier der Trug in Nacht versinkt.

»Et minuit sonne et la foule s'écoule.
Le hall se ferme – parmi les trottoirs noirs
Et sous les lanternes qui pendent
Rouges dans la brume ainsi que de viandes,
Ce sont les filles qui attendent«,

sie die Dirnen, »les promeneuses«, »les veuves d'ellesmêmes«, die vom sinnlichen Hunger der Masse leben. Denn auch die Lust ist in den Städten organisiert, ist in Kanäle geleitet, wie alle Triebe. Aber der Urtrieb ist der gleiche. Der Hunger, der draußen auf den Feldern und am Lande noch Freude an gesunder Speise, am schäumenden Bier war, ist hier umgesetzt in den Begriff des Geldes. Nach Geld hungert hier alles, Geld ist der Sinn der Stadt. »Boire et manger de l'or« ist der heiße Traum der Menge. Alles drückt sich durch Geld aus, »tout se définit par la monnaie«, alle Werte sind untergeordnet dem neuen Werte, dem Geldwerte. Herrlich ist die Vision des Basars, wo in allen Auslagen, in allen Stockwerken sich alles verkauft, aber nicht nur wie in den Wirklichkeiten die Dinge des Gebrauches, sondern in einer höheren Symbolik auch die ethischen Werte, die Überzeugungen und Meinungen, Ruhm und Name, Ehre und Macht, alle Gesetze des Lebens. All dies feurige Blut des Geldes fließt aber zusammen in das große Herz der Stadt, in die Börse, diesen gierigen Magen, der alles Gold einschluckt, alles wieder ausspeit, der dieses hitzige Fieber siedet und dann feurig in alle Adern der Stadt ergießt. Alles ist käuflich, selbst die Lust: rückwärts in »l'étal«, in der lauernden Straße der Ausschweifung, verkaufen sich die Frauen, wie dort die Waren. Aber diese Energie ist nicht immer geregelt, nicht immer gedämmt. Auch hier wie in der Natur gibt es Gewitter, jähe Zerstörungen. Manchmal bricht sich dieser Strom von Geld neue Bahn, wie eine Flamme zuckt die Revolte empor. Die Massen strömen aus ihren finsteren Höhlen, die Menschen werden gierig, und der tausendköpfige Dämon kämpft und blutet um das Eine, um das rotglühend strahlende Gold.

Das Große und Gewaltige aber ist in diesen Städten nicht die Leidenschaft, sondern die geheimnisvolle Kraft, die hinter diesen Leidenschaften steht, die edle Ordnung, die sie abteilt und bezwingt. Im dumpfen Chaos, in dieser Flut von Vergänglichkeiten stehen wie Statuen der »Villes tentaculaires« drei oder vier Figuren, die Bändiger der Leidenschaften. Sie sind, was früher die Könige waren und die Priester, diejenigen, die solche dampfende Energien zu zügeln und zu nutzen wissen. Sie halten dieses wilde, gefährliche Tier mit eisernen Händen nieder, sie, die neuen Herrscher, die Staatsmänner, die Feldherrn, die Demagogen, die Organisatoren. Denn tierisch in ihren Bewegungen, bestialisch in ihren Leidenschaften, animalisch in ihren Trieben, häßlich in ihrer Kraft ist die Stadt. Sie ist häßlich wie jede Brunst. Nicht mit reiner Lust, nicht wie eine ebenmäßig im Grün der Wälder sanft sich verlierende Landschaft kann sie betrachtet werden, sondern mit Abscheu, Haß, Vorsicht und Feindlichkeit zuerst. Aber das ist das Große Verhaerens, daß er alles Feindliche, Schmerz und Qual immer durch eine große Vista überwindet, daß er in diesem keuchenden Dampf des Unästheti-

schen auch schon die Flamme der neuen Schönheit sieht. Zum ersten
Male ist hier die Schönheit der Fabriken, »les usines rectangulaires«, die
Faszination des Bahnhofes gesehen, die neue Schönheit in den neuen
Dingen. Ist die Stadt häßlich in ihrer Gedrängtheit, häßlich im Sinne
aller klassischen Ideale, ist das Stadtbild auch grausam und furchtbar,
so ist sie doch nicht unfruchtbar. »Le siècle et son horreur se condensent
en elle, mais elle contient la minute éternelle.« Und dieses Gefühl, daß
in ihr die Minute der Ewigkeit enthalten ist, daß sie das Neue ist über
allen Vergangenheiten, ein Neues, mit dem man sich notwendig abfinden
muß, das macht sie dem Dichter wichtig und schön. Ist ihre Form ab-
scheulich, grau und finster, so ist ihre Idee, ihre Organisation grandios
und bewundernswert. Und hier, wie immer: Wo Bewunderung einen
Angelpunkt findet, kann sie der ganzen Welt den Schwung von Verneinung zur Bejahung geben.

Aber Verhaeren ist schon zu wenig Artist mehr, zu interessiert an
allen Problemen des Lebens, um die Idee der modernen Stadt nur ästhetisch zu betrachten. Ein noch wichtigeres Symbol ist sie ihm für den
Ausdruck des zeitgenössischen Gefühles.

Nicht nur das Problem der sozialen Neuschichtung ist dichterisch in
der Trilogie verarbeitet, sondern eine der brennendsten und unaufhalt-
samsten Fragen der Nationalökonomie und Politik, der Kampf der
zentrifugalen und zentripetalen Kraft, der Kampf des Agrarischen und
Industriellen. Stadt und Land erkaufen ihr Wohlergehen, einer mit dem
Notstand des andern. Produktion und Handel sind, so sehr sie sich be-
dingen, in ihren Endpunkten feindliche Kräfte. Wie sich nun in unsern
Tagen in Europa der Sieg zwischen Stadt und Land zugunsten der Stadt
entscheidet, wie allmählich die Stadt die besten Kräfte der Provinzen
absorbiert – das Problem der »Déracinés« – das hat Verhaeren in seiner
großartigen Vision der »Villes tentaculaires« zum ersten Male dichterisch
geschildert. Plötzlich sind die Städte entstanden. Millionen haben sich
zusammengeballt. Aber woher sind sie gekommen? Aus welchen Quellen
sind diese ungeheuren Massen plötzlich in die mächtigen Reservoirs
geströmt? Die Antwort gibt sich schnell. Das Herz der Stadt ist genährt
mit dem sickernden Blute des Landes. Das Land ist verarmt. Wie halluziniert wandern die Bauern nach der Münzstätte des Goldes, nach der
im Abend feurig flammenden Stadt, wo einzig der Reichtum liegt und
die Macht. Sie ziehen hin mit ihren Karren, um das letzte Gerümpel zu
verkaufen, sie ziehen hin mit der Tochter, um sie den Lüsten zu über-

antworten, ziehen hin mit dem Sohne, um ihn vergehen zu lassen in den Fabriken, ziehen hin, um auch ihre Hände zu tauchen in diesen rauschenden Strom des Goldes. Verlassen sind die Felder. Nur die phantastischen Gestalten der Irrsinnigen taumeln auf einsamen Wegen, leer und nur vom Winde getrieben schlagen die verlassenen Mühlen um sich. Fieber steigen aus den Sümpfen, wo das Wasser, nicht mehr in Kanälen abgeleitet, Krankheit und Moder verbreitet. Bettler trotten von Tür zu Tür, in ihren Augen spiegelt sich die Unfruchtbarkeit des Landes, zu den noch zögernden letzten Besitzern drängen die Feinde, »les donneurs de mauvais conseils«. Der Agent der Auswanderung redet ihnen zu, nach den Ländern des Goldes zu ziehen, und wirklich, sie verschleudern von Vatersvater ererbtes Gut und ziehen zu einer Hoffnung in die Ferne:

> »Avec leur chat, avec leur chien,
> Avec pour vivre quel moyen
> S'en vont le soir par la grande route.«

Und wen die Auswanderung nicht verlockt, den stößt der Wucherer von Heim und Herd. Eisenbahnnetze schneiden plötzlich die stillen Dörfer entzwei, in denen der Tanz der Kirmessen lange verstummt ist. Ungleich ist der Kampf. Das Land, dem das Blut seiner Menschen ausgesaugt wurde, ist besiegt. »La plaine est morte et ne se défend plus.« Alles strömt nach Oppidomagnum. So hat Verhaeren in seinem symbolischen Drama »Les Aubes«, das mit den »Campagnes hallucinées« und den »Villes tentaculaires« die Trilogie des sozialen Umschwunges bildet, die Riesenstadt genannt, die mit Polypenarmen alle Kräfte der Umwelt rücksichtslos in sich aufsaugt. Von allen Seiten strömen ihr Kräfte zu. »Tous les chemins se rythment vers elles.« Nicht nur vom Lande her trinkt sie die Kraft der Menschen, auch das ganze Meer scheint nur gegen ihren Hafen zu strömen. »Toute la mêr va vers la ville.« Das ganze Meer strömt der Stadt zu, und alle Fluten scheinen nur zu sein, um diesen wandernden Wald von Schiffen hierherzubringen. Und alles saugt sie auf, verarbeitet sie in der »noire immensité des usines rectangulaires«, frißt sie gierig auf, um es als Gold wieder auszuspeien.

Aber dieser ungeheure soziale Kampf des Landes und der Stadt, auch er drückt noch ein Höheres aus. Es ist nur momentanes Symbol für einen ewigen Zwiespalt. Das Land ist das Symbol der Konservativen. Dort sind die Formen der Arbeit versteinert, ruhig und regelmäßig, das Leben ohne Hast und nur geregelt vom Umschwung der Jahreszeiten. Alle Empfindungen, alle Formen sind rein und einfach. Näher stehen diese Menschen dem Zufall, ein Blitz, ein Hagelschlag kann ihre Arbeit vernichten, und so fürchten sie Gott und wagen nicht, an ihm zu zweifeln. Die Stadt aber symbolisiert den Fortschritt. Im Donner der Straßen hört man nicht mehr die Stimmen der Madonnen, geschützt ist das Leben des Einzelnen vor dem Zufall durch die vorgebaute Ordnung, das Fieber des Neuen zeugt auch eine Sehnsucht nach neuen Lebensbedingungen, neuen Verhältnissen, nach einem neuen Gott.

> »L'esprit des campagnes était l'esprit de Dieu,
> Il fut la peur des recherches et révoltes.
> Il chut: et voici qu'il meurt, sous les essieux
> Et sous les chars en feu des nouvelles récoltes.«

War das Land die Vergangenheit, so ist die Stadt die Zukunft. Das Land will nur beibehalten, nur bewahren: seine Art, seine Schönheit, seinen Gott. Die Stadt aber muß ihn erst zeugen, muß sich die neue Schönheit erst schaffen, den neuen Glauben und den neuen Gott.

> »Le rêve ancien est mort et le nouveau se forge,
> Il est fumant dans la pensée et la sueur,
> Des bras fiers de travail, des fronts fiers de lueurs,
> Et la ville l'entend monter du fond des gorges,
> Des ceux qui portent en eux
> Et le veulent crier et sangloter aux cieux.«

Wir aber, meint Verhaeren, dürfen nicht dieser vergangenen Welt angehören, die hinstirbt, sondern wir, die wir in den Städten leben, müssen mit ihnen denken, müssen mit der neuen Zeit leben, mit ihr schaffen und ihrer stummen Sehnsucht eine neue Sprache geben. Rückkehr zur Natur ist uns nicht mehr möglich, Entwickelung läßt sich nicht mehr zurückschrauben. Sind wir großer Werte verlustig gegangen, so müssen wir sie durch neue ersetzen, ist unser religiöses Gefühl kühl und tot vor dem alten Gott, so müssen wir neue Ideale erschaffen. Wir müssen die neuen Ziele auffinden, die die Früheren noch nicht kannten, in den neuen Formen der Stadt eine neue Schönheit finden, in ihrem

Lärm einen Rhythmus, in ihrer Wirrnis eine Ordnung, in ihrer Energie ein Ziel, in ihrem Stammeln eine Sprache.

Haben die Städte viel zerstört, so werden sie vielleicht noch mehr erschaffen. In ihrem Tiegel schmelzen Berufe, die Rassen, die Religionen, die Nationen, die Sprachen.

> »Les Babels enfin réalisés
> Et les peuples fondés dans la cité commune
> Et les langues se dissolvant en une.«

Alles wird neu, und wir müssen nicht fragen, ob es besser wird, sondern darauf vertrauen. Nicht umsonst sind die fieberhaften Zuckungen der großen Städte, diese Unrast, diese schreiende Qual. Denn sie, diese Schmerzen und Zuckungen, sind nur die Wehen der Geburt eines Neuen. Als der erste nun diesen Schmerz der Masse, diese Gärung schon freudig vorahnend als Lust empfunden zu haben, diese Unruhe als Hoffnung, heißt selbst ein wahrhaft Neuer sein, einer von denen, die berufen sind, dichterisch eine Antwort zu geben auf alle Klagen und Fragen unserer Zeit.

Die Menge

Mets en accord ta force avec les destinées
Que la foule, sans le savoir,
Promulgue en cette nuit d'angoisse illuminée!

E. V.

Das große Geschehnis der modernen Stadt war im Grunde nur möglich durch die Organisation der gewaltigen Volksmenge und die Verteilung ihrer Kräfte. Organisieren heißt, disparate Kräfte sparsam zu einem Organismus verarbeiten, ein Belebtes und Beseeltes nachzuahmen, in dem nichts überflüssig und nichts notwendig ist, einem Material seine einheitliche Kraft, einem Gedanken das Fleisch und Bein seiner Form und Möglichkeit zu geben. Die Stadt nun hat die zerstreuten Kräfte des Landes zu einem neuen Material umgeschmolzen – zur Menge – sie hat manches, was früher individuell tätige Kraft war, verwandelt in materielle, den Menschen erniedrigt zu einem Handgriff, einem rollenden Rad, sie hat überall die Individualität des Einzelnen unterbunden, um eine neue Individualität, die der Masse, zu erzeugen. Denn die Menge als Tatsache ist ein Neues. Jahrhundertelang war sie nur ein Symbol, ein Begriff. Man faßte logisch die Einwohnerzahl von ganzen Ländern zusammen, aber man fühlte, man umfaßte nie ihr unmittelbares Beieinandersein. Zwar: man hat vordem auch schon große Armeen gekannt, Kriegshaufen und Nomadenvölker, dies waren aber flüchtige Konzentrationen, zu wenig seßhaft, zu wenig stetig, um aus sich eine Individualität, einen ästhetischen und moralischen Wert erzeugen zu können. Und selbst die Armeen, deren Größe legendär wurde durch Jahrhunderte, die Heereshaufen Tamerlans, die Kriegsvölker der Perser, die Legionen Roms, wie arm ist ihre Zahl gegen die Masse von Menschen, die in New York oder London oder Paris täglich beisammen ist. Erst in unseren Tagen, erst in Oppidomagnum ist die Menge ewig aneinander geschmiedet, aneinander mit stählernen Bändern verhakt wie die Räder einer ungeheuren Maschine; hier erst ist sie ein lebendiges Wesen, das wächst und sich vermehrt wie ein Wald. Die Demokratie hat ihr geistig neue Formen gegeben, ein Gehirn dem Körper eingesetzt, indem sie die Menge selbst bestimmt machte, nur sich selbst unterworfen. Sie ist eine Schöpfung des neunzehnten Jahrhunderts, sie ist ein neuer Wert in unserem Leben, mit dem man sich abfinden muß, kein geringerer Wert für unsere Entwicklung als die höchsten der Vergangenheit. Walt Whitman, auf den man beim Werke Verhaerens immer hinweisen muß, obwohl – wie es hier ausdrücklich vermerkt sei – Verhaeren gänzlich unabhängig und unbewußt zu gleichen Zielen vom gleichen Ausgangspunkt gelangte, hat einmal gesagt: »Die moderne Wissenschaft und die Demokratie scheinen mir beide die Poesie gleichsam herauszufordern, ihrer beider Wesenheit zu offenbaren im unterscheidenden Gegensatze zu den Mythen und Gesängen der Vergangenheit.« Und jeder moderne Dichter wird sich mit der demokratischen Masse abfinden müssen, wird sie synthetisch wie ein einzelnes Lebewesen, wie einen Menschen oder einen Gott betrachten müssen. Verhaeren hat in seinem utopischen Drama »Les Aubes« sie, »la foule«, unter die Reihen der Gestalten gestellt und, um seine innere Vision auszudrücken, die technische Bemerkung hinzugereiht: »Les groupes agissent comme un seul personnage à faces multiples et antinomiques.« Denn hundertfach wie auf den Bildern der indischen Götter sind ihre Arme, aber einheitlich ihr Schrei, einfach ihr Wille, einförmig ihre Energie, eins ihr Herz, »le cœur myriadaire et rouge de la foule«. Hundert Jahre Gemeinsamkeit, hundert Jahre gemeinsame Not, gemeinsame Hoffnung hat sie zusammengeschweißt zu einem Einheitlichen, zu einem neuen Gefühl. Schlaflos und unruhig wie ein gefährliches Tier liegt sie in den Riesenstädten, alle Leidenschaften des einzelnen Menschen sind die ihren, die Eitelkeit, der Hunger, der Zorn, alle Laster und Verbrechen hat sie gemein mit ihrem kleinsten Gliede, dem Menschen, nur steigert sich bei ihr alles zu unbekannten Größen. Alles wird unerhört überdimensional in ihren Leidenschaften, jenseits der Berechnungen und in einem neuen Sinne göttlich. Denn so wie die Götter von einst nach dem Bilde des Menschen geformt waren, nur daß sie Verhundertfachung ihrer Kraft und Klugheit darstellten, so ist die Menge die Synthese der einzelnen Kräfte, die fruchtbarste Ansammlung der Leidenschaft.

Mit ihr ersteht und ohne sie vergeht der einzelne. Bewußt oder unbewußt ist jeder untertan ihrer Gewalt. Denn der moderne Mensch ist nicht mehr frei vom Einfluß der anderen, wie einst der Mensch der Felder, der Hirt und Jäger, der nur abhängig war vom Zorn des Himmels, den Launen der Erde, von Wetter und Hagelschlag, vom Zufall, den er in das erhabene Bild seines Gottes hüllte. Der moderne Mensch ist in allen seinen Gefühlen von der Umwelt bestimmt, eingereiht in ihr Geschiebe, abhängig in seinen Instinkten. Wir alle fühlen sozial, können die anderen um uns und vor uns nicht wegdenken, ebensowenig wie die Luft, die uns nährt. Wir können sie fliehen, aber nicht dem entfliehen, was von ihnen in uns eingedrungen ist. Denn die Menge beherrscht uns wie eine Naturkraft, nährt uns mit ihren Gefühlen. Der unsoziale Mensch ist eine Fiktion. Ebensowenig, wie man in der Großstadt sein Zimmer ganz abschließen kann vom Lärm, vom Rhythmus der Straße, ebensowenig kann man isoliert denken, ebensowenig kann die Seele sich von den großen geistigen Erregungen der Menge fernhalten. Verhaeren hat es selbst versucht in jenen Zeiten, wo er die Verse schrieb:

>»Mon rêve, enfermons nous dans les choses lointaines
>Comme en des tragiques tombeaux.«

Aber das wirkliche Leben hat ihn zurückgefordert; denn die Sozietät vernichtet den, der sich von ihr abwendet, wie einen, der sich absperrt von der frischen Luft. Auch der Dichter muß unwillkürlich mit der

Menge und an die Menge denken. Denn so sehr die Demokratie nivellierend gewirkt hat, so sehr sie die Individualitäten beschränkt, den Dichter ins Bürgerliche eingereiht, die Kontraste des Zufalls vermindert hat, so sehr hat sie auch neue Kräfte in ihrer Vielheit gezeitigt. Der moderne Dichter kann in ihr alles finden, wofür die früheren sich Göttern entdecken mußten, die Unberechenbarkeit und die Zauberkraft über den Einzelnen. Die Stadt, die Menge nährt seine Energie aus ihrer unendlichen Fülle, sie vervielfacht seine Kraft. Denn in ihr ist alles, was der Einzelne verloren hat, der große Heroismus und die ekstatische Begeisterung. Sie ist die große Quelle des Unerwarteten und Unberechenbaren in unseren Tagen, das Neue, von dem noch keiner weiß, zu welcher Größe es sich gestalten wird. Sie als Bereicherung und nicht als Beschränkung des dichterischen Triebes erkannt zu haben, ist eines der großen Verdienste Verhaerens. Denn während die meisten der Dichter von heute noch die Fiktion der Solitären und Einsamen beibehalten, während sie wie vor Pestkranken zurückschrecken vor der Menge, sich künstlich absondern, während sie verächtlich Vorbeigehen an den Lokomotiven und Telegraphen, an den Banken und Fabriken, trinkt Verhaeren mit Gier aus diesen Quellen der neuen Kraft.

> »Comme une vague en des fleuves perdu,
> Comme un aile effacé, au fond de l'étendue
> Engouffre-toi,
> Mon cœur, en ces foules battant les capitales.
> Réunis tous ces courants
> Et prends
> Si large part à ces brusques métamorphoses
> Des hommes et des choses
> Que tu sens l'obscure et formidable loi
> Qui les domine et les opprime
> Soudainement, à coup d'éclair, s'inscrire en toi.«

Denn sie, »la foule«, die Menge, ist die große Umwerterin unserer Tage. Sie wandelt die Menschen, die zu ihr vom Lande aus allen vier Richtungen kommen, um in ihrem Beisammensein, keiner von uns entgeht dieser nivellierenden Kraft. Die entferntesten Rassen mischen sich im ungeheuren Behältnis der Stadt, sie passen sich einander an und werden mit einem Male ein Neues, ein Anderes, eine neue Rasse, die neue

Rasse des zeitgenössischen Menschen, der sich ausgesöhnt hat mit der Atmosphäre der Großstadt, der nicht nur die Depression ihrer Mauern schmerzlich fühlt und die Entfernung der Natur, sondern aus der vielfachen menschlichen Gegenwart eine neue Kraft und ein neues Weltgefühl sich erzeugt. Eine Beschleunigung der Umwertungen, das ist die Leistung der Masse. Das Individuelle geht unter zugunsten einer Individualität dieser neuen Gemeinschaft. Die alten Gemeinschaften verlieren ihre Einheit, neue müssen erstehen. Amerika ist das erste Vorbild, wo sich aus tausend Völkerkräften eine einzige große Bruderschaft, ein neuer Typus, der amerikanische, in hundert Jahren entfaltet hat, und in unseren Hauptstädten, in Paris, Berlin und London, wachsen schon Menschen auf, die keine Franzosen mehr sind und keine Deutschen, sondern vorerst nur Pariser und Berliner, die eine andere Sprachtönung, eine andere Denkart haben, denen die Großstadt, die Menge zur Heimat geworden ist. Der Großstädter, der demokratische Mensch der Menge, ist eine Erscheinung für sich. Wird er zum Dichter, so muß seine Dichtung sozial sein, wird er zum Denker, so muß die Intelligenz der Masse, der gemeinsame Instinkt der seine sein. Die Psychologie dieser Menge zum ersten Male dichterisch versucht zu haben, ist eine der großen Kühnheiten, für die wir Verhaeren dankbar sein müssen.

Aber diese einzelnen Ansammlungen von Menschen zu einer Menge, diese Vereinungen von Millionen zu Städten sind keine isolierten. Ein Band hält sie alle zusammen, der moderne Verkehr. Die Distanzen der Realität sind geschwunden und mit ihnen auch die nationalen Scheidungen. Neben dem Problem der einzelnen Konglomerate, die nun langsam Organismen werden, neben den einzelnen Rassen, den einzelnen Massen erhebt sich eine größere Synthese, die Synthese der europäischen Rasse. Denn die Menschen auf unserem Kontinent sind sich nicht mehr so fern, nicht mehr so fremd wie einst. Die Sozialdemokratie umspannt mit ihrer Organisation die Massen von einem Ende Europas bis zum anderen. Gleiche Sehnsucht befeuert heute in Paris, London, Petersburg, Wien und Rom die Menschen. Und eine gemeinsame Formel beherrscht schon ihre Bestrebungen: das Geld.

>>Races des vieux pays, forces desaccordées
Vous nouez vos destins épars, depuis le temps,
Que l'or mets sous vos fronts le même espoir battant.<<

Auf breitem Fundament formt sich über den Ländergrenzen eine einheitliche Rasse, eine neue Gemeinsamkeit, die europäische. Hier greifen
hart Wunsch und Wirklichkeit zusammen. Verhaeren sieht Europa bereits vereint durch eine große, gemeinsame Energie. Europa ist ihm das
Land der Bewußtheit. Während die anderen Länder noch in traumhafter
Ferne ein vegetatives Leben führen, während Afrika und Indien noch
träumen wie im Dunkel der Urzeiten, ist Europa »la forge, où se frappe
l'idée«, die große Schmiede, in der alle Unterschiede, alle einzelnen Be-
obachtungen, alle Resultate umgehämmert werden in eine neue Geistigkeit, *in das europäische Bewußtsein.* Noch ist innerlich die Vereinung
nicht vollkommen, noch befeinden die Staaten sich und sind unkund
ihrer Gemeinsamkeit, aber schon ist »le monde entier repensé par leurs
cervelles«. Schon arbeiten sie an der Umwertung alles Fühlens im europäischen Sinn. Denn eine neue Ethik, eine neue Ästhetik wird der Europäer brauchen, der reich durch die Vergangenheit, stark durch das
Gefühl der Menge nun von neuen Massen seine Kraft empfindet. Hier
ist der Überklang des Werkes Verhaerens zur Utopie, und in »Les Aubes«, dem Nachspiel der »Villes Tentaculaires«, erhebt sich über die
Visionen der Realitäten noch dieses strahlende Regenbogentor zu dem
neuen Ideale, über der noch ringenden Gegenwart der prophetische
Traum einer besseren Zukunft.

Die Sehnsucht nach dem Europäer hat Verhaeren dichterisch zum
ersten Male ausgesprochen, fast gleichzeitig wie Walt Whitman die seine
nach dem Amerikaner, wie Friedrich Nietzsche nach dem Übermenschen. 100
Den Paneuropäer gegenüber dem Panamerikaner, diese Antithese
durchzuführen wäre verlockend und interessant. Aber es genügt zu sagen,
daß Verhaeren als Erster unter den lyrischen Dichtern so bewußt euro-
päisch fühlte, wie Walt Whitman amerikanisch, um ihn schon den
wichtigsten Erscheinungen unserer Zeit beizugesellen. Verhaeren hat
unter den Dichtern vielleicht als Einziger zeitgenössisch empfunden.
Das faßt sein ganzes Verdienst zusammen, denn es drückt schon aus,
daß er das Problem der Masse, die Energie der sozialen Neubildungen,
die Ästhetik der Organisation, die Grandiosität der maschinellen Betriebe,
mit einem Worte die Poesie des Materiellen sich zu eigen machte. In
seinen Versen spricht unsere Zeit, die neue Zeit, in ihrer neuen Sprache.
Dieser Rhythmus, den er zum ersten Male gefunden hat, ist keine literarische Absonderung, sondern ist tieferer Zusammenhang mit dem
Herzschlage der Menge, er ist Wiederklang vom Keuchen unserer Rie-

senstädte, vom Rattern der Lokomotive, vom Schrei des Volkes; seine Sprache ist anders, weil sie nicht mehr einstimmig ist, sondern die vielen Stimmen der Menge in sich vereint. Stärker ist er eingedrungen in das Gefühl der Massen, stärker wiederklingt ihre Brandung in seinen Versen. Das dumpfe Dröhnen, das Tierische und Ungezügelte ihrer Stimme, die Brandung der Menge ist hier Form und Musik geworden, höchste Identität. Mit Stolz kann man von Verhaeren sagen, was er vom »Kapitän« rühmt: »Il est la foule«, er selbst ist die Menge.

Der Rhythmus des Lebens

Ditez, les rythmes sourds dans l'univers entier,
En définir la marche et la passante image
Dans un soudain language,
Prendre et capter cet infini dans un cerveau
Pour lui donner ainsi sa plus haute existence.

E. V.

Der Rhythmus des modernen Lebens ist ein Rhythmus der Erregung. Die Stadt mit all ihren Menschen rastet nie ganz aus, selbst in ihrer Ruhe, im Schweigen brodelt noch die heimliche Unruhe einer unterirdischen Leidenschaft, ein Lauern und Warten, eine nervöse und leise fiebernde Anspannung. Denn so verinnerlicht ist der Begriff der Energie in der vieltausendköpfigen Großstadt, daß er nie seine lärmende Regsamkeit verliert. Ruhe, ein polares Gefühl, wäre die innerliche Aufhebung, die Vernichtung dieses neuen Elementes. Zwar nicht immer fiebert die Stadt und die Menge in den großen vulkanischen Ausbrüchen der Leidenschaft, wo durch die Adern der Straße plötzlich das Blut strömt, wo alle ihre Muskeln sich zu komprimieren scheinen, Schrei und Begeisterung wie eine Flamme auflodern, aber immer scheint etwas diese feurige Sekunde zu erwarten, so wie im modernen Menschen immer aufgepeitschte Unruhe ist nach dem Neuen, nach dem Erlebnis. In fortwährender Vibration sind die modernen Städte, ist die Menge und ihre Menschen. Ist auch der Einzelne nicht erregt, rühren sich seine Nerven nicht immer von eigener Vibration, so schwingen sie doch immer unbewußt mit von der Resonanz des dunklen Welttones. Der Rhythmus der großen Stadt spielt über bis in unseren Schlaf, der neue Rhythmus, der Rhythmus unseres Lebens ist nicht mehr der geregelte Wechsel von Abspannung und Ruhe, sondern das stete Vibrieren einer kontinuierlichen Regsamkeit.

Ein moderner Dichter nun, der in wahrhafter Beziehung mit dem zeitgenössischen Gefühl schaffen will, muß selbst etwas von dem ewig Gereizten, dem ewig Wachen, von dem unruhigen und nervösen Empfinden unserer Zeit haben, sein Herzschlag muß sich unbewußt regulieren mit dem Rhythmus der Umwelt. Aber nicht nur die Unruhe muß in ihm flackern, jenes fast Krankhafte der übergroßen Feinfühligkeit in ihm sein, dieses neurasthenische Ewigwachsein – nicht nur das Negative unserer Epoche, sondern auch das Grandiose, das Überdimensionale, die Spontanität der jähen Entladung gespeicherter Kräfte, die Wucht des großen Ausbruches. Er muß so wie die Massen unserer Städte durch eine Kleinigkeit zur größten Leidenschaft stimuliert werden können, muß sich hinreißen lassen können vom Rausche seiner eigenen Kraft. So wie die Volksmenge sich gewissermaßen körperhaft organisiert hat, daß es keine Einzelerregung gibt, keine Entzündung und Entflammung eines einzelnen Teiles, sondern so, daß jeder Einzelreiz mit einer Reaktion der Gesamtheit spontan erwidert wird, so darf auch die Erregung des modernen, des zeitgenössischen, des großstädtischen Dichters nie die eines einzelnen Sinnes sein, sondern muß, um stark zu werden, wie ein elektrischer Schlag den ganzen Körper durchzittern. Körperlich vital muß darum sein dichterischer Rhythmus sein, er muß sein ganzes Fühlen und Denken umspannen, mit geschlossener Gefühlswucht aller Lebenskräfte auf jeden einzelnen Reiz, auf jede einzelne Empfindung erwidern: es muß, wie Nietzsche so wundervoll im »Ecce homo« ausführt, 103 das Bedürfnis nach einem weitgespannten Rhythmus ein Maß für die Gewalt der Inspiration, eine Art Ausgleich gegen ihren Druck und ihre Spannung sein. Denn der Dichter von heute muß, wenn er nicht der Dichter des ewigen Gestern bleiben will, als Mikrokosmus gewissermaßen den Makrokosmus der Menge in seiner Leidenschaft nachbilden, in dem ebenfalls die Erregung des Einzelnen unwichtig und zwecklos und nur der Aufschwall der ganzen gärenden Masse ein unwiderstehlicher und wichtiger ist.

In solchen Gedichten wird dann der *Rhythmus des modernen Lebens* durchbrechen. Man muß in diesem Angenblicke sich erinnern, was Rhythmus eigentlich bedeutet. Der Rhythmus eines Wesens ist im letzten Grunde nichts anderes als sein Atemholen. Jedes Belebte, jeder Organismus hat seinen Atem, das Austauschen und Ausruhen zwischen Geben und Nehmen. Und so atmet auch das Gedicht, das ja wertlos ist, wenn es kein Lebendiges ist, kein Organismus, kein beseelter Körper. Erst im Rhythmus wird es lebendig wie der Mensch im Atmen. Die Vielfältigkeit, die Eigenart des Rhythmus aber entsteht wieder aus dem Wandel dieser Atemzüge. Anders atmet der Ruhige, der Erregte, der Freudige, der Ängstliche, der Bedrückte und der Ekstatische. Jede Empfindung zeugt sich ihren korrespondierenden Rhythmus. Und da jeder Dichter in seiner Individualität eine neue Form innerer Leidenschaft darstellt, so muß auch sein Gedicht diesen eigenen Rhythmus haben, der seine persönliche dichterische Eigentümlichkeit ebenso charakteristisch ausdrückt, wie sein Sprechen einen individuellen Tonfall und Dialekt. Um den Rhythmus Verhaerens zu verstehen, müssen wir uns an diese Grundform seiner dichterischen Urempfindung erinnern, müssen sie vergleichen mit der Urempfindung der anderen vor ihm. In Victor Hugo war der ernste, beschwingte, große Rhythmus des lautsprechenden Menschen, des Predigers, der nie zum Einzelnen, immer zur ganzen Nation spricht, in Baudelaire war der regelmäßige, hymnische Rhythmus des Priesters der Kunst, in Verlaine die unregelmäßige, süße und leise Melodie des aus Träumen Sprechenden. In Verhaeren nun ist der Rhythmus des Eilenden, Hastenden, Laufenden, des Unruhigen, des Leidenschaftlichen, der Rhythmus des modernen, des amerikanisierten Menschen. Oft ist er unregelmäßig, man hört das Keuchen des Gehetzten darin, der rasch zu seinem Ziele will, den Stoß des Stolperns am Wege, das Nichtmehr-weiterkönnen des Übermaßes. Aber immer ist die rhythmische Energie bei ihm keine intellektuelle, keine sprachliche, keine musikalische, sondern eine rein emotionelle, eine körperliche. Nicht nur das Nervende schwingt und tönt, nicht nur die Sprache erschüttert die Luft, sondern aus dem ganzen Organismus bricht, als hätten alle Stränge der Nerven gleichzeitig Sturm zu läuten begonnen, der Schrecken und die Ekstase des Fiebers. Sein Gedicht ist nie ein ruhender Zustand – ebensowenig wie die Menge je ganz Ruhe wird – es ist im wahren Sinne Rhythmus, in Bewegung gesetzte Leidenschaft. Man spürt den Erregten darin, Bewegung, Fortbewegung, Tätigkeit, nie ausruhende, gemächliche Betrachtung oder schlafgegürteten Traum. Und wirklich, aus Bewegung im körperlichen Sinne sind fast alle seine Gedichte entstanden: Verhaeren hat nie am Schreibtische gedichtet, sondern wandernd über die Felder mit taktmäßig bewegtem Körper, dessen beschleunigter Rhythmus des

Schreitens den ganzen Körper bis in das Gedicht hinein erschüttern macht, oder treibend im Tumult der Großstadtstraße. Das raschere Blutrollen der Bewegung ist darin, jenes Sichvon-der-Ruhe-Wegreißen der Unrast und Leidenschaft. Man spürt den, dem die Empfindung zu stark ist und der sich von ihr losmachen will, ihr aus seinem eigenen Körper entlaufen. Die übermächtige Empfindung ist zum Schmerz, vielmehr zum Druck geworden, und das Gedicht nichts anderes als das Aufbäumen zur Befreiung, das Gebären aus der Schwangerschaft. So wie die Menge ihre zurückgehaltene Erregung, die jahrhundertelang gestaute Leidenschaft plötzlich in der Revolte zerbricht, so springt aus dem Dichter wie ein Geiser der leidenschaftliche Ansturm des Wortes aus dem überlangen Schweigen. Körperliche Befreiung sind diese Schreie. »Les élans captives de la chair«, die Befreiung von einer Konvulsion, das Aufatmen von einem Druck. So wie sich der Leidenschaftliche in Gesten, oder in Stürmen, oder in Schreien, oder in Weinen, oder in irgendeinem der Ruhe entgegengesetzten Zustande befreien muß, so entlädt sich der Dichter in rhythmischen Worten: »L'homme à vous prononcer respirait plus à l'aise«, sagte er von dem Menschen, der das Übermaß seiner Empfindung zuerst in Worte zwang.

Eine geradezu körperliche Dynamik erzeugt also bei Verhaeren den Rhythmus. Es ist schwer, solche Behauptung zu beweisen; denn der Zustand der Schöpfung ist ein unbewußter und unzugänglicher, aber er läßt sich ahnend aufspüren aus jenen Momenten des Wiederschaffens, in jener Sekunde der Neugeburt, wenn ein Dichter sein Werk vorliest, wenn er gewissermaßen den Druck der Empfindung künstlich in Rückerinnerung noch einmal auf sich lasten läßt und sich noch einmal befreit. Und wer einmal Verhaeren Verse rezitieren sah, wird wissen, wie sehr bei ihm der Rhythmus des Körpers und der des Gedichtes ein einziger und untrennbarer ist, wie die Erregung, die im schwingenden Worte rhythmisch wird, gleichzeitig sich auch in der identischen Geste umsetzt. Der ruhige Blick wird scharf, bohrt sich nahe in das Blatt, an der Hand spannt sich jeder Finger des zur Beschwörung erhobenen Armes, reckt sich und teilt wie mit elektrischem Schlage die Zäsur, hämmert die Verse und stößt mit der Stimme die hastenden Worte, fast zum Schrei geworden, in den Raum. In seiner Geste ist dann jene unerhörte Anstrengung dessen, der sich sich selbst entreißen will, diese erhabenste Geste des Dichters, dieses Fortwollen von der Erde, dieses Fortwollen von sich selbst, vom schweren Gang der Worte in die beflügelte Leidenschaft. Das Menschliche geht über in das Naturhafte in einer Sekunde der wundervollsten Identität:

>»Les os, le sang, les nerfs font alliance
Avec on ne sait quoi de frémissant
Dans l'air et dans le vent.
On s'éprouve léger et clair dans l'espace,
Les facultés, les principes, les lois on comprend tous,
Le cœur tremble d'amour et l'esprit semble fou,
De l'ivresse de ces idées.«

Jedesmal, wenn Verhaeren Werke liest, erneuert sich diese Wiedergeburt des ersten schöpferischen Zustandes. *Schmerzbefreiung ist es und dann Lust.* Immer wieder springt das Wort wie ein entfesseltes Tier im wildesten Rhythmus dahin, in diesem Rhythmus, der zuerst langsam, vorsichtig anhebt, rascher einsetzt, dann wild und wilder wird, zu einer berauschenden Monotonie, zu einem Rascher-und-Rascherwerden, zu einem knatternden Laut, der an das Rattern eines hinrasenden Eilzuges erinnert. Wie eine Lokomotive – denn bei Verhaeren darf man in solchen Bildern denken und nicht in den verlebten vom Pegasus und der Pythia – saust das Gedicht nach vorwärts, nur von jenem an die kurzen Explosionen des Automobils erinnernden Takt getrieben. Und tatsächlich ist der Takt der Lokomotive, dieses rastlose Rattern schon oft die Ursache der rhythmischen Schnelligkeit seiner Verse gewesen. Verhaeren selbst erzählt, daß er oft und gerne Gedichte auf Eisenbahnfahrten geschrieben habe, wo der regelmäßig knatternde Ton ihm gewissermaßen den Takt der Verse befeuerte. Wunderbar schildert er die Wollust der Schnelligkeit, die aus dem Vorbeisausen der Züge sich in sein Blut ergießt. Das Sausen des Windes in den stöhnenden Bäumen, das Stürzen und Schäumen des Meeres am Strand, das tausendfältig wiedergegebene Echo des Donners im Gebirge, alle diese starken Töne sind Rhythmus geworden in seinen Gedichten, alle lauten Dinge, alle gewaltsamen schnellen Erregungen haben es brüsk, zornig und erregt gemacht:

>»Oh, les rythmes fougueux de la nature entière
Et les sentir et les darder à travers soi!
Vivre les mouvements répandus dans les bois,
Le sol, les vents, la mer et les tonnerres;

Vouloir qu'en son cerveau tressaille l'univers,
Et pour en condenser les frissons clairs
En ardents images,
Aimer, aimer surtout la foudre et les éclairs,
Dont les dévorateurs de l'espace et de l'air
Incendient leur passage!«

Aber dies ist das Neue in Verhaeren, daß er nicht nur die Stimme der Natur, sondern auch die neuen Geräusche, das Murren der Menge, das Tosen der Städte, das dumpfe Dröhnen der Fabriken in Rhythmus 108 umgewandelt hat. Oft hört man den Takt von Hämmern darin, das harte, eckige, gleichmäßige Sausen der Räder, das Schnarren der Webstühle, das Zischen der Lokomotive, oft den wilden, rastlosen Tumult der Straße, das Summen und Dröhnen gewaltiger Volksmassen! Die Dichter vor ihm bildeten in der Harmonie ihres Verses die Gleichmäßigkeit der Quelle nach, die klingend ihr Wasser über die Steine wirft, oder die säuselnde Stimme des Windes. Er aber läßt die Stimme der neuen Dinge sprechen, läßt den Rhythmus der Stadt, diesen Rhythmus des Fiebers und der Unrast, dieses nervöse Bewegen der Menge, dieses unruhige Wogen eines neuen Meeres, das an die alten Grenzen pocht, überquellen in das neue Gedicht. Darum dieses Auf und Ab in den Zeilen, dieses Plötzliche und Unerwartete, dieses Unberechenbare. *Die neuen, die industriellen Geräusche sind hier poetische Musik geworden.* Seit er nicht sein individuelles Lebensgefühl ausdrücken will, sondern selbst nur Stimme sein für das Gefühl der Menge, wird der Rhythmus rauschender, unruhiger als der eines einzelnen Wesens. So wie die ersten Dichter, die von einst, vor denen noch keine verbrauchten, vergriffenen Worte waren, diejenigen, denen jedes Wort, jeder Schrei noch Gefühl zur Explosion brachte, die sich selbst entdeckten

– »en exaltant
La souffrance, le mal, le plaisir, le bien«,

so wie sie

»Confrontaient à chaque instant
Leur âme étonné et profonde
Avec le monde«,

so müssen Dichter, die modern sein wollen, ihre eigene Seele mit der ihrer Zeit vergleichen, müssen ihren Rhythmus immer regeln nach dem Wandel ihrer Zeit. Ihre tiefste Sehnsucht muß sein, nicht nur ihren eigenen, den persönlichen Ausdruck zu finden, sondern darüber hinaus auch jene dichterische und musikalische Darstellung höchster Identität zwischen sich selbst und ihrer Zeit. Denn die Dichter sind die Hüter großen Vermächtnisses:

> »En eux seuls survit ample, intacte et profonde,
> L'ardeur.
> Dont s'enivrait, devant la terre et sa splendeur,
> L'homme naïf et clair aux premiers temps du monde,
> C'est que le rythme universel traverse encore
> Comme aux temps primitifs leur corps.«

Sich selbst haben sie nur mehr auszusagen, wenn sie den Rhythmus ihrer eigenen Empfindung vorerst angepaßt haben dem des Gesamtempfindens, dem Rhythmus der Städte, in denen sie leben, dem Rhythmus der Menge, der sie entwachsen sind, dem Rhythmus des Zeitlichen und dem der ewigen Dinge. Sie müssen, wie eine Ader im Weltherz, jeden Schlag des großen Hammers, jede Erregung, Beschleunigung und Hemmung des im ganzen Organismus rollenden Gefühles wiedergeben, vom Leben den Rhythmus lernen, um zwischen der Welt und dem Kunstwerke den verlorenen großen Einklang wieder zu erzielen.

Das neue Pathos

Lassé des mots, lassé des livres
Je cherche en ma fierté
L'acte, qui sauve et qui délivre.

E. V.

Das Urgedicht, jenes, das längst entstand vor Schrift und Druck, war nichts als ein modulierter, kaum Sprache gewordener Schrei, aus Lust oder Schmerz, aus Trauer oder Verzagung, aus Erinnerung oder Beschwörung gewonnen, aber immer aus dem Überschwang einer Empfindung. Es war pathetisch, weil es aus Leidenschaft entstanden war, pathetisch, weil es Leidenschaft erzeugen wollte. Das Gedicht jener Großen und Fernen, die zuerst aus dem aufspringenden Schrei des Gefühls Wort und Rede fanden, war eine Ansprache an die Menge, eine Mahnung, eine Anfeuerung, eine Ekstatik, eine direkte elektrische Entladung von Gefühl zu Gefühl. Der Dichter sprach zu den anderen, ein Einzelner zu einem Kreise. Die Hörer standen vor ihm in Erwartung – etwa wie Max Klinger in seinem neuen Gemälde sie vor Homer, dem Blinden, versammelt sein ließ –, warteten, harrten, hörten, gaben nach, ließen sich mitreißen oder leisteten Widerstand. Jenes Gedicht und sein Vortrag war nicht zur Prüfung gebotene Vorzeigung eines Fertigen, ein Gerät oder ein Schmuck, schon gehämmert und ganz gefügt, sondern ein noch Entstehendes, ein im Augenblick neu Werdendes, ein Kampf mit dem Hörer, ein Ringen um seine Leidenschaft.

Diesen innigen, glühenden Kontakt mit der Masse haben die Dichter seit der Schrift verloren. Was die Verbreitung des geschriebenen Wortes und noch mehr dann die unendliche Vervielfältigung des Druckes ihnen an neuem Raum und an neuer Wirkung verlieh; daß in Ländern ihre Worte lebendig wurden, zu denen sie niemals selbst gezogen waren; daß Menschen aus ihrem Worte Kraft, Begeisterung und Lebensmut noch saugten, als ihr eigener Leib schon längst zerfallen war, dieses Ungeheure und Gewaltige war nur gewonnen worden durch einen Verzicht auf diese andere und vielleicht nicht geringere Wirkung: auf den Dialog, das Augin-Auge-stehen mit der Menge. Langsam wurde das Publikum für die Dichter etwas Imaginäres. Wenn sie sprachen, hörten sie eigentlich nur sich selbst zu, ihr Gedicht wurde immer mehr einsame Zwiesprache, Monolog aus der Anrede, immer mehr lyrisch in einem neuen Sinne und immer weniger pathetisch. Immer mehr entfernte sich ihr Gedicht von der Rede, immer mehr verlor es von jenem geheimnisvollen pathetischen Feuer, das nur genährt wird vom Augenblick, vom Gegenüberstehen einer erregten Menge, durch die magische Einströmung von Anspannung und Reiz aus dem Herzen des Hörers in das eigene Wort. Denn jeder Zuhörer tut mit seiner Erwartung, mit seinem Blick, mit seiner Spannung und aufschäumender Erregung ein Gewisses für den Sprechenden, er stachelt ihn an, er drängt etwas von seiner erwartenden Unruhe wie eine Frage in die noch nicht gegebene Antwort hinein. Im Augenblicke aber, wo der Dichter nicht mehr zur Menge sprach, nicht mehr zu einem Kreise, sondern das Wort für den Druck und für die Schrift schuf, entwickelte sich in ihm ein Eigengefühl.

Er gewöhnte sich daran, eigentlich nur für sich zu sprechen, sein eigenes Empfinden, ohne Hinblick auf Wirkung und Gewalt, als wichtig zu empfinden, Zwiesprache nur mit sich selbst und mit dem Schweigen zu führen. Und immer mehr wandelte sich das Gedicht. Seit der Dichter nicht mehr das große, atmende Rauschen der Antwort, den Schrei der Leidenschaft, den Jubel der Begeisterung als Finale seiner Dichtung hatte, als den letzten, gleichsam noch zu seiner Musik gehörenden Akkord, suchte er den Klang im Verse aus ihnen selbst zu ergänzen. Die Dichter rundeten ihr Gedicht wie Tongefäße, sorgsam und künstlerisch, ließen es voll Farben sein wie ein Bild, füllten es an mit Musik, immer mehr verzichteten sie darauf, zu überreden, zu überführen und zu begeistern. Sie ließen es fühllos sein für die anderen und gaben ihm nur das Stimmungsleben seiner eigenen Welt. In jener Zeit des Überganges entstand wohl zuerst die »poetische« Sprache, jene Sprache neben der lebendigen, die oft und öfter erstarrte zu einem weltfremden Dialekt, die Marmor ist und nicht mehr Blut. Früher war die poetische Sprache nicht eine neben der wirklichen, sondern nur ihre letzte Steigerung. Durch den Rhythmus der höheren Leidenschaft, durch das Feuer der Ansprache wurde sie ein heiliges Fieber, ein seliger Rausch, ein Festliches im Alltag. So als gesteigerte Lebendigkeit konnte die Sprache anders sein, ohne je unverständlich zu werden, konnte mit dem Volke bleiben und doch über dem Volk, während die Lyrik von heute zum größten Teil den Tätigen, den Wirklichen, dem Arbeiter und dem Werkmann fremd und wertlos geworden ist.

Aber eben in unseren Tagen scheint sich wieder eine Rückkehr zu diesem ursprünglichen, innigen Kontakt zwischen dem Dichter und dem Hörer vorzubereiten, ein neues Pathos wieder zu entstehen. Das Theater war die erste Brücke zwischen der Poesie und der Menge. Aber noch war hier der Schauspieler Mittler des gesprochenen Wortes, war das rein Lyrische nicht Selbstzweck, sondern nur Hilfe im Trug für drei oder vier Stunden. Aber die Zeit der Absonderung des Dichters von der Menge, die einst bedingt war durch die großen Distanzen der Nationen, scheint heute überwunden durch die neue Annäherung, durch die Industrialisierung der Städte. Die Dichter lesen heute wieder selbst in Sälen ihre Verse vor, in den Volksuniversitäten Amerikas, selbst in den Kirchen klingen die Verse Walt Whitmans zu amerikanischem Bewußtsein, und was sonst nur die heißen Sekunden politisch bewegter Tage schufen – man möge an Petöfi denken, wie er sein Nationallied »Talpra magyar«

vor den Stufen der Universität zur revolutionären Menge deklamierte
– das gibt nun fast jeder Tag. Wieder wie einst scheint heute der lyrische
Dichter befähigt, wenn nicht der geistige Führer der Zeit, so doch der
Bändiger und Erreger ihrer Leidenschaften zu werden, der Rhapsode,
der Anrufende, Befeuernde, der Entfachende des heiligen Feuers: der
Energie. Ein Warten scheint für ihn zu sein, der das ganze Leben im
Blitze zusammenfaßt und über die Dunkelheiten sprühen läßt.

> »Il monte – et l'on croirait que le monde l'attend,
> Si large est la clameur des cœurs battants
> A l'unisson de ses paroles souveraines.
> Il est effroi, danger, affre, fureur,
> Il est ordre, silence, amour et volonté et haine,
> Il scelle en lui tous les violences lyriques.«

Freilich, anders muß das Gedicht sein, das zur Menge sprechen will.
Es muß vor allem selbst ein Wille, selbst eine Absicht, eine Energie, eine
Evokation sein. Was die Zeiten der Absonderung erzeugt haben an
technischen Fähigkeiten und Werten, an süßer Musik, an schwingender
Rhythmik, an Geschmeidigkeit und Biegsamkeit der Sprache, darf hier
nicht mehr Selbstzweck sein, sondern nur Mittel zur Erregung von En- 114
thusiasmus. Ein solches Gedicht darf nicht mehr sentimentaler Dialog
des Einsamen mit irgendeinem unbekannten Einsamen irgendwo in der
Ferne sein, darf nicht die kurze, flüchtig zitternde Stimme sein, die
schon verlischt, ehe die Flamme des Wortes in ihr emporgeschlagen
hat, dieses neue Gedicht muß stark jubelnd und beseelt sein, weit ausholend und hinstürmend in raschem Schwung. Nicht für leise Stimmen
ist es geschrieben, sondern für laute, hallende Worte. Wer die Menge
zwingen will, muß den Rhythmus ihres neuen und unruhigen Lebens
in sich haben, wer zu ihr spricht, muß beseelt sein von neuem Pathos.
Und dieses neue Pathos, das »ja sagende Pathos par excellence« im
Sinne Nietzsches, ist vor allem Lust, Kraft und Wille, Ekstase zu erzeugen. Nicht sensitiv und wehleidig darf dieses Gedicht sein, nicht ein
persönliches Leid ausdrücken, damit ein anderer sich darin einfühle,
sondern beseelt von Freude und Überschwang, von dem Willen aus
Freude wieder Schwung und Leidenschaft erzeugen. Nur große Gefühle
tragen das Wort zur Menge hin, kleine, die nur im Schweigen wie in
unbewegter Luft auffliegen können, stürzen hin. *Das neue Pathos muß*

den Willen nicht zu einer seelischen Vibration, zu einem feinen ästhetischen Wohlgefühl enthalten, sondern zu einer Tat. Es muß mitreißen, muß die zersprengten Kräfte des Dichters von einst wieder in sich versammeln, muß im Dichter den Demagogen, den Musiker, den Schauspieler, den Redner für eine Stunde wiedererschaffen, muß das Wort vom Papier wieder aufreißen in die Luft, das Gefühl nicht sorgfältig als eine Heimlichkeit dem einzelnen anvertrauen, sondern in den Gischt einer Masse schleudern. Gedichte von solchem neuen Pathos können nicht schwache, passive Menschen schaffen, deren Stimmung von der Umwelt in jeder Minute gewandelt wird, sondern nur Kampfnaturen, die beherrscht sind von einer Idee, vom Gedanken einer Pflicht, die ihre Empfindung aufzwingen wollen, ihre Begeisterung zur Begeisterung der ganzen Welt erheben.

Dieses neue lyrische Pathos will in unserer Zeit wieder lebendig werden. Durch Jahrzehnte hindurch hat man die Rhetoriker verspottet. Die Wertwandlung Schiller gegenüber ist dauernde Probe. Und erinnern wir uns, daß Nietzsche, der einzige in Deutschland, der in den letzten Jahren Weltwirkung gewann, dies nur vermochte, weil er einen neuen rednerischen Stil erzeugte – »ich bin der Erfinder des Dithyrambus« – weil sein »Zarathustra« ein Predigerbuch ist, das ungestüm nach der lauten, tönenden Stimme verlangt. In Frankreich war es Victor Hugo, der zum ersten Male die Notwendigkeit der Ansprache erkannte. Aber er, der gerade an jener haarscharfen Grenze steht zwischen Genie und Talent, er, von dem man entweder sagen kann, daß er einer der Geringsten war unter den ewigen, unter den monumentalen Dichtern, oder der Größte unter den kleinen, unter den epigonischen – er beschränkte sich nur auf Frankreich, dachte nur immer an die französische Nation – so wie Walt Whitman immer nur an die amerikanische – und vor allem, er hatte nicht den hohen Platz, zu ihr zu sprechen. Er wäre größer geworden, hätte er wahrhaft die Tribüne gehabt, von der sein Donner und Blitz zu einer Menge gefahren wäre, statt ewig nur das finstere Grollen aus dem Hintergrunde des Exils zu sein. Von seinem hundertbändigen Werke wird vielleicht nichts übrigbleiben als eben jene beschwörende Geste des Sprechenden, wie sie Rodin auf seinem Denkmal festgehalten hat, die nichts anderes ist als der Wille zum Pathos. Diesen Willen hat er erschaffen, nicht das Pathos selbst, und schon die Anstrengung ist eine große und unvergeßliche.

Sein Erbe, das schlecht verwaltet war von den Schwätzern und Patrioten, von Deroulède und ähnlichen Trommel- und Fanfarendichtern, hat heute in Frankreich Verhaeren übernommen. Und er ist der erste, dessen Wort wieder zur Menge geht, die erste französische Gestaltung eines Pathos, das durchaus künstlerisch und dichterisch wirkt. Wie keiner war er, dessen tiefste Lust das Bändigen eines grandiosen Widerstandes ist, er, der »évocateur prodigieux«, wie ihn Berseaucourt nannte, zum lebendigen Wort befähigt. Wenn ich ein Gedicht Verhaerens lese, so überrascht es mich immer selbst wieder, wie ich, der ich es stumm lesend begonnen habe, plötzlich die Worte laut und lauter sprechen muß, wie unwillkürlich in meiner Hand, in meinem ganzen Körper das drängende Bedürfnis nach einer beschwörenden oder aufreißenden Geste erwacht. Denn so stark ist die Leidenschaftlichkeit des ursprünglichen Gefühles, der innere Schrei und Anruf in ihnen, daß er noch durchschlägt in der Reproduktion, noch laut wird aus den toten Lettern. *Alle großen Gedichte Verhaerens haben die Sehnsucht, laut, stark, glühend, in Leidenschaft gesagt zu sein.* Spricht man sie leise, so scheinen sie ganz ohne Melodie, liest man sie ruhig und gelassen, so erscheinen sie manchmal hart, holprig und unvermittelt. Manche Bilder wiederholen sich mit einer gewissen Regelmäßigkeit, manche Adjektiva scheinen erstarrt zu Begriffen – der Kunstgriff des Redners, der das Wichtigste durch ständige Formel einprägen will – aber im Momente, wo das Gedicht laut gelesen wird, ist es ganz wieder Lebendigkeit, die Wiederholung offenbart sich plötzlich als grandioses Moment der einschlagenden Erregung, die wiederholten Bilder werden zu regelmäßigen Meilensteinen längs des wild ins Unendliche hinausstürmenden Weges. Das Gedicht Verhaerens ist Mitteilung einer Ekstase, Mitteilung aber nicht im Sinne eines Geheimnisses an einen einzelnen, sondern der Anfeuerung zur Menge. Seine Gedichte scheinen nie ganz fertig zu sein, sondern während man sie liest erst entstanden, wie ja auch jede gute, leidenschaftliche Rede den Eindruck der Improvisation macht; sie sind immer das Aufrollen eines Zustandes, die leidenschaftliche Analyse, die wie eine Entdeckung wirkt. Sie sind pathetisch, nicht harmonisch. So wie der Redner eine Versammlung nicht gleich mit der Schlußfolgerung überrascht, sondern sie erst aus allen ihren Bedingungen langsam und logisch entstehen läßt, so wachsen diese Gedichte auf, sie sind aufgebaut aus Visionen, zuerst in Ruhe, dann in der Steigerung, dann mit den brennenden Horizonten immer wild und wilder in Bildern überschäumend. Und diese Bilder wieder sind rednerische, sie sind nicht Gleichnisse, die erst auf dem Umwege des Nachdenkens in ihrer Gänze voll erfaßt werden können, sondern grelle Blitze. Das pathetische Gedicht braucht Bilder, die nicht nur das Gefühl treffen, sondern es sofort tödlich treffen müssen. Sie müssen grell sein, weil sie in einer blitzschnellen Sekunde die ganze Empfindung im Ausdruck zwingen müssen. So erzeugt das pathetische Gedicht eine andere Form der Versinnlichung, und ebenso erzeugt es sich selbst einen neuen Rhythmus der Steigerung. Zuerst beleuchtet Verhaeren mit den Blitzen seiner Bilder die ungeheure Leidenschaft der Visionen, dann steigert er das Staunen und die Erregung durch eine gewisse Monotonie des Rhythmus zur höchsten Ekstase. Immer schon glaubt man bei den Absätzen seiner großen Gedichte auf dem Höhepunkt angelangt zu sein, da aber hetzt er wie mit einem Peitschenschlag immer noch zu höherem Sprung empor, zu höherem Ausblick. »Il faut en tes élans te dépasser toi-même«, dieses sein moralisches Gebot ist ihm auch das höchste dichterische. Aufpeitschen, Hinaufhetzen, Mitreißen ist der tiefste Wille seines pathetischen Gedichtes. »Dites!« dieser Anruf, der wie eine Geste ist, das drängende »encore, encore!« sind als Anrufe in seinen Gedichten schon so zu Rufen erstarrt, wie jeder Reiter für sein Pferd gewisse Worte hat, um aus ihm die letzte Kraft herauszuholen. *Solche Worte sind nichts anderes als umgesetzte rednerische Gesten.* Das dumpfe »oh!« ist die Geste der Beschwörung, das kurze »qu'importe« die Geste des Wegschleuderns einer aufgetürmten Last, das langsame, wölbende, weit ausholende »immensement« die Auftürmung der ganzen Unendlichkeit. Bis zur Fieberhitze sind diese Gedichte emporgetrieben. Denn nicht nur selbst wollen sie fliegen wie die anderen, die harmonischen, die eigentlich lyrischen, die mit ausgebreiteten Flügeln den Wolken nahe zu schweben scheinen, sondern sie wollen noch die ganze träge, schwere Masse der Zuhörer gewaltsam aufreißen. Darum immer und immer die Wiederholung in dem oft überlangen Gedichte, als wäre noch irgendein Letzter zu überzeugen, als wäre noch irgendeinem Letzten die Begeisterung ins Blut zu sprengen. Vorwärts, vorwärts strebt alles und schleift den Widerstrebenden mit ekstatischer Gewalt nach.

Und hier zeigen sich die Gefahren des Pathos. Die erste, etwa die Victor Hugos, war die Leere, die Hohlheit des Gefühles, das Überdecken eines Nichts durch eine große Geste, das Begeistern aus bloßer Technik und nicht aus innerer Nötigung. Die Phrase ist und bleibt die erste Gefahr des pathetischen Gedichtes. Die Banalisierung der Worte »plus sonores que solides« (Mockel) ist die andere. Hier aber, in diesem neuen Pathos, ist dazu noch eine neue, die der Überhitzung des Gefühls, die der übermäßigen, ungesunden Exaltation, die dann notwendig einer Abspannung weichen muß. Man kann nicht konstant fiebern in Erregung, nicht ununterbrochen begeistert sein. Und in diesen Gedichten ist der Wille zu einer unaufhörlichen Ekstase. Ebenso geraten auch die rein lyrischen Werte des Gedichtes durch das Pathos oft in Gefahr. Der Wille, deutlich zu sein, drängt zur Banalität des Wortes, die Prägnanz bedingt häufige Wiederholung, der Trieb, organisch eine Ekstase aufzubauen, Überlänge. Durch die grellen, klaren Farben verliert sich aus der Sprache jenes Mystische im Lyrischen – das Inkommensurable, wie es Goethe nannte – jenes Magische des Geheimnisses, das vor der Menge und vor dem Tageslichte flieht. Aber gleichzeitig bedeutet dieses Pathos auch eine ungeheure Bereicherung des Lyrischen, eine Umwertung des Wortes dadurch, daß es nicht ausschließlich für den Druck, sondern auch für die Deklamation bestimmt ist. Das pathetische Gedicht ruht nicht wie das lyrische auf sich selbst, es ist sich nicht selbst Frage und Antwort zugleich, sondern Erwartung einer Antwort. Das große Pathos wächst daher am Erfolg, mengt die Begehrung und die Antwort seiner Zeit unwillkürlich in das Gedicht. Die Stimme des Dichters ist immer so stark wie der Ruf, der an ihn ergeht. Verhaeren hat dieses neue Pathos aus einer Entwicklung gefunden, weil er die Stimme der Menge, der 120 Städte und all der neuen Dinge nicht mehr als lyrisch - dichterische Hemmung empfand, sondern als Anruf, als rednerische Mahnung. Und je mehr unsere Umwelt wuchtig, grandios und leidenschaftlich wird, je mehr sie durch die Zusammendrängung ihrer Kraft heroisch wird – heroisch in jenem neuen Sinne Emersons – um so mehr muß auch die Lyrik im neuen Sinn, vielleicht in dem Verhaerens, pathetisch werden. Gigantische Impressionen lassen sich nicht in kleine Eindrücke, in zersplitterte Formen zwingen, lauter Anruf braucht laute Antwort. Mehr als wir es wissen ist jede Kunst von ihrer Epoche abhängig. Auch im Künstlerischen scheint die geheimnisvolle Abhängigkeit zwischen Bedarf und Produktion zu bestehen, Gesetze jenseits unserer Erkenntnisse, die manchmal in flüchtigen Beispielen unsicher wie eine Ahnung aufschimmern, aber jeder Formel entfliehen. 121

Das Gedicht Verhaerens und seine Architektonik

Je suis celui des surprises fécondes.

E. V.

Das wirkliche Gedicht darf nicht ein künstliches Gefüge von Teilen darstellen, einen Mechanismus, sondern muß wie der Mensch selbst organisch sein, untrennbare Vereinigung von Seele und Leib. Es muß einen lebendigen, fleischlichen Körper haben, die Substanz des Wortes, die Farbe der Bilder, den Mechanismus der Bewegung, das Skelett des Gedankens, aber darüber hinaus auch noch jenes Unsagbare besitzen, die Seele, die es erst organisch macht, den Atem, den Rhythmus, jenes Eigene und Untrennbare, das nicht mehr der Erkenntnis, sondern nur dem Gefühle verständlich ist. Aber nicht erst in diesem Übersinnlichen entschleiert sich die Eigenart des Dichters, sondern das Gedicht eines großen Dichters muß schon in seiner Physis, in seinem Material charakteristisch sein. Neben jenem Unfaßbaren des Gefühles, jener zauberischen Schwingung muß auch das Stoffliche, die Webart des Wortes, jenes Netz des Ausdruckes, in dem das fliehende Gefühl aus den Gewässern des unterirdischen Lebens eingefangen und ans Licht gehoben wird, eigenartig sein, um des Dichters Rasse, Milieu und Persönlichkeit in gleicher Weise zu charakterisieren. Auch dieser rein stoffliche Organismus des Dichters ist dem Wachstum, der Veränderung der Reife und des Alters untertan wie jedes Lebendige. Die Struktur des Gedichtes muß ebenso wie jedes menschliche Antlitz sich aus dem Kindlichen, dem Typischen und Allgemeinen, im Umschwung der Jahre allmählich zum Charakter herausarbeiten, muß alle Wandlungen des Seelischen bis zur späten Errungenschaft des Persönlichen sinnlich auch im Äußerlichen, in der Physiognomie des Materials erkennen lassen. Im wirklichen Dichter hat das Technische, das Handwerkliche, das Äußerliche eine dem geistigen und poetischen Gehalte parallel laufende Entwicklung. Auch in der Form muß das Gedicht ursprünglich eine Tradition, ein Übernommenes darstellen, um dann in der Revolte der Jugend eine eigene Form zu gewinnen, die später wieder in allmählichem Erkalten und Verkalken einen unveränderlichen Typus darstellt.

Das Gedicht Verhaerens hat auch im rein formellen Sinne seine Entwicklung und seine Geschichte. Selbst dieses Gedicht Verhaerens, das heute in der französischen Literatur so ungeheuer isoliert und so siegreich charakteristisch dasteht, daß der Kenner schon aus einer einzelnen Strophe unzweifelhaft den Schöpfer erkennt, ist einer Tradition entwachsen, ist aufgestuft auf einer Kultur und gleichzeitig einer zeitlichen Bewegung verwandt. Als Verhaeren zu dichten begann, war Victor Hugo, der Kronträger französischer Lyrik, schon gestorben, Baudelaire vergessen, Paul Verlaine fast noch unbekannt. Die Erben Victor Hugos, die sein Reich teilten, wie einst die Diadochen das Imperium Alexanders des Großen, wußten nur das Äußerliche zu wahren, und der tönende Schall ihrer Worte kontrastierte übel mit den dünnen Stimmen und künstlichen Gefühlen. Damals erhob sich gegen diesen Kreis, gegen die François Coppée, Catulle Mendès, Théodor de Banville eine neue Schule der Jugend, die sich die »Dekadenten und Symbolisten« nannte. Ich muß nun offen sagen, daß ich diesen Begriff eigentlich nicht zu erklären vermag, vielleicht nur darum, weil ich so viele verschiedenartige Definitionen darüber gelesen habe. Sicher ist nur, daß eine Gruppe junger Leute sich damals gleichzeitig gegen eine Tradition wandte und 123 in den verschiedenartigsten Experimenten einen neuen lyrischen Ausdruck suchte. Worin dies Neue bestand, ist kaum zu sagen. Die Wahrheit vielleicht ist, daß alle diese Dichter keine Franzosen waren, daß sie jeder aus seinem Lande, seiner Rasse, seiner Vergangenheit etwas Neues mitbrachten, daß sie den Respekt vor der französischen Tradition, der den anderen im Blute lag, nicht innerlich als Hemmung empfanden und so ihrem eigenen Kunsttrieb unbewußt näher kommen konnten. Man braucht nur auf die Namen zu blicken, die oft direkt den Fremden zeigen, Vielé-Griffin den Amerikaner, Stuart Merill den Engländer, Verhaeren, Maeterlinck und Mockel den Belgier, oder die wie bei Jean Moreas mit französischem Pseudonym einen komplizierten griechischen Namen decken. Die unbestreitbare Tat dieser Gruppe um 1885 war eigentlich nur, daß sie ein neues Tempo der Unruhe in die französische Lyrik brachten. Mallarmé tauchte seine Verse in ein geheimnisvolles Dunkel der Symbole, bis die Worte fast undeutsam wurden durch ihren unterirdischen Sinn, während Verlaine ihnen die traumselige Leichtigkeit einer neuen lyrischen Musik gab. Gustav Kahn und Jules Laforgue waren die ersten, die den Reim und Alexandriner abtaten und durch den unregelmäßig geordneten Freivers ersetzten. Jeder versuchte von seiner Seite das Neue zu finden, und sie alle hatten als Gemeinsamkeit jenen feurigen Ansturm gegen die Götzen der epigonischen Lyrik und die brennende

Sehnsucht nach einer neuen Ausdrucksform. Daß sie das Revolutionäre in der Technik so sehr überschätzten und immer suchten, nur die Theorie zu vertiefen, statt sich selbst als Persönlichkeiten auszubilden, hat ihr Talent rasch versanden lassen. Ihre Wege haben späterhin weit divergiert. Manche von ihnen sind im Journalismus untergegangen, manche treten heute nach zwanzig Jahren noch immer in den Fußtapfen ihrer Jugend wie in einem Kreise herum, und von den Symbolisten und Dekadenten ist nichts übriggeblieben als ein Blatt Literaturgeschichte, ein verblaßtes Schild, das heute längst nicht mehr seinen Inhalt deckt. Auch Verhaeren ist zu ihnen gerechnet worden, obwohl ich nicht glaube, daß eine wesentliche Einflußnahme dieser Schule bei ihm stattgefunden hat. Nur Anregungen konnte ein so Eigenwüchsiger von andern erhalten, nur die Bestärkung seines von je zur Revolte geneigten Sinnes. Seine Stellung zum »vers libre« ist keinesfalls durch diese Beziehungen begründet. Denn nicht von außen durch Nachahmungstrieb, sondern aus innerer Not hat er seine neue Form gefunden. Nicht das Beispiel der anderen hat ihn von den Ketten der Tradition befreit, sondern er mußte sich von ihr befreien. In diesem Müssen ist die ganze Wichtigkeit: denn es ist ganz gleichgültig, ob einer zufällig in gebundener Form oder im freien Vers schreibt, bedeutsam kann nur das Phänomen sein, wenn ein Dichter mit Naturnotwendigkeit, durch inneren Druck aus einer Tradition zu einer persönlichen Form gelangen muß.

Begonnen hatte Verhaeren als Parnassien. Seine ersten poetischen Versuche, die er niemals der Öffentlichkeit übergeben hat, die Verse der Schulbank und jener frühesten Studienjahre, waren ganz im Banne Lamartines und Victor Hugos. Und noch in den beiden ersten publizierten Büchern, in den »Flamandes« und in den »Moines«, ist kein einziges Gedicht, in dem Verhaeren über seine Vorbilder hinausgegangen wäre. Etwas beweglicher nur als in der strengen Schulform präsentiert sich sein Gedicht, schon zeigt es in leisen Andeutungen die Sprünge, an denen das Gefäß zerbrechen wird. Aber diese leise Unbotmäßigkeit war damals mehr durch die Herbheit und Sprödigkeit des Stoffes bedingt, durch irgendeine Härte der Sprachwendung, die sich nicht anders als durch die Rasse erklären läßt. Man erkennt selbst als Fremder, daß die Rundung und das rhythmische Gleichmaß hier nicht mit dem natürlichen, selbstverständlichen Formgefühl des Romanen gehandhabt ist, sondern daß hier Wille und Kraft mit Mühe ein barbarisches Temperament zur Harmonie zwingen. Durch sein Französisch spürt man die große und wuchtige Sprache seiner Rasse, irgend etwas von der Kraft der deutschen Ballade. Und was der Name sofort verriet: den Fremden, das konnte leicht das feinere Ohr der Heimatlichen schon damals aus seinem Französisch heraushören.

Je mehr sich nun Verhaeren entwickelte, je mehr er nun seiner wirklichen Natur nahekam, je mehr sich das Vererbte der Rasse in ihm auflehnte gegen die Bändigung der Tradition, um so intensiver wird die Impression des Germanischen in seinen Versen. Entwicklung ist ja fast immer nur das Wachwerden unserer verschütteten Vergangenheiten. Die höchste Forderung jener Schule, die »impassibilité«, die eherne Unbeweglichkeit, ist seinem stürmischen Temperament entgegengesetzt, das zu wildem Rhythmus drängt und nicht zur Harmonie. Tiefere, gutturale Töne schwingen in seinen Versen mit und machen den Gesang der Vokale rauh, das Männliche, Brüske und Herbe seiner fast bäurischen Art kehrt überall seine Ecken hervor. Dazu kommt nun noch die innerliche Wandlung. Solange Verhaerens dichterische Tendenz nur eine malerische war, die ruhig und ohne Erregung die Leidenschaft des flandrischen Volkes, die ernste Art der Klöster schildern wollte, so lange teilte und ordnete der Alexandriner aufs beste die rhythmischen Wellen. Aber dann, wie dieses persönliche Mitempfinden die ursprüngliche innere Teilnahmlosigkeit verwirrte, beunruhigt sich der Vers. Immer deutlicher werden die Sprünge im Alexandriner, immer größer im Dichter die Ungeduld, ihn zu zerbrechen. Nicht mehr der »vers ternaire«, der Vers der Romantiker mit seinen zwei Zäsuren, der die Zeile in zwei Teile von ganz ebenmäßigem Rhythmus und Gewicht abteilt, genügt ihm mehr, sondern er baut den von Victor Hugo zuerst eingeführten freien Alexandriner noch weiter ins Unregelmäßige aus. Die Silben bekommen verschiedenes Gewicht, verschiedene Tonwerte, sie ruhen nicht mehr, sondern schaukeln auf und ab. Und allmählich verwandelt sich der ernste, unbewegliche Gleichtakt in ein welligeres, rhythmisches Fließen. Aber auch diese Konzession wird ihm bald zu geringfügig. Ein so ungestümes Temperament wie das seine erträgt keine äußere Fessel. Denn nicht Ruhe will dieser Feurige darstellen, sondern seine eigene Erregtheit: das zuckende Vibrieren, die fiebrige Unrast. Seine große, vielfache Empfindung, die nichts weiter ist als ein modulierter Schrei, kann sich nicht im gebundenen Verse ausleben, sondern braucht die unruhige Geste, Bewegung, Freiheit, den freien Vers. Daß gleichzeitig andere Dichter in Frankreich den freien Vers anwandten, daß er – es streiten einige um die Priorität – damals für die Dichter »erfunden« wurde, hat hier überhaupt nichts zu sagen. Solche Gleichzeitigkeiten drücken niemals einen Zufall aus, sondern immer eine latente Notwendigkeit. Der freie Vers war nichts als die notwendige Reflexwirkung des modernen Gefühles, das dichterische Losbrechen der Unruhe, die in der Zeit lag. Ob Verhaeren damals Vorbilder schon gesehen hatte oder nicht, ist unwichtig. Das Übernommene kann nie organisch werden, nur das Selbsterlebte ist wirklicher Gewinst. Und es lag damals ganz in der Linie seiner Entwicklung, daß er aus innerer Notwendigkeit sein altes Instrument zerbrechen und ein neues sich schaffen mußte. Denn die nervöse Unruhe, die leidenschaftliche Bewegtheit der späteren Gedichte Verhaerens ist undenkbar in gebundenen Versen. Um die ungeheure Vielfalt der modernen Impressionen, ihre Hast, ihr Feuer, ihren jähen Umschwung, ihre Plötzlichkeit, ihre finstere Melancholie und die grandiose Überraschung ihrer Dimensionen in der eigenen inneren Leidenschaft schildern zu können, muß ein Vers stark und doch biegsam sein, wie eine Fechterklinge. Solche Gedichte müssen regellos sein: wie eine wirkliche Menge, überwallend und brodelnd, nicht militärisch wie Regimenter im Taktschritt dürfen sie hinschreiten. Und wenn sie gesprochen werden wollen, dürfen sie nicht rezitiert sein in dem steifen, kalten, pathetisch schwingenden, weit ausholenden Deklamationston der Comédie française, sondern sie müssen gesprochen sein, wie an eine Menge, sie müssen einen Schrei haben, einen Anruf, und diese Aufpeitschung kann nicht mehr harmonisch sein. Sie müssen spontan sein und impulsiv.

Ungeheuer ist die Vielfalt, die das Gedicht Verhaerens durch die Befreiung von der Monotonie des Alexandriners gewonnen hat. Nun erst kann der Vers das Bildhafte eines Eindruckes und seine innere Erregtheit nicht nur durch malerische Darstellung, sondern auch rein äußerlich durch den Klang, durch die rhythmische Musik wiedergeben. Die Zeilen, die bald weit über den Rand hinausschnellen, bald sich wie ein Pfeil zuspitzen zu einem Wort, haben die ganze Klaviatur der Empfindung. Wie lange, schwarze Trauerzüge mit ernstem Schritt können sie schreiten, wenn sie die Monotonie der Einsamkeit sagen wollen: »Mes jours toujours plus lourds s'en vont roulant leurs cours«, sie können wie ein Falke aufstoßen, weiß und glänzend, dem Jubelschrei »la joie« entgegen, jäh und himmelhoch über alle irdische Schwere. Alle Stimmen des Tages und der Nacht können sich jetzt onomatopoetisch darstellen; das Brüske, Plötzliche in der Kürze, das Schwere, das Grandiose in der weit ausholenden Fülle, das Unerwartete in einer jähen Härte, die Hast in fiebernd beschleunigtem Takt, das Wilde durch den unerwarteten Wechsel der Geschwindigkeit. Jeder Vers kann nun die Empfindung schon durch seinen Rhythmus ausdrücken. Und viele seiner Gedichte könnte man, ohne die französische Sprache zu verstehen, nur vom bloßen Hinhören auf ihre konsonantische Musik, manchmal sogar aus dem rein typographischen Bilde in ihrer dichterischen Absicht erkennen.

Darum möchte ich auch seine weitausladenden Gedichte *symphonische* nennen. Sie sind wie für ein Orchester gedacht. Nicht Kammermusik sind sie mehr, nicht einsame Geigensoli, sondern begeisterte Mischung aller Instrumente, sie sind abgestuft in einzelnen Absätzen, die verschiedenes Tempo haben und die Pausen der Übergänge. Im Gedichte Verhaerens geht die Lyrik über die Grenzgebiete hinaus. Sie ist gemengt mit dem Dramatischen und mit dem Epischen. Denn nicht nur wie das rein lyrische Gedicht will das seine eine Stimmung schildern, sondern gleichzeitig auch das Entstehen dieser Stimmung. Und dieser erste Aufbau ist episch, er ist schildernd, emporführend von einem niedern Anbeginn zu einer großen Entladung von Kraft. Und dramatisch sind dann die Übergänge, jene Ausbrüche des Temperamentes gegeneinander, 129 jene Abstürze und Aufstiege, die erst zum Schluß zu einer harmonischen Lösung führen. Rein äußerlich genommen ist das Gedicht Verhaerens breiter, länger, weiter ausholend als jedes andere zeitgenössische, weiter beugt es sich über den Rand des Lyrischen hinaus, nimmt Kraft und Nahrung, unbekümmert um die Grenzlinie der Ästhetik, von den Nachbarreichen. Es streift näher an die Rhetorik, näher an die Epik, näher an die Dramatik, näher an die Philosophie als alle andern unserer Zeit, es ist regelloser, als es das Gedicht bisher war. Und regellos – oder nur einer neuen inneren Regel gehorchend – ist seine Form. Nun, seit der Raum nicht mehr die gefesselten Zeilen in gleichen Kolonnen zusammenhält, kann der Dichter seine wilden, überschwenglichen Empfindungen auch in ihren eigenen, wilden, kühn geschwungenen Linien hinschreiben. Das Gedicht Verhaerens in dieser Zeit – und was in den Jahren der Reife gewonnen wird, bleibt unverlierbar – hat seine eigene innere Architektonik. Aber nicht einem Bau läßt es sich vergleichen, einem künstlichen, sondern nur einer Naturerscheinung. Es ist elementar wie jedes Gefühl, es entlädt sich wie ein Gewitter. Zuerst zieht eine Vision auf, wie eine Wolke, immer dichter drängt sie sich zusammen, immer schwüler, immer drängender lastet sie auf dem Gefühl, immer höher, immer hitziger steigt die innere Spannung, bis sich dann im Blitze der Bilder, im Rollen des Rhythmus all die aufgespeicherte Kraft rhythmisch entlädt. Aus dem Andante wird immer ein Furioso, und erst der letzte Absatz zeigt dann wieder den klaren, gereinigten Himmel der Beruhigung in einer geistigen Synthese des chaotischen Zustandes. Diese Struktur des Verhaerenschen Gedichtes ist fast unabänderlich. An zwei parallel laufenden Beispielen sei dieser Aufbau gezeigt: in den Gedichten »la foule« und »vers la mer« aus den »visages de la vie«. In beiden ist der Einsatz eine Beschwörung, eine Vision. Hier die Menge, das Wirren und ihre Gewalt, dort ein zartes, an Turner mit seinen durchsichtigen Farben erinnerndes Morgenbild des Meeres. Nun befeuert der Dichter diese ruhende Vision mit seiner eigenen Leidenschaftlichkeit. Immer unruhiger sieht man die Menge sich bewegen, immer leidenschaftlicher die Wogen schwingen und Ekstase bricht aus in der Sekunde, da der Dichter sich selbst an diese Dinge hingibt, sich selbst unter die Menge stellt, sein Gefühl, seinen Körper in das Meer versenkt. Im Finale bricht dann jener große Schrei der Identität aus, hier die Sehnsucht ganz Menge zu werden, dort die Lust ganz Meer zu sein, in beiden jene ekstatische Geste des einzelnen zur Unendlichkeit. Aus dem ursprünglich nur sinnlich gesehenen Bilde wächst hier die große, ethische Begeisterung, aus der Vision entfaltet sich ein unbezwingliches moralisches und metaphysisches Bedürfnis. Diese Form der Steigerung vom Einzelgefühl zum Allgefühl ist die Grundform des Verhaerenschen Gedichtes. Ich möchte ihre Art, um sie ganz zu versinnlichen, am liebsten geometrisch ausdrücken und gewissermaßen von einer *Parabelform dieser Gedichte* sprechen. Während das lyrische Gedicht im geläufigen Sinn meist eine ebenmäßige harmonische Form darstellt, eine Rückkehr in sich selber, einen Kreis, hat das Verhaerensche Gedicht die anscheinend unregelmäßige, in Wirklichkeit aber ebenfalls von einem Gesetze beherrschte Form der Parabel. Seine Gedichte steigen in schnellem unablässigen Schwunge nach oben, steigen von der Erde auf in die Wolken, vom Wirklichen auf zum Unwirklichen, und stürzen dann von einem jähen Höhepunkte wieder zur Erde zurück. Die Begeisterung treibt die Empfindung weg vom Malerischen, vom leidenschaftslosen Anblick zu dieser äußersten Höhe der Möglichkeit, weit fort von allen sinnlichen Anschauungen bis hoch ins Metaphysische, um sie dann plötzlich und unvermutet wieder zurück auf den Boden der Wirklichkeit zu führen. Und wirklich, etwas Aufschwingendes, etwas vom Surren und Fortsausen des geschleuderten

Steines und dem jähen Niederfallen ist auch in der Musik der Gedichte. Auch in ihrem Rhythmus ist dieses Schneller-und-Schnellerwerden, dieses Atemholen und Zurückkehren, dieses Sichselbstbesinnen der Schwerkraft zurück zur Erde.

Über die Mittel nun, mit denen Verhaeren die Vision erreicht, mit denen er die innere Leidenschaftlichkeit der Dinge darzustellen sucht und mit der er Begeisterung weckt, sei nun einiges gesagt. Es sei vor allem versucht festzustellen, ob Verhaeren das ist, was man einen Sprachkünstler nennt. Verhaerens sprachliche Mittel sind durchaus nicht unbeschränkt. Sowohl in seinen Worten als auch in seinen Reimen findet sich häufige Wiederkehr, die manchmal an Monotonie grenzt, andererseits aber wieder eine Fremdheit, Neuheit und Unerwartetheit des Wortes, die in der französischen Lyrik fast beispiellos ist. Bereicherung der Sprache aber geht nicht nur von Neologismen aus, sondern ein Wort kann auch lebendig werden durch die Unerwartetheit einer neuen Anwendung, durch eine Umwertung des Wortsinnes, wie es etwa Rainer Maria Rilke in der deutschen Lyrik getan hat. »Die armen Worte, die im Alltag darben« zum Dichterischen zu erlösen, ist ein vielleicht noch Höheres als Neuschaffen. Verhaeren hat nun vor allem durch den vererbten flandrischen Sprachsinn eine gewisse Tonfarbe des Belgischen in die französische Lyrik gebracht. Persönlich zwar der flandrischen Sprache fast unkundig, hat er doch durch die vage Musik von Kindheitstagen her, durch einen gewissen gutturalen Ton, eine Nuance gebracht, die dem Ausländer vielleicht weniger fühlbar ist wie dem Franzosen. Ich möchte mich hier auf die in diesem Punkte außerordentlich interessante Monographie von Maurice Gauchez stützen und ihr die markantesten Beispiele entlehnen. Gauchez führt unter den Neologismen, deren Ursprung er im Flämischen sucht, die folgenden an:

Les baisers rouges, les plumes majuscules, les malades hiératiques, la statue textuelle, les automnes prismatiques, le soir tourbillonnaire, les solitudes océans, le ciel dédalien, le cœur myriadaire de la foule, les automnes apostumes, les vents vermeils, les navires cavalcadeurs, les gloires médusaires, und macht mit Recht aufmerksam, wie sehr gewisse neue Verben das Vokabular der französischen Sprache bereichern könnten: Enturquoiser, rauquer, vacarmer, béquiller, s'enténébrer, se futiliser, se mesquiniser, larmer. Ich kann aber die Bereicherung, die hier aus dem Rasseninstinkt fließt, nicht als die wesentliche seiner Wortkunst anerkennen, sie gibt ihr eine heimatliche Farbe, ohne aber eigentlich das überraschend Moderne seiner Diktion zu erklären. Neuschöpferisch für die französische Lyrik ist Verhaeren vor allem durch die Erweiterung des Stoffgebietes, durch die Erneuerung des Poetischen geworden, die notwendigerweise ihren Niederschlag auch im Technischen finden mußte. *Die große Blutzufuhr für seine Sprache kam nicht so sehr vom Flämischen als von der Wissenschaft.* Wer Gedichte über die Börse, über das Theater, über die Wissenschaft schreibt, wer die Fabriken und die Eisenbahnhallen besingt, kann nicht an ihrer Terminologie vorübergehen. Er muß gewisse technische Worte aus dem Vokabular der Wissenschaft entlehnen, gewisse pathologische Bezeichnungen der Medizin, muß den Sprachschatz des Dichterischen erweitern durch die Erweiterung des Dichterischen selbst. Man findet bei Verhaeren geographische Überraschungen des Reimes, Berlin und Sachalin, Moskau, die Balearen und andere ferne Inseln, deren Namen noch nie im Reim gelebt haben. Und da gerade die Wissenschaft durch ihren Fortschritt genötigt ist, täglich neue Namen zu erfinden, da neue Maschinen neue Notwendigkeiten des Wortes erheischen, ist hier zum ersten Male eine ungeheure Quelle der Erfrischung für die lyrische Sprache aufgedeckt.

Diesem ungeheuren Reichtum steht nun andererseits etwas entgegen, das man nicht so recht Armut oder Beschränkung nennen möchte, sondern Bezauberung. Jede Einseitigkeit des Gefühles bringt mit ihren Vorzügen auch gewisse Defekte hervor, und so hat die stete Leidenschaftlichkeit, die das Gedicht Verhaerens dem Rhetorischen, dem Predigerhaften nahebrachte, bei ihm eine gewisse Monotonie der Bilder erzeugt. Verhaeren ist von gewissen Worten, Bildern, Adjektiven, Kombinationen halluziniert. Er wiederholt sie unablässig durch sein ganzes Werk hindurch. Mit »brasier« vergleicht er alle Dinge, in denen eine vielköpfige Leidenschaft vereinigt ist, »carrefour« ist ihm das Symbol der Unschlüssigkeit, »l'essor« das Wort der letzten Anstrengung; manche Anrufe und Schreie wiederholen sich fast von Blatt zu Blatt. Auch die Adjektiva sind manchmal monoton, oft sogar schematisch mit ihrem kalten »iques« am Ende, und selbst in den Bildern ist jenes Phänomen unverkennbar, das man in der Wissenschaft Pseudoanästhesie nennt, nämlich daß immer mit einer gewissen Farbe oder einem Klang sich individuell die Erinnerung an eine bestimmte Empfindung eines anderen nachbarlichen Sinnesgebietes einstellt. Rot drückt ihm alles Leidenschaftliche aus, Or alles Große und Feierliche, Weiß alles Milde, Schwarz alles Feindliche. Seine Bilder haben dadurch etwas Jähes und Absolutes, es ist in ihnen eigentlich immer, wie Albert Mockel in seiner Studie so meisterhaft ausführt, die dezisive, die plötzliche Erregung, die unsere Überraschung überwältigt. Seine Bilder sind gewaltsam wie seine Farben, wie sein Rhythmus. Sie haben die Plötzlichkeit einer Kanonenkugel, die den Raum durchschlägt und unserem Blicke erst durch die Zerschmetterung der Scheibe, erst am Ziel erkennbar wird. Das hat vielleicht seinen innersten Grund darin, daß alle diese Gedichte zur Rede bestimmt sind. Das Plakat, das in die Ferne wirken will, braucht grelle Farben, das Pathos halluzinative Bilder. Und solche hat Verhaeren gefunden wie keiner. Nuancen kennt er kaum. Er liebt mit dem rohen Instinkt des starken Menschen alles Grelle, alles Unverbundene. »La couleur, elle est dans ces œuvres une surprise des métaux et des flammes« (Mockel). Aber in diesem Material flammen sie feurig und beleuchten als Blitze auch den unendlichsten Horizont. Ich will nur erinnern an die »beffrois immensement vêtus de nuit«, oder »la façade paraît pleurer de lettres d'or«, an die »gestes de lumières de phares«. Durch die Intensität solcher Bilder erreicht Verhaeren eine ganz unvergleichliche Deutlichkeit des Gefühles. »Personne, je crois, possède à l'égal de Verhaeren le don des lumières et des ombres, non point fondus mais enchevêtrées, des noirs absolus coupés des blanches clartés« (Mockel).

Einseitigkeit des Temperamentes erzeugt hier einseitigen Vorzug mit all seiner künstlerischen Beschränkung. Ein Wortkünstler im unbeschränkten Sinne dessen, der immer den einzigen, den notwendigen Vergleich für ein Ding findet, der das in einer unregelmäßigen Fülle nie sich wiederholende Wort aufspringen läßt, jedes gewissermaßen zum ersten Male gebraucht, ist Verhaeren also nicht. Sein poetisches Vokabular ist reich, aber durchaus nicht unendlich, seine Sensibilität stark, aber doch nicht unbeschränkt. Denn wie bei jedem leidenschaftlichen Dichter scheinen ihm gewisse Empfindungen in den letzten rotglühenden Erregungen identisch, scheinen ihm nur mit einigen ganz elementaren Dingen der Natur, wie dem Feuer, dem Meere, dem Winde, dem Donner und dem Blitz vergleichbar. Um es deutlich zu sagen, nicht im Sinne Goethes ist Verhaeren ein Wortkünstler, sondern eher im Sinne Schillers. Mit diesem hat er auch die Gabe gemein, gewisse Erkenntnisse zu definitivem lyrischen Ausdruck innerhalb einer Zeile zu bringen. Er hat Essenzen des lyrischen Lebensgefühles gefunden, Zeilen, die geflügelt worden sind oder es noch werden müssen. Ich will nur erinnern an Wortbildungen wie »Les villes tentaculaires«, die in Frankreich schon zu einem Schlagwort geworden sind, an gewisse moralische Sentenzen, wie »La vie est à monter et non à descendre«, oder »Toute la vie est dans l'essor«. In solchen Zeilen ist wie in einer Münze die lyrische Ekstase komprimiert, zum steten, in der Sprache rollenden Wortwert umgestaltet.

Dieses Harte und oft Brutale, dieser Mangel an harmonischen Übergängen schafft die Individualität des Verhaeren-Gedichtes. Im letzten Grunde ist sie nichts anderes als das stark Männliche. Die Stimme, die Musik ist eine gutturale, tiefe, rauhe, eine männliche; der Körper seines Gedichtes hat wie der Körper des Mannes die schönen Bewegungen der Kraft, aber in der Ruhe die oft harten und nur in der Leidenschaft erst wieder schönen und bezwingenden Gesten. Während die französische Lyrik gewissermaßen den Frauenkörper nachahmte, die leise Anmut des weichen, in sanften Linien spielenden Körpers, während sie durchaus die Harmonie suchte, mühte sich das Gedicht Verhaerens nur um den Rhythmus der Bewegung, nur um den kraftvollen, stolz hinschreitenden Schritt des Mannes, seinen Lauf und Sprung, seine kämpfende Kraftentfaltung. Nicht darum allein haben ihn die Franzosen so lange abgelehnt. Denn wo wir uns in seiner Sprache eines Widerhalls vom Deutschen her freuen, fühlen sie die Rauheit germanischen Untertons; wo wir des Einklanges und der wie aus Kindheitsträumen erwachenden Erneuerung der deutschen Ballade begegnen, sehen sie eine Gegensätzlichkeit zur heimatlichen Tradition. Und tatsächlich, je mehr Verhaeren sich entwickelt hat, sowohl in seiner Persönlichkeit als auch in seinen Versen, um so mehr schält sich die germanische Anschauung durch den französischen Firnis. Nur in der Zeit der ersten Abhängigkeit war sein Gedicht von dem der anderen Franzosen kaum zu unterscheiden. Je mehr er sich den Franzosen entfremdete, um so mehr wurde er unbewußt der deutschen Kunst näher. Heute ist in seinem Gedichte vielleicht schon wieder eine Rückkehr zum Klassizismus zu bemerken. Die Neubildungen sind nicht mehr so verwegen, die Bilder schematischer, das ganze Gedicht ruhiger und geklärter. Dies aber ist durchaus kein feiges Kompromiß mit der zerbrochenen Tradition, keine reuige Rückkehr, sondern das Phänomen, das wir bei den späten Gedichten Goethes, Schillers, Hugos und Swinburnes in gleicher Weise sehen, der Effekt der Kühlung des Blutes im Alter, das Nachlassen der sinnlichen Anschauung zugunsten der geistigen Begriffe. Der Sieger hat nicht mehr die Brutalität des Kämpfers, der reife Mann nicht mehr das Bedürfnis nach Revolte, sondern nach Weltanschauung, nach Harmonie. Hier wie in der ganzen Entwicklung Verhaerens ist der Vers der feinnervigste Zeiger für den seelischen Umschwung, der vollkommenste Beweis einer wirklich innerlichen, von nichts anderem als den Gesetzen des Blutes abhängigen dichterisch-organischen Entwicklung.

Das Drama Verhaerens

Toute la vie est dans l'essor!

E. V.

Die Dramen Emile Verhaerens scheinen außerhalb seines Werkes zu stehen. Verhaeren ist eigentlich Nurlyriker. Sein ganzes Empfinden ruht auf lyrischer Begeisterung, und alle Nachbargebiete sind bloß Quellen, die ihre Kraft dem einen inneren Triebe nährend zuführen. Das Dramatische wie das Epische hat Verhaeren fast immer nur als Mittel, nie als Selbstzweck verwendet, er hat vom Epischen die breite, die ruhige Entwicklung, die Architektonik des Aufbaues in seine weitausladenden dithyrambischen Gedichte übernommen, von der Dramatik den jähen, abrupten Kontrast der Übergänge. Das Dramatische wie das Epische dient ihm nur als Tonikum, als Blutkräftigung seiner lyrischen Kunst. Wenn nun Verhaeren außer seiner Lyrik auch noch Dramen – bisher vier – geschrieben hat, so müssen sie im Gefüge seines künstlerischen Gesamtwerkes von einem anderen Gesichtspunkte aus gewertet werden: von einem architektonischen. Denn die Dramen sind ihm in gewissem Sinne nur Übersichten, Konzentrationen einzelner lyrischer Kreise, Zusammenschluß gewisser ideeller Komplexe, die einen Augenblick seiner Vergangenheit beschäftigten, sie sind Abrechnungen, Schlußpunkte von Entwicklungen, Meilensteine einzelner Epochen. Was damals in den lyrischen Gedichten, die ja nie ganz systematisch ein Gebiet umgrenzen, auseinanderfiel, ist hier programmatisch in einen Brennpunkt zusammengeführt. Das lyrische Nebeneinander ist in innere Beziehung gebracht, der Ideenkreis im Rahmen eines Stückes bildmäßig geordnet. Die vier Tragödien Verhaerens stellen vier Sphären der Weltbetrachtung dar, die religiöse, die soziale, die nationale und die ethische. »Le Cloître« ist eine Neuschöpfung des Versbuches »Les Moines«, die Tragödie des Katholizismus »Les Aubes« eine Komprimierung der soziologischen

Trilogie »Les Villes Tentaculaires«, »Les Campagnes Hallucinées«, »Les Villages Illusoires«. In »Philipp II.« gestaltet sich die Tragödie des Antichrist von Flandern, der Kontrast von Spanien und Belgien, von Sinnlichkeit und Askese. Und »Hélène de Sparte«, die schon äußerlich eine Annäherung zum Klassizismus bekundet, enthält die Auseinandersetzung mit rein moralischen, mit den ewigen Problemen. In stofflicher Beziehung bedeuten die Dramen Verhaerens also keine Abweichung, keine Veränderung des inneren Schwerpunktes, und auch sein neuer dramatischer Stil ist in vollkommener Harmonie mit seinem neuen lyrischen. Denn so wie er einerseits das Dramatische nur als Substanz des Lyrismus verwertete, hat er hier in seinen Dramen den Lyrismus zum Dramatischen umgewandelt. Auch hier sind es immer nur Visionen, die sich zu Exaltationen steigern. Hier wie immer kann Verhaeren nur aus Begeisterung schaffen. Was ihn anstachelt, ist das Lyrische im Enthusiasmus, jene Sekunde höchster Anspannung, wo die Leidenschaft explosive Worte braucht, um die Brust nicht zu zersprengen. Die Menschen seiner Dramen sind immer nur Symbole großer Leidenschaften, die Brücke für jenen Aufschwung in die Exaltation. Die Handlung bedeutet ihm nur den Weg zu den Höhepunkten, zu jenen Sekunden, wo diese Menschen irgend etwas Gewaltiges überfällt und zum Schrei zwingt. Ganze Szenen scheinen nur ein Warten auf den Moment, wo einer sich erhebt und gegen eine Menge wendet, wo er mit ihr kämpft, sie in die Knie preßt oder von ihr zerschmettert wird.

Der Stil der Verhaeren-Dramen ist ein rein lyrischer, das Tempo ein unablässig leidenschaftliches und fieberndes, und diese allen dramatischen Gesetzen schroff widersprechende Art mußte sich notwendig organisch eine neue Technik erzeugen. Das französische Drama kannte bisher nur den gereimten Alexandriner oder die Prosa. In den Dramen Verhaerens ist nun – ich glaube zum ersten Male – Prosa und der freie, rhythmisch gereimte Vers unablässig durcheinander gemengt. Gemengt, aber nicht wie bei Shakespeare, wo sich Vers und Prosa auf einzelne Szenen verteilen und gewissermaßen eine soziale Schichtung herstellen, wo die Bedienten in Prosa und die Herren in Versen reden, sondern bei Verhaeren sind die Prosastellen die breiten, ruhenden Fundamente der Handlung, gewissermaßen die gewölbten Schalen, aus denen dann das heilige Feuer der Exaltationen flammt. Seine Menschen drücken ihre Ruhe in Prosa aus, werden dann erregt, und in dieser Steigerung geht ihre Sprache unmerklich in ein Gedicht über. Erst ihre leidenschaftlichen Ausbrüche werden Verse, gewissermaßen jene Sekunden, wo sie seelisch in Schwung geraten, und man muß bei diesen Stellen an den Moment denken, wo der Aeroplan, der zuerst am Boden hingehetzt wird und in immer schnellere Bewegung gerät, sich plötzlich in die Luft erhebt. Verhaerens Menschen reden im Drama, je poetischer sie werden, eine immer reinere Sprache, mit Leidenschaft bricht gleichsam Musik aus ihren Seelen, so wie manche Menschen, die sich plump und schwerfällig im Leben benehmen, in großen Momenten plötzlich schöne, heroische Gesten gewinnen. Es verkörpert sich hier die Idee, daß der Mensch im Enthusiasmus eine andere, edlere Sprache in sich entdecke, daß die Leidenschaft und die Sehnsucht des Abtuns eines irdisch Unermeßlichen und Unerträglichen aus jedem Menschen einen Dichter mache. Diese Idee hängt mit der ganzen Weltanschauung Verhaerens zusammen, daß der leidenschaftliche, der begeisterte Mensch höher steht als der Kritische und Temperamentlose, daß gewissermaßen die Empfänglichkeit für große Gefühle eine Stufenleiter der moralischen Werte ausmacht. Und die Aufführungen haben gezeigt, daß dieser neue Stil seine Berechtigung hat, daß der Übergang von Prosa zum Vers, weil er gleichzeitig vor sich geht mit jenem Aufschwung von Ruhe zur Leidenschaft, im Publikum fast unbemerkt blieb, also als notwendig anerkannt wurde.

Und von Leidenschaft, dieser innersten Flamme des Verhaerenschen Gedichtes, leben auch seine Dramen. Ihre Vorzüge sind die des lyrischen Werkes, vor allem jene ungeheure visionäre Kraft, die hinter das Drama »Philipp II.« die tragische Landschaft Spaniens stellt, über dem Helenadrama blau, sanft und blühend den griechischen Himmel wölbt, hinter der Tragödie der modernen Städte die feurige Kulisse des Himmels mit dem schwarzen Arm der Rauchfänge aufrollt. Und dann die ungeheure Inbrunst der Ekstase, die nicht in langsamer, regelmäßiger Bewegung, sondern in wilden, zuckenden Stößen die Handlung aufwirbelt bis zu den Augenblicken der letzten Entscheidung.

So nährt das erste Drama Verhaerens seine Kraft aus der lyrischen Quelle einer Selbstanklage. »Le Cloître« ist eine Paraphrase der »Moines«, des Buches der Mönche. Auch hier sind wieder alle die Gestalten in den kühlen Klostergängen versammelt, der sanfte, der wilde, der feudale, der zornige, der kindliche, der gelehrte Mönch, nur wirken sie hier nicht isoliert, sondern mit allen ihren Kräften gegeneinander. Sie kämpfen um den Priorsitz, der eigentlich das Symbol eines Höheren ist. Denn so wie hier jeder einzelne Mönch symbolisch eine Tugend des Katholizismus und eine eigene Idee Gottes ausdrückt, so entscheidet hier der Priorsitz die Frage, wer Gott am meisten verdiene. Der alte Prior hat Balthasar, einen Edelmann, den das Kloster seit Jahren beherbergt, als Nachfolger bestimmt. Er aber, der nur ins Kloster flüchtete, weil er seinen Vater getötet und sich so der irdischen Gerechtigkeit entzogen hatte, fühlt brennend sein Schuldbewußtsein, fühlt den erbitterten Kampf zwischen dem eigenen Gewissen und dem leichteren Gewissen der anderen, die ihm längst verziehen haben. Und nicht früher empfindet er sich frei, als bis er das Geständnis vor allen Mönchen abgelegt hat, und auch dann nicht, erst bis er das Geständnis gegen den Willen des Klosters vor dem Volke wiederholt hat und sich selbst den irdischen Richtern übergeben. Wunderbar ist hier der katholische Beichtgedanke vereint mit der Idee Dostojewskis, sich durch das Geständnis zu erlösen, sich zu befreien durch das gewollte Leiden. In drei gleichen Steigerungen in allen drei Akten flammt am Ende das tragische Geständnis auf: zuerst aus Angst geboren, dann aus Gerechtigkeitsgefühl und schließlich geradezu als Lust; und hier in diesen herrlichen lyrischen Ekstasen ruhen die starken Schwingen, die die Tragödie tragen.

In der zweiten, der sozialen Tragödie »Les Aubes«, ist die Gegenwart das Szenarium. Sie hat die purpurne Kulisse der »Villes tentaculaires«, der Städte mit den Polypenarmen, die das arme, sterbende Land aussaugen. Die Bettler, die Armen, die Hungernden, die vom Lande Vertriebenen ziehen nach Oppidomagnum, der modernen Industriestadt, und belagern sie. Die Vergangenheit stürmt noch einmal gegen die Zukunft an. In der lyrischen Trilogie war dieser Kampf in hundert Beispielen visionär gestaltet, hier aber wölbt sich über dem Kampf die Versöhnung, über den Wirklichkeiten der Traum. Denn hier versöhnt sich die Zukunft mit der Gegenwart. Der große Tribun Herenien zerbricht diesen Kampf, er ist Heros einer neuen Moral, indem er – im alten Sinne ein Verräter – die Feinde heimlich einläßt in die Stadt, indem er durch Nachgiebigkeit den Kampf verwandelt in eine Versöhnung. Er ist der tragische Träger der moralischen Idee, durch Güte alles Feindliche zu überwinden, und fällt als der erste Märtyrer seines Glaubens. Der soziale Gedanke Verhaerens, die herrliche Schilderung der Wirklichkeiten geht hier langsam über in Utopie, die neuen Morgenröten beginnen zu leuchten über den Vergangenheiten, die Harmonie läßt den Lärm der Revolte verklingen. Auch dieses Drama ist weit weg von den Möglichkeiten der meisten Bühnen, weil auch hier eine rein ethische Idee mit all der Glut und Ekstase vorgetragen ist, die sich sonst bei modernen Dramen nur in den erotischen Begehrungen findet.

Die dritte Tragödie »Philipp II.« ist ein nationales Drama, obwohl es nicht in Flandern spielt. So wie Charles Decoster in seinem »Tijl Uylenspieghel«, im ewigen Epos Flanderns, Philipp II. als den Erbfeind der Freiheit mit dem geradezu tödlichen Hasse des Flämen gesehen hat, so schildert auch Verhaeren, der lyrisch mit seinem »Toute la Flandre« der repräsentative Sänger seiner Heimat wurde, in seiner Tragödie mit Gehässigkeit die finstere Gestalt. Philipp II. ist hier, wie in »Till Uylenspiegel« der harte, unbeugsame König, der das Leben auslöschen will, weil es ihm zu rot brennt, der die Welt kühl und marmorn haben will wie die Gemächer des Eskurial. Hier ist mit einem Male die Rückseite des Katholizismus, dessen Glut verewigt war im »Cloître«, aufgerissen, seine Unbarmherzigkeit und Askese, sein gegen die unsterbliche Lebensfreude gerichteter Wille. Don Carlos aber ist der begeisterte Freund der Menge, der Freund Flanderns, er ist der Wille zum Genuß, zur Heiterkeit und zur Leidenschaft. Und dieses Ringen zwischen dem Ja und Nein des Lebens, dieser Kampf der lyrischen Krise Verhaerens, der Kampf zwischen der Verneinung und der leidenschaftlichen Bejahung des Genusses – im Innersten auch tiefste Ursache des Krieges zwischen Spanien und den Niederlanden - symbolisiert sich hier in Gestalten. Natürlich fällt noch immer der Vergleich mit dem ungleich mehr dramatisch und großzügig komponierten Don Carlos Schillers zuungunsten des Verhaerenschen Werkes aus; aber Verhaeren wollte gar nicht die ganze Rundung, die Fülle der Menschen, er wollte nur diese beiden Gefühle in ihrem Kampf, den Enthusiasmus des Lebens und seine gewaltsame Unterdrückung. Gerade im Vergleich mit dem Schillerschen Drama spürt man die Entfremdung von den dramatischen Gesetzen und gleichzeitig die ungeheure neue lyrische Gewalt. Denn Spanien ist hier gesehen mit einer Kraft und Intensität der Vision, wie kaum bisher jemals in einer Tragödie. Man fühlt die kalte, heuchlerische Atmosphäre und sieht den Charakter Philipps in der einen stummen Szene besser als in allen Worten, in jener Szene, wo er, plötzlich auf leisen Sohlen auftauchend, seinen Sohn in den Armen der Komtesse belauscht und schweigend, ohne einen Glanz im starren Auge, ohne eine Regung des Zornes wieder im Dunkel verschwindet. Hinter ihm aber, dem Lauscher und Horcher, gleitet noch ein Schatten, der Mönch der Inquisition, der Lauscher ist selbst belauscht, der Herrscher selbst beherrscht. Solche

Visionen und die Ekstatik einiger Szenen sind die stärkste Triebkraft des dichterischen Aufbaues bei Verhaeren. Seine dichterische Kunst geht wie seine lyrische nicht in sicherer Steigerung empor, sondern in jähen, wilden Ansprüngen.

Erst in seinem letzten Drama »Hélène de Sparte« ist Verhaeren dem Begriffe des Dramatischen etwas näher gekommen. Das ist charakteristisch für seine organische Entwicklung. Denn nun, da er in den Jahren ist, wo sich die Leidenschaft notwendigerweise kühlt, wird ihm die Harmonie teuer und er, der in allen Jahren seiner Jugend und seines Manneswerkes revolutionär war, erkennt nun die Notwendigkeit innerer Gesetze. Schon durch ihren geistigen Inhalt drückt diese Tragödie die Umkehr aus, sie ist nichts anderes als die Sehnsucht aus der Leidenschaft zur Harmonie, die Flucht Helenas von den Abenteuern zur Ruhe. Und andererseits ist wieder im Verse die Rückkehr, denn Verhaeren nimmt zum ersten Male hier das traditionelle französische Versmaß auf, nähert sich in freier Form dem Alexandriner. Die Tragödie Helenas ist die Tragödie der Schönheit. Helena ist einer jener antiken Charaktere, die in der griechischen Literatur nur in ganz leisen Linien angedeutet waren und die jetzt mit eigenem Schicksal zu erfüllen das Anrecht eines modernen Dichters ist. Denn von den griechischen Quellen wußten wir eigentlich nichts über ihr eigenes Schicksal, wußten immer nur ihren Effekt, nur den Reflex ihrer Persönlichkeit auf die anderen, nicht den der andern auf sie. Sie war die Königin, die alle Männer entflammte, die größten Kriege schuf, der zuliebe Mord um Mord geschah, die von einem Bett ins andere gerissen wurde, um derentwillen Achill von den Toten aufstieg, die umkreist von unseliger Leidenschaft ihr Leben verbrachte. Aber wie sie diese Leidenschaften empfand, ob sie an ihnen aufwuchs oder an ihnen litt, sie wollte oder verachtete, davon berichten die Dichter nichts. Verhaeren nun hat in seinem Drama die Tragödie der Frau zu schildern gesucht, die furchtbar darunter leidet, immer nur begehrt zu sein, die verbrennt an der Qual, immer nur geraubt zu werden, nie einen reinen Blick, ein ruhiges Gespräch, ein Aufatmen zu kennen, die verflucht ist, immer am Holzstoß der Leidenschaft zu stehen, von den Flammen der Männer umlodert. Wer sie ansieht, begehrt sie schon, reißt sie mit sich, keiner wartet und fragt, ob er ihrem Willen dient, sie wird geraubt wie ein Ding, gleitet von Hand zu Hand. Bei Verhaeren ist die heimgekehrte Helena eine müde Frau, müde aller Unrast, aller Erfolge, müde der Liebe, eine Frau, die ihre eigene Schönheit haßt, weil sie Unruhe erzeugt, die sich nur nach dem Alter sehnt, wo keiner sie begehren wird und ihre Tage still sein werden. Menelaus hat sie heimgeholt, zurückgeführt aus jenem Qualm der Leidenschaft und Verbrechen, nun will sie ruhig atmen, stille Tage leben und ihm treu sein. Nichts will sie mehr. Keine Leidenschaft kann sie mehr reizen. »So viele Flammen sah ich flackern, daß ich die Herdglut nur mehr liebe und die Lampe« ist ihre ergreifende Resignation. Aber noch läßt das Schicksal nicht von ihr ab. Verhaeren hat hier die große griechische Idee aufgenommen, daß alles Übernatürliche auf Erden, jeder übergroße Besitz, also auch der der Schönheit, als Hybris vom Neid der Götter verfolgt ist und mit Schmerz bezahlt sein will. Übergroße Schönheit ist kein Gewinn, sondern eine tragische Gabe. Und kaum kehrt Helena 147 nun zurück, selig zu ruhen, zu sein wie alle anderen, so ballt sich schon neues Gewölk über ihrem Haupte. Der eigene Bruder begehrt sie und die Feindin Elektra, ihr Mann wird ermordet um ihretwillen, und aufs neue droht jener fürchterliche Kampf um ihren Körper zu entbrennen. Da flüchtet sie fort, hinweg von den Menschen, hinaus in die Natur. Und hier wieder nähert sich Verhaeren in genialer Vision dem griechischen Gefühl. Der Wald ist ihm nicht tot, sondern belebt, das Leben hört bei den Menschen nicht auf, Faune tauchen aus den Sträuchern, Najaden aus den Flüssen, Bacchantinnen von den Höhen, alles umlagert Helena, die Verzweifelte, mit Lockung und Inbrunst, bis sie zu Zeus in den Tod flüchtet.

Es ist charakteristisch für Verhaeren, daß er selbst dieses Drama, die Tragödie Helenas, die eine Tragödie der Liebe erwarten ließe, anerotisch oder besser antierotisch gestaltet hat. Vielleicht ist das geringe Interesse, das sich so lange für die Dramen Verhaerens und zum Teil auch für sein ganzes Werk bekundete, darauf zurückzuführen, daß es im Vergleich zu dem der anderen Dichter unserer Zeit sehr wenig erotisch ist, daß ihn erst jetzt, in den Jahren der Reife, das Problem der Liebe künstlerisch zu interessieren beginnt. Verhaeren hat von je alle Leidenschaft, die andere an das Erotische verschwendet haben, im rein Geistigen, im Enthusiasmus, in der Bewunderung zusammengehalten. In seinem Drama spielt die Frau eine fast untergeordnete Rolle, und »Le Cloître« ist vielleicht das einzige Drama von Bedeutung aus unseren Tagen, das unter seinen Personen und auch in seinem inneren Problemkreise keine einzige Frauengestalt aufweist. Und damit entfernt sich schon seine dramatische Absicht zu sehr von den Interessen unseres Publikums. 148

Denn Verhaeren sucht aus einem rein geistigen Konflikt jene Höhe und Hitze der Leidenschaft herbeizuführen, die bisher nur in der Erotik bekannt war, und darum berührt jene Exaltation die meisten der Hörer fremd und teilnahmlos. Alle die von heute, die sich einzig im Theater die Kunst suchen, sind zu flau und zag, um sich für ein rein ethisches Problem in eine solche brennende, mit steten Blitzen zuckende Ekstase aufreißen zu lassen. Nur so kann ich mir den Widerstand gegen Verhaerens Dramen erklären, die voll sind von Schönheit und lebendigen dramatischen, leidenschaftlichen Situationen und die vor allem ein Neues in sich bergen, einen neuen dramatischen Stil. Schon dieses Sichentflammen der Prosa zum Vers, schon dies war neuartig. Aber die ganze dramatische Absicht ist eine andere bei Verhaeren als die gewöhnlich - theatralische. Seine Absicht ist nicht das Interessierenwollen, nicht die Erzeugung von Furcht und Mitleid, sondern von Begeisterung. Er will die Hörer im Theater nicht beschäftigen, sondern will sie in einen Rhythmus reißen. Er will sie trunken machen mit den großen Erregungen, weil nur der begeisterte Betrachter fähig ist, jene letzten Leidenschaften zu erkennen, er will die Menschen fiebern lassen so wie jene Gestalten oben, er will ihr Blut feurig machen, will sie hinausheben über alle kühle, ruhige und kritische Betrachtung. Sein Temperament, das ganz auf Überschwenglichkeit gerichtet ist, seine Kunst, die erst in der Ekstase sich ganz auslebt, will leidenschaftliche Darsteller und leidenschaftliche Hörer. Und nur wenn ein kongenialer Schauspieler, ohne Furcht, ein Pathetiker genannt zu werden, diese Verse wie Sturzbäche niederschleudern würde, wenn er das Demagogische und gleichzeitig das Musikalische des Rhythmus in aller seiner Pracht aufschießen ließe, würde vielleicht jene ideelle Stimmung eintreten können, die Verhaeren für seine Dramen verlangt. Denn er will nichts als ein begeistertes Gefühl, das seinem urschöpferischen entspricht. Er will nicht durch Logik überzeugen, nicht durch Bilder blenden, sondern aufreißen, mit sich reißen, in jenes letzte schwindlige Gefühl, das ihm einzig identisch ist mit der höchsten Form des Lebensgefühles: in die Leidenschaft.

*

In Deutschland hat sich vor allem »Das Kloster« in einer Darstellung bei Max Reinhardt und im Deutschen Volkstheater in Wien das Interesse eines literarischen Publikums erobert und über die Hemmung des

Ungewohnten siegreich triumphiert. »Philipp II.« hat im Münchner Künstlertheater eine mustergültige Darstellung erfahren, »Helenas Heimkehr« dagegen noch nicht den richtigen Rahmen gefunden. In Paris von Ida Rubinstein verkörpert, mit grandios barbarischen Dekorationen von Bakst geschmückt, untermalt mit Musik, wirkte es mehr durch die äußere Pracht dieser etwas sensationell affichierten Inszenierung als durch seine dichterischen Qualitäten, die vom Dekor erdrückt wurden. Eine Darstellung, die seine reine lyrische Linie unverstellt, ohne aufgeschminkte Arabesken siegreich zur Geltung bringt, harrt noch als Aufgabe des genialen Regisseurs, der jene höchste und seltenste Qualität besitzt, sich selber dem Worte unterzuordnen und eine edle Einfachheit nicht durch falsche Fülle zu zerstören. 150

Dritter Teil: Vollendungen

*Les Visages de la Vie / Les Forces tumultueuses / La multiple
Splendeur / Les Rythmes souverains / Toute la Flandre / Les Heures
claires / Les Heures d'après-midi / Les Blés mouvants*

1900–1913

Der Wille zum Weltgedicht

»*Ce vol
Vers la beauté toujours plus claire et plus certaine.*«

E. V.

Der dichterische Bewältigung des Lebens stellt gewissermaßen einen
Verbrennungsprozeß dar. Jeder Dichter nährt die Flamme seines inneren
Wesens, seine künstlerische Leidenschaft mit den Dingen der Umwelt,
wandelt sie zur Flamme und läßt sie gleichzeitig mit sich selbst verlodern.
Je mehr aber mit dem matteren Kreislauf des Blutes die Flamme sich
kühlt, um so schwächer wird dieser Brand, und allmählich lösen sich
aus diesem Verbrennungsprozeß die reinen Kristalle, die Rückstände
jenes Kampfes der inneren Flamme mit den wirklichen Dingen. Das
Werk Verhaerens war in seiner Jugend und in den Mannesjahren eine
unendlich heiße Flamme, gesetzlos, frei und lodernd wie diese. Nun
aber in den Werken des Fünfzigjährigen, wo die Leidenschaft gekühlt
ist, offenbart sich die Sehnsucht, das Ziel dieser Leidenschaft, die innere
Gesetzmäßigkeit dieser Unruhe zu finden. Die Begeisterung für das
Gegenwärtige, die dichterische Verbrennung der Welt in Visionen ohne
den Rückstand von Philosophie und Erkenntnis genügen ihm nicht
mehr. Denn jede tiefere Betrachtung des Gegenwärtigen ist ohne Über-
schreitung der Grenzen nicht denkbar, alles Seiende ist gleichzeitig ein
Gewordenes und wieder ein Werdendes. Nichts ist so ganz nur gegen-
wärtig, daß es nicht mit dem Vergangenen und Zukünftigen innig verbunden wäre. Das Ewige und Bleibende ist die Innenseite aller Erschei-
nungsformen. Und je mehr nun der Dichter die Vision vom Äußeren,
vom Malerischen zur Innenwelt, zur Psychologie wendet, je mehr er

von den äußeren Erscheinungen niedersteigt zu den Wurzeln der Kräfte,
um so mehr muß er das Bleibende hinter dem Wandelbaren der Dinge
erfassen. Keine Erkenntnis des Zeitgenössischen ist fruchtbar, wenn sie
nicht gesättigt ist mit der Erkenntnis der zeitlosen Gesetze, wenn die
wechselnden Erscheinungen nicht als Wandlungen erkannt sind vom
unveränderlichen Urphänomene. Dieser Übergang der Mannesjahre
zum Alter, der Betrachtung zur Erkenntnis ist in der unvergleichlich
organischen Entwicklung dieses Dichters auch ein neuer künstlerischer
Übergang. Ein Übergang: keine Umbildung mehr, sondern eine Fort-
und Rückbildung, sowie ja auch die poetische Form des Gedichtes bei
Verhaeren sich nicht mehr wandelt, sondern nur versteinert. Der Besitz
der Mannesjahre ist ein unverlierbarer, sein Wert kann nur noch gesteigert werden durch die Erkenntnis, die Wertung des Besitzes. Nach den
Mannesjahren wird vielleicht nichts Neues mehr erlebt, die Statik ist
gewonnen, aber das Erlebte wird nur besser verstanden. Das Erlebnis
ist nicht mehr Kampf, nicht mehr ein Unruhiges, ein Entgleitendes,
sondern Besitz. Was die Leidenschaft im Ansprung erkämpft und errungen hat, ordnet und wertet nun die Ruhe. Dieser Übergang von Jugend
und Alter ist bei Verhaeren im Sinne Nietzsches ein Übergang vom
Dionysischen zum Apollinischen, vom Überschwang zur Harmonie.
Seine Sehnsucht ist »vivre ardent et clair«, leidenschaftlich zu leben,
aber zugleich auch klar, sein inneres Feuer zu bewahren, aber seine
Unruhe zu verlieren. Verhaerens Bücher werden immer kristallener in
diesen Jahren, das Feuer in ihnen lodert nicht mehr offen wie ein
flammender Holzstoß, sondern glänzt und funkelt wie aus den tausend
Facetten eines Edelsteins. Der Dampf und die Unrast des Feuers ver-
schwinden, nun klären sich erst die reinen Niederschläge. Aus Anschauungen werden Begriffe, aus ringenden irdischen Energien die ewigen
unabänderlichen Gesetze.

Der Wille dieser letzten Jahre, dieser letzten Werke ist der Wille zum
Weltgedicht. In der Trilogie der Städte hatte Verhaeren die gegenwärtige
Umwelt erfaßt, hatte sie an sich herangerissen, sie bezwungen. Er hatte
in leidenschaftlichen Visionen ihr Bild gestaltet, ihre Form gewonnen,
und nun stand sie neben der wirklichen Welt als seine eigene. Aber ein
Dichter, der sich die ganze Welt schaffen will, die ganze unendliche
Vista ihrer Möglichkeiten neben den Wirklichkeiten, muß ihr alles geben:
nicht nur die Form, nicht nur ihr Antlitz, sondern auch ihre Seele, ihren
Organismus, ihren Ursprung und ihre Entwicklung. Er darf sie nicht

nur malerisch und energetisch begreifen, sondern er muß ihr eine enzyklopädische Form geben. Er muß ihr eine Mythologie schaffen, eine neue Dynamik, eine neue Moral, eine neue Ethik, eine neue Geschichte. Er muß über sie oder in sie einen Gott wirkend und wandelnd stellen. Nicht als Seiendes, nicht als Gegenwärtiges nur darf er sie dichten, sondern als Gewordenes und Werdendes. Vorklang und Ausklang muß sie haben. Diesen Willen zum Weltgedicht haben nun die neuen und wertvollsten Bücher Verhaerens: »Les Visages de la Vie«, »Les Forces tumultueuses«, »La multiple Splendeur«, »Les Rythmes souverains« – Bücher, die schon im Titel die große, das Himmelsgewölbe einschließende Geste andeuten. – Sie sind die Pfeiler dieses gewaltigen Baues, die großen Strophen des Weltgedichtes. Sie sind nicht mehr Aussprache mit sich selbst und mit dem Zeitgenössischen, sondern mit allen Zeiten. »S'élancer vers l'avenir« ist ihre Sehnsucht: weg von den Vergangenheiten zur Zukunft zu sprechen. In ihnen schreitet das Lyrische über die Dichtung hinaus. Es entflammt die Nachbargebiete, die Philosophie und die Religion, entflammt sie zu neuen Möglichkeiten. Denn nicht nur ästhetisch will sich Verhaeren mit den Wirklichkeiten abfinden, nicht nur dichterisch die neuen Möglichkeiten bezwingen, sondern nun auch moralisch und religiös. Die Welt nicht mehr in Einzelerscheinungen zu begreifen, sondern ihre neue Form in ein neues Gesetz zu prägen ist die Aufgabe dieser letzten und bedeutendsten Versbücher. In »Les Visages de la Vie« hat Verhaeren die ewigen Kräfte, die Milde, die Freude, die Kraft, die Tätigkeit, die Begeisterung in einzelnen Gedichten verherrlicht, in »Les Forces tumultueuses« die geheimnisvolle Dynamik der Vereinung, ihr Durchscheinen durch die Formen des Wirklichen, in »La multiple Splendeur« die Ethik der Bewunderung, das freudige Verhältnis der Menschen zu den Dingen und zu sich selbst, und in »Les Rythmes souverains« die erlauchtesten Beispiele der Ideale dargestellt. Längst ist ihm das Leben nicht mehr Schauen und Betrachten:

»Vivre c'est prendre et donner avec liesse
Avide et haletant
Devant la vie et sa rouge sagesse!«

Allmählich ist aus der Beschreibung, aus der dichterischen Analyse ein Hymnus geworden, die »laudi del cielo, del mare, del mondo«, die Gesänge der ganzen Welt und des Ich und darüber die der Harmonie ihrer Schönheit und Vereinung. Das Lyrische ist hier zum Weltgefühl geworden, Erkenntnis zur Ekstase. Über der Erkenntnis, daß es nichts Einzelnes geben könne, daß alles geordnet sei und dem letzten einheitlichen Weltgesetz gehorche, über dieser Erkenntnis erhebt sich ein noch Höheres – über die Weltbetrachtung der Glaube an das Weltgefühl. Der herrliche Optimismus dieser Werke endet im religiösen Vertrauen, daß alle Gegensätze sich regeln werden, der Mensch immer mehr der Erde bewußt sein wird, jeder einzelne in sich sein Weltgesetz entdecken muß, das ihm möglich macht, alles lyrisch, mit Begeisterung, mit Freude zu erfassen.

Hier hebt sich die Dichtung Verhaerens weit über die literarische Grenze hinaus, sie wird Philosophie und wird Religion. Verhaeren war von allem Anfang an ein eminent religiöser Mensch. In der Kindheit war der Katholizismus sein tiefstes Lebensgefühl, aber dieser Katholizismus war ihm untergegangen in den Krisen der Jünglingsjahre, die Religiosität war gewichen der bewundernden Betrachtung vor den neuen Dingen, der Ekstatik vor dem Leben. Aber nun da Verhaeren zum Metaphysischen wieder zurückkehrt, erwacht die alte Sehnsucht. Die alten Götter sind ihm gestorben, Pan ist tot und Christus auch. Da fühlt er das Bedürfnis, sich für diese neue Empfindung, für diese Identität von Ich und Welt einen neuen Glauben zu finden, eine neue Gewißheit, einen neuen Gott. Die neuen Konflikte haben in ihm eine Sehnsucht erzeugt nach neuem Gleichgewicht, sein stürmisch religiöses Gefühl, das glauben will, braucht neue Erkenntnisse. Das Bild der Welt wäre unvollkommen ohne den Gott, der sie beherrscht. Ihm geht alle diese Sehnsucht entgegen, und sie findet ihre Erfüllung. Und diese Erkenntnis gibt ihm die höchste Lebensfreude, den seligsten Lebensstolz.

> »Voici l'heure de sang et de jeunesse,
> Un vaste espoir venu de l'inconnu déplace
> L'équilibre ancien dont les âmes sont lasses.
> La nature paraît sculpter
> Un visage nouveau à son éternité.«

Dieses neue Gottesantlitz zu meißeln ist der Versuch seiner letzten und reifsten Werke, in denen das hartnäckige Nein von einst zu einem lauten, jubelnden Ja des Lebens geworden ist und die einstigen großen Möglichkeiten eine ungeahnte reiche Wirklichkeit.

Der universale Lyrismus

Il faut aimer pour découvrir avec génie.

E. V.

Um die Lyrik Verhaerens als Kunstwerk begreifen zu lassen, muß immer wieder daran erinnert werden, daß Verhaeren ein Nurlyriker ist. Nurlyriker, aber nicht in dem begrenzten Sinne eines, der sich auf das Schreiben von lyrischen Gedichten beschränkt, sondern Nurlyriker in der hohen und erweiterten Bedeutung eines, dem alles zur Emotion wird, der zu allen Dingen, zur ganzen Welt ein lyrisches Verhältnis hat. Und da die innerste Veranlagung eines Menschen unbewußt die treibende Tendenz, die Zielrichtung seines Lebens wird, sein Schicksal und seine Weltanschauung, so muß die Weltanschauung des Lyrikers Verhaeren eine rein lyrische sein, ein lyrisches Weltgefühl. Man verkleinert ihn eigentlich, wollte man sagen, er habe sich auf das Lyrische beschränkt. Es gibt zwar in dem ganzen ausgebreiteten Werke Verhaerens keine Prosa. Ein einziger, ganz schmaler Band Novellen ist vor vielen Jahren erschienen und längst schon vergriffen; aber wie vorbereitend und provisorisch er gedacht war, beweist nichts besser, als daß Verhaeren eine der Novellen dieses Bandes, die Geschichte des Glöckners im brennenden Turm, später in ein Gedicht verwandelt hat. So könnte ich eine Reihe von Gedichten anführen, die im Grunde nichts sind als Novellen, und andere wieder, die gesättigt sind von dramatischer Erregtheit, eigentlich unlyrische Probleme, die aber alle hinübergebogen sind ins Lyrische. Und selbst in den kritischen Bemerkungen über Kunst und in jenem so eindringlichen und schönen Buche über Rembrandt, in dem er den organischen Zusammenhang des Künstlers mit seiner Heimat gewissermaßen als eigenes Erlebnis darstellt, leben die schönsten Stellen nur von Begeisterung. Manche Gedichte wieder sind vergeistigte Kunsttheorie. Die Entstehung der Sprache oder das soziologische Problem der Auswanderung, der nationalökonomische Gegensatz des Agrariertums und Industrialismus, solche Dinge könnten im Essay gesagt werden, ruhig, kühl und übersichtlich dargestellt werden. Aber dies ist das Charakteristische für Verhaeren, daß er sich für kein Ding kalt, matt zu interessieren vermag, sondern sich bewußt oder unbewußt an den Erscheinungen begeistern muß. Die ekstatische Erregung reißt ihn unwillkürlich empor aus dem langsamen Trott zum Lyrismus. Dichtung wird ihm ebenso wie seine Philosophie, wie seine Ethik ein lyrischer Aufschwung. Es ist charakteristisch für die großen Lyriker, wie Walt Whitman, wie Dehmel, wie Carducci, wie Rilke, wie Stephan George, daß sie auf einer gewissen Höhe der Künstlerschaft auf jede andere Form als die lyrische verzichten. Hier wie immer scheint ein Großes nur durch Konzentration, nur durch Abschnürung aller anderen Versuche entstehen zu können. Große Lyrik als Lebenskunst erwächst nur durch Entsagung auf alle anderen Dichtungsformen.

Die unendliche Begeisterung, »le lyrisme universel«, die selige visionäre Empfindung der Welt, gleichsam rollend im ewigen Schwung durch das All, ist das Ziel des Verhaerenschen Werkes. Nicht in isolierten Gedichten die Welt zu beschreiben, sie zu zerreißen in Impressionen, sondern sie selbst als ein loderndes und flammendes Gedicht zu empfinden, *nicht Weltbetrachter, sondern Weltempfinder zu sein,* ist seine höchste Sehnsucht. Zu solchen Zielen wächst eine lyrische Kunst aus anderen Emotionen. Nicht wie bei den meisten aus sanften Dämmerungen, leisen Melancholien kristallisiert sich solcher Trieb zum lyrischen Ausdruck, sondern hier ist es Überschwang, die helle Freude am Leben, die sein Gedicht zeugt. Ein Ausbruch, der in krankhaften Zeiten Paroxysmus war, später reiner Enthusiasmus wurde, aber immer Ausbruch von Kraft. Die lyrische Kunst ist hier eine Entladung des ganzen Lebensgefühles. Die Erregungen stacheln bei Verhaeren nicht den einzelnen Nerv, sondern greifen elektrisch über, reizen das Blut auf, spannen die Muskeln, erzeugen einen ungeheuren Druck und entladen dann die ganze Energie eines mit Kraft und Gesundheit gesättigten Körpers. *Der Wille zur Kraftentladung ist die lyrische Uremotion Verhaerens.* Er will begeistern. Zuerst sich selbst (weil Begeisterung immer einen höheren Zustand der Ekstase darstellt), dann die anderen. Und sein Lyrismus ist vor allem ein Selbstbegeistern, »les pouvoirs magiques de s'hypnotiser soi-même« (Mockel). Er redet sich selbst hinein in die Leidenschaft, gibt sich jenen Urschwung, der dann die andern mitreißt. Nicht einen Mangel, nicht ein Entbehren, nicht eine Klage oder einen Wunsch drückt sein Werk aus, sondern ein Zuviel, einen Reichtum, einen Druck. Keine Abwehr des Lebens ist es, sondern ewiger Ansprung. Sein Gedicht hat nicht die bescheidene Sehnsucht, wie Musik zur Träumerei zu locken, nicht wie Malerei etwas darzustellen, sondern zu wirken wie feuriger Wein: alle Empfindungen stark und glühend zu machen, alle Hindernisse untergehen zu lassen, jenes Leichtwerden, Seligwerden, jene zitternde Trunkenheit zu erzeugen, die alle Erdenschwere überwindet. Den Zustand der Trunkenheit zu erzeugen, »non seulement la glorification de la nature mais la glorification même d'une vision intérieure« ist seine Absicht. Und seine Geste ist nicht eine klagende oder eine abwehrende, sondern die große, schwungvolle der hinweisend erhobenen Hand: »regardez!«, die beschwörende: »dites!«, die anfeuernde, belebende: »en avant«, immer aber eine Geste aus sich selbst heraus gegen etwas zu, immer ein Schwung der Arme von sich selbst weg ins Weltall, immer ein Vorwärtsdrängen, ein Wegreißen von der Schwere. Und wer wirklich diese Gedichte empfindet, spürt nach den letzten Zeilen den Bluttakt rascher, fühlt in sich irgendein Bedürfnis nach körperlicher Bewegung, die große Begeisterung, die irgendwie Tat werden will. *Und dies ist die höchste Absicht seines lyrischen Gedichtes, belebend zu wirken, blutbeschleunigend, feurig zu machen, die Vitalität zu steigern, das Lebensgefühl zu verzehnfachen.*

Aber nicht nur in dieser Uremotion grenzt sich Verhaeren von allen Dichtern ab, die aus Traurigkeiten Sehnsüchten, Verliebtheiten und Melancholie ihre Verse schaffen. Die Lyrik Verhaerens lebt in anderen Bezirken, in anderer Atmosphäre. Verhaeren ist, was ich so nennen möchte, ein Tagdichter, ein Freiluftdichter. Blättert man die lyrischen Werke der Dichter von heute durch, so wird man finden, daß ihre Stimmungen meist aus den Dunkelheiten und Dämmerungen aufsteigen. Da sie selbst nur verschwommen konturieren können, lieben sie die weichen Dämmerungen, die Nacht, da die Dinge keine Härte haben, da sie einem entgegenkommen und sich selbst schon lyrisch formen. Wie Tristan hassen sie den Tag als den Zerstörer der Poesie und hüllen sich in das zitternde »clair-obscur« der Dämmerung. Die wahrhaft großen lyrischen Dichter aber waren von je Tagdichter. Tag- und Lichtdichter, wie die Griechen, denen alle Dinge auch im Sonnenlichte Schönheiten und Heiterkeiten sagten, Tagdichter wie Walt Whitman, der Amerikaner, wie alle Starken und Lebensfreudigen. In Deutschland müssen wir in Dehmel einen der Wenigen lieben, die den Mut haben, den Dingen ins klare Antlitz zu sehen, ohne Furcht vor ihrer Schärfe zu kennen. Verhaeren aber liebt die Dinge um so mehr, als sie intensiv und bestimmt sind, als sie leuchten und sich grell gegenüberstellen. Er überfällt die Dinge nicht gewissermaßen im Schlafe, wenn sie ruhend sind und der Poesie sich ohnmächtig darbieten, sondern wenn sie wach sind und sich mit allen ihren Härten der lyrischen Bezwingung wehren. Er liebt den Tag, der die Dinge hart nebeneinanderstellt, das Licht, weil es das Blut aufreizt, den Regen, der den Körper umschüttert, den Wind, der an der Haut reißt, die Kälte, den Lärm, er liebt alles, was wirklich und vehement auf ihn eindringt, alles, mit dem er kämpfen muß. Er liebt das Harte mehr als das Sanfte, Gerundete, liebt das charakteristische, schwarze, finstere Toledo mehr als das goldene, träumerische Florenz, er liebt den Wind und das Wetter der schroffen, tragischen Landschaften, liebt sogar die lärmenden, donnernden, mit Rauch und Stickluft geschwängerten Großstädte. Seine Nerven sind nicht so hypernervös gespannt, daß sie schon auf Mahnungen, leise Zuckungen stark poetisch reagieren, um dann den wirklichen, impetuosen Lebensreizen in einer Art Ohnmacht kraftlos gegenüberzustehen, seine Nerven sind – nicht stumpf, aber gesund. Was sie stark anfaßt, dem geben sie stark Antwort. Sind die anderen Dichter wie die Sensiblen, die sich bei jeder Kleinigkeit erregen und bei wirklich großen Anforderungen außer Fassung geraten, so ist er der schwer Reizbare, der aber dann, wenn ihm wirklich etwas weh tut, mit der Faust losschlägt. Kunst ist dem Manne im letzten Sinne ein Kampf. *Und Verhaeren liebt nicht das Poetische, das schöngeformt entgegenkommt, sondern das erst bezwungen sein will. Darin liegt das ungemein Männliche seiner Kunst.* Nie könnte man bei den Gedichten Verhaerens auf die Vermutung kommen, sie seien das Werk einer Frau. Und eigentlich hat Verhaeren heute noch kein Publikum bei den Frauen. Denn er ist nicht der Klagende, der um Mitleid bettelt, kein passiver Dichter, sondern ein Kämpfer, einer, der mit allen starken, wilden und lebendigen Dingen so lange ringt, bis sie ihm ihre innerste Schönheit hergegeben haben.

Und dieser Kampf um die lyrische Bezwingung der einzelnen Sensationen wird nach und nach ein Kampf um alle Dinge, um die ganze Welt. Denn Verhaeren will nichts als unlyrisch empfinden, will nicht Bruchstücke lyrisch wegsprengen von der ungeheuren Masse der Wirklichkeit, sondern will sie ummeißeln, will die ganze Welt ummeißeln zum lyrischen Gedichte. Und das ist das Geheimnis seines lyrischen Werkes, das seine Arbeit, seine Aufgabe. Mit einem Male fühlen wir die Distanz zu den meisten lyrischen Dichtern. Sie fühlen sich als Beschenkte, betrachten die Stimmungen, die ihnen zugeflattert kommen, wie bunte Falter, fangen sie ein und spannen sie zärtlich auf. Verhaeren aber ist der Kämpfer, der Arbeiter, der sich alles erobern muß, der die ganze Welt umformen muß, sie umhämmern nach seiner Begeisterung.

Er ist in jenem Sinne lyrischer Dichter, wie ihn Carducci in seinem unvergeßlichen Gedichte geschildert hat. Nicht der Tagedieb, der in die Luft starrt, nicht der Gärtner, der die Wege schmückt und für die Damen zarte Veilchen aufliest.

> »Il poeta è un grande artiere,
> Che al mestiere
> Fece i muscoli d'acciaio,
> Capo ha fier, collo robusto,
> Nudo il busto,
> Duro il braccio, e l'occhio gaio.«

Und dieses »Picchia, picchia«, dieser Rhythmus Carduccis, dieser eherne Hammerschlag der Arbeit klingt als Takt in seinen Gedichten. Alle seine Gedichte sind gearbeitet, errungen, abgezwungen, erkämpft, nichts ist selige Gabe. Manuskripte Verhaerens gleichen einem Schlachtfeld. Denn er ist nicht Gelegenheitsdichter im Sinne Goethes, nie überwältigt vom einzelnen Einfall, sondern er dichtet ein Lebensproblem, eine Tatsächlichkeit oder Geistigkeit in das Lyrische um. Er hämmert die poetische Idee, nachdem er sie in Leidenschaft weißgeglüht hat, durch seinen Rhytmus zum Gedicht. Seine Werke sind Komplexe, einzelne Ideen fesseln ihn, er umgrenzt ihr poetisches Feld, ackert es um, streut die Saat hinein, um nie wieder zurückzukehren. Das einmal Errungene reizt ihn nicht. Poesie ist ihm immer Kampf, immer Arbeit, immer ein Vorsatz. Dem Laien, der gerne das lyrische Gedicht als ein vom Himmel Gefallenes haben möchte, wird diese bewußte Art vielleicht unsympathisch sein, der Künstler aber wird darin die Kraft einer weisen Beschränkung, die Konzentrierung zu einem Ziel, den Willen nicht zum lyrischen Gedichte, sondern zu einem lyrischen Werke erkennen. Ein Gedichtwerk und Lebenswerk wie das Verhaerens schafft nicht das zufällige Gefühl allein und nicht der Enthusiasmus. Ein solches Kunstwerk hat ebenso wie ein Drama seine geistigen Gesetze, die erobernden und verteilenden Kräfte der Intelligenz, den Instinkt und vor allem jenen einheitlichen Willen, der keine toten Punkte, keine leeren Flecken im Werke duldet. Und aus solchem ungeheuren lyrischen Willen ist dieses Werk entstanden. Verhaeren ist kein Glückskind, dem die Kunst fertig in den Schoß fiel, sein Blut ist schweres, germanisches Blut, und so wie bei körperlichen Geschicklichkeiten fehlt ihm auch in der Kunst glücklicherweise jene Leichtigkeit und Geschmeidigkeit des Handwerkers, die auf allen Gebieten eine rasche Mittelmäßigkeit erzeugt. Das dichterische Werk Verhaerens, seine Form, sein Rhythmus, seine Idee, seine Philosophie, seine Architektonik, alles das ist ein Erarbeitetes, ein durch Leidenschaft und hartnäckigen Willen mühsam Erzeugtes, aber darum ein Organisches. Denn Verhaeren ist einer von jenen, die langsam, beharrlich und sicher, nur vom eigenen Erlebnis und nie vom anderen lernen, die aber ein Gewonnenes nie mehr vergessen und verlieren, die wachsen wie die Dinge der Natur, wie Bäume Ring an Ring ihre Kraft gewinnen und sich von Jahr zu Jahr höher über die Erde heben zu immer weiterem Blick über die Horizonte und immer näher in den Himmel hinein.

Und ebendarum, weil diese Entwicklung eine so sehr beharrliche war, weil sie so ganz auf dem Erlebnis fußte, ist die Linie des Aufstieges in seinem Werke so harmonisch und organisch. Kein lyrisches Werk unserer Tage ist so sehr Sinnbild der Jahreszeiten, so sehr Spiegel der menschlichen Periodizität. Die Revolte des Frühlings, die Schwüle des Sommers, die Fruchtreife des Herbstes und die kühle Klarheit des Winters gehen sanft darin ineinander über. In seinen ersten Büchern mußte er in einem Alter, wo manche Frühe schon fertig sind, erst um seine neue Form, um den Ausdruck ringen. Nicht gleich kam er damals bis an das Herz der Dinge, sondern blieb lange in die rein malerische Betrachtung ihrer rein äußerlichen Erscheinung versunken. Dann versuchte er sich in Experimenten, befreite sich in Revolutionen. Aber Schüler, Versucher war er immer in seinem Anfang. In seiner zweiten Epoche, da er wirklich nach innen gelangte, hat er sich, wie jeder Meister, eigene Form gefunden und das Innere mit dem Äußeren gebändigt. Aber nun, da die Materie bezwungen ist, wird es ihn, der Schüler war und jetzt Meister ist, drängen müssen, Lehrer zu werden, aus den Erscheinungen die Kräfte, aus den Kräften die Gesetze, aus dem Irdischen das Ewige auszulösen. Von der müßigen Betrachtung war er aufgestiegen zur leidenschaftlichen Schöpfung, zum tätigen Kunstschaffen. Die letzte Schöpfung der Kunst war von je Umwandlung des Unbewußten in Bewußtheit, die Erkenntnis ihrer Gesetze, vom Wirklichen geht der Weg zum Über wirklichen, zum Glauben und zur Religion. Wie jeder wahrhaft organische Dichter muß Verhaeren den Aufstieg der Weltgeschichte in seiner eigenen Entwicklung wiederholen.

Synthesen

Rêunir notre esprit et le monde
Dans les deux mains d'une simple loi profonde.

E. V.

Nach den großen Visionen der Städte, den wundervollen Deutungen der Demokratie, war ein Augenblick der Beruhigung im Werke Verhaerens. Ein lyrisches Intermezzo kleiner Bücher, die in kurzen Ge-dichten einen Almanach der Monate aufschlagen, das trauliche Glück ehelicher Liebe feiern, die in farbigen Bildern die Legenden Flanderns erzählen und dann in der großen Pentalogie »Toute la Fiandre« die Städte, die Küsten, die Helden und Gestalten der Heimat zu einem einzigen Bilde zusammendrängen. Dann aber geht Verhaeren wieder den alten Weg über die Erde, geht nochmals durch die rauschenden Städte, die schwangeren Felder, wandert entlang dem Meere, noch einmal durch die Landschaften der »Flamandes« und der »Moines«, der »Villes tentaculaires« und der »Campagnes hallucinées«. Es ist nun die Spiralen-rückkehr im Goetheschen Sinne der Entwicklung, die Wiederkehr zum selben Punkt, aber auf höherer Stufe mit erhöhtem Ausblick, in engerem Kreise, und darum näher schon dem letzten, höchsten Punkt. Noch einmal übersieht Verhaeren die moderne Welt. Nun aber mit einem anderen Blick, der nicht mehr an ihrer Erscheinung ruhen bleibt, sondern zur Ursache weiterdrängt. Die Dinge, die er damals sinnlich gesehen, ästhetisch gewertet und umgewertet, blickt er nun von der geistigen Seite an, um sie moralisch zu werten. Er betrachtet die Dinge nicht mehr vereinzelt, reiht nicht Bild an Bild, Vision an Vision wie farbige Kartenblätter, sondern vereint sie zu einer lebendigen Kette. Er durch-spürt die Erscheinungen nicht mehr einzeln und abgelöst, sondern mit jenem Hintergrunde hoher Absicht, sie zu einem Einzigen zusammen-zuschmieden. Nicht einzelne Gedichte mehr entstehen, sondern Frag-mente des Weltgedichtes. Denn seit Verhaeren die Dinge mit bewußter Begeisterung betrachtet, haben sie andere Formen gewonnen. Die An-strengung seiner Epoche erscheint ihm nicht mehr eine solitäre, sondern nur eine Proteusform der ewigen Kraftentäußerung, der Lebenswille nicht mehr Tat des einzelnen Menschen, sondern der lebendig gewordene Urwille der ganzen Menschheit. Und so, wie er früher in seiner Vision eine Synthese der Energien versuchte, so münden ihm nun die Gesetze in ein Letztes und Höchstes, in ein Weltgesetz.

Die lyrische Erhobenheit wölbt nun über die Wirklichkeit den Traum ihrer Gesetze. Aber es ist nicht der bloße Jünglingstraum vor dem Leben mehr, der blutlose, vage, nächtige, unruhige Traum, sondern die Mannessehnsucht, hinter das Leben bis an seine irdische Grenze zu kommen. Es ist die Utopie, die Wirklichkeiten über sich selbst hinaussteigert, der Traum der Gottheit in den Dingen. Kosmischen Schwung sieht Verhaeren in der ganzen Welt. »Le monde est trépidant des trains et des navires.« Die ganze Welt ist erregt von menschlicher Bewegung und Bemühung, überall flammen Manifestationen des Lebensgefühls, überall kämpft die Menschheit um Unsichtbares und vielleicht Unerreichbares. Aber während er früher jede einzelne Energie wertete, begreift er sie nun alle zusammengenommen als eine einheitliche, erkennt hinter dem unbewußten Tun des Einzelnen ein Größeres waltend: die Absicht der ganzen Menschheit. Alle, die da im Material des Zeitlichen wirken, veranschaulichen nur ewige Kräfte, die Trunkenheit, die Tatkraft, die Eroberung, die Freude, den Irrtum, die Erwartung, die Utopie. Und diesen Kräften oder besser diesen Formen der Urkraft gelten seine Gedichte. In »Les visages de la vie« sucht er die Sehnsucht in allen ihren Formen und Zielen zu schildern, ihre Verteilung in menschliche Arbeit, ihre Unruhe, ihre Kraft und vor allem ihre Schönheit. Aber nicht nur die menschlichen Manifestationen erscheinen ihm nun in größeren Zusammenhängen, die Synthese von Realismus und Metaphysik läßt nun auch sein Verhältnis zu den elementaren Dingen reicher und heroischer sein. Wenn er nun ein gleiches Motiv behandelt wie in den ersten Büchern, und man diese Gedichte der ersten und der letzten Epoche einander gegenüberstellt, spürt man mit Staunen und Bewunderung das stumme Wachstum der letzten Jahre. Ich will an ein Beispiel erinnern. Schon früher hat er dem Wind ein Lied gesungen. Aber damals war er ihm der böse Sturm, der die Hütten zaust, an den Schornsteinen rüttelt, wild in die Stuben fährt, der über die Felder wütet und den Winter bringt. Er war eine sinnlose Kraft, in seiner Sinnlosigkeit schön, aber ohne Zweckmäßigkeit, ein unbegreifliches Element, ein abgelöstes Phänomen der Natur. Nun aber fühlt der Gereifte ihn als den Wanderer über die ewige Welt, der alle Länder gesehen hat, der die Schiffe über die Meere treibt, der den Duft von fremden Blumen in sich eingesogen hat und ihn herbringt aus der Ferne, der würzig eindringt in die Brust und sie stählt und erweitert.

Nun liebt er den Wind als eines der tausend Dinge der Erde, die zur Steigerung seines Lebensgefühles beitragen.

> »Si j'aime le vent, l'air, l'espace,
> C'est qu'il grandit mon être et c'est qu'avant
> De s'infiltrer, par mes poumons et mes pores
> Jusqu'au sang dont vit mon corps,
> Avec sa force ou sa douceur profonde
> Immensement il a étreint le monde.«

So wird ihm der Baum Vorbild ewiger Erneuerung der Kraft, Widerstand gegen die Härte des Winters und des Schicksals, Wille zu neuer Schönheit im Frühling. Der Berg erscheint ihm nicht mehr als eine zufällige Erhöhung der Landschaft, sondern ein Großes und Gewaltiges, in dessen Tiefe die Geheimnisse liegen, die Erze und der Ursprung der Quellen, von dessen Höhe aus aber der Ausblick weit über die Welt geht. Der Wald deutet sich ihm als Wirrnis der tausend Wege, und der vielstimmige Choral des Lebens: Alles in der Natur wird Auffrischung und Verlebendigung seiner Vitalität. *Absoluter Wandel der Werte vollzieht sich, seit er Dinge im Ganzen und als Ganzes erfaßt.* Die Reise, früher Flucht vor den Wirklichkeiten, wird ihm nun das Auftun neuer Fernen, neuer Möglichkeiten, der Traum scheint ihm nicht mehr Absonderung vom Leben, sondern Fähigkeit, das Wirkliche von seinem Sein in ein Werdendes zu steigern. Europa ist ihm nicht mehr der Zusammenschluß von Nationen, ein geographischer Begriff, sondern das große Symbol der Eroberung. Das Geld, das Gold betrachtet er nicht verächtlich als Materialisierung des Lebens, sondern als neuen Ansporn für neuen Ehrgeiz. Und das Meer, das in jedem seiner Werke wiederklingt mit seinem unruhigen Rhythmus, ist nicht mehr die räuberische Kraft, die das Land frißt, sondern die heilige Flut, das Symbol stetiger Kraft in ewiger Unruhe, es ist ihm »la mer une et pure comme une idée«. Da alles zusammenhängt, fühlt er sich allem verwandt, in pathetischer Bruderschaft zu den Dingen, er fühlt nicht mehr die Dinge, sondern er liebt sie wie ein Stück seiner selbst, er fühlt das Meer körperlich in sich.

> »Ma peau, mes mains et mes cheveux
> Sentent la mer
> Et sa couleur est dans mes yeux.«

Und so, wie sich sein Lebensgefühl bei jeder Berührung mit den Fluten erneuert, so glaubt er auch an eine körperliche Auferstehung des Körpers aus dem Meer, ein Auftauchen aus einer Flut als »nouveau moment de conscience«. Verhaeren ist in den großen Zusammenhang zurückgekehrt, es gibt keine Erscheinung mehr für ihn in Natur und Menschheit, die ihm nicht Symbol werden könnte, für den großen Lebenstrieb, nicht seine Vitalität anstacheln und befeuern könnte.

Und da er alle Dinge nun mit diesem einen Gefühl beantwortet, so muß sich unwillkürlich aus dieser Einheit des Empfindens auch eine einheitliche Anschauung ergeben. *Der Einheit der Begeisterung entspricht die Einheit der Welt, das monistische Gefühl.* So wie er selbst aus allen Dingen immer nur Steigerung und Erhebung gewinnt, nichts anderes als Lebensgefühl selbst, so müssen alle Erscheinungen und Tätigkeiten eine Synthese sein, alle Kräfte münden in eine einzige Kraft, alle Gesetze in ein einziges Gesetz:

> »Toute la vie avec ses lois, avec ses formes,
> Multiples doigts de quelque main énorme
> S'entr' ouvre et se referme dans une pointe: L'unité.«

Und so muß auch diese Anspannung der ganzen Menschheit, die sich in tausend Formen entlädt, irgendein Gemeinsames sein, ein Kampf gegen etwas, was außerhalb ihrer selbst liegt, gegen einen Widerstand, der sie das Leben noch als schwer, dumpf und trübe empfinden läßt. Ihr Kampf muß gegen etwas sein, was ihr Lebensgefühl hemmt. Und dieses der Menschheit einzig Entgegenstrebende ist für Verhaeren die Suprematie der Natur, die Geheimnisse der göttlichen Einmengung, die Unfreiheit des Menschen vom Schicksal, kurz jede Göttlichkeit außer ihr selbst. Sobald die Menschheit von niemand abhängig sein wird, als von sich und ihrer eigenen Kraft, wird sie auch die große Freudigkeit aller natürlichen Dinge gewinnen.

Dieser Kampf des Menschen um seine Gottwerdung, um seine Unabhängigkeit, seine Freiheit vom Zufall und Übernatürlichen – das ist die große metaphysische Idee des Verhaerenschen Werkes. Seine letzten Bücher wollen nichts anderes darstellen, als diesen einzigen und höchsten Kampf der Menschheit, immer mehr frei zu werden von all dem, was nicht sie selbst, sondern die Natur über sie verhängt, was ihren Willen hemmt, selbst natürlich und elementar zu werden. Dieser Kampf ist die höchste und reinste Anstrengung, denn

> »Rien n'est plus haut, malgré l'angoisse et le tourment,
> Que la bataille avec l'énigme et les ténèbres.«

Ihr Kampf wehrt sich gegen das Dunkel, gegen das Unbekannte, gegen die Himmel, gegen die Gesetze, die sie einschnüren; das ganze Ziel der Menschheit, das sie seit tausend Jahren unbewußt verfolgt, ist Unabhängigkeit, ist sich selbst Gesetz zu werden:

> »L'homme dans l'univers n'a qu'un maître, lui-même
> Et l'univers entier est ce maître dans lui.«

Heute wirkt ihm noch der Zufall entgegen, oder wie manche ihn empfinden, die Göttlichkeit. Ihn gänzlich zu besiegen, den Zufall durch Selbstbestimmung zu ersetzen, wird die große Aufgabe der Zukunft sein. Schon hat man ihm viel genommen. Der Blitz, die gefährlichste Macht des Himmels, ist bezwungen, die Fernen sind überbrückt, die Formen der Natur geändert, die Unbill des Wetters durch gegenseitige Vereinung und Unterstützung abgelenkt. Die Krankheiten werden von Jahr zu Jahr ergründet und gedämmt, immer mehr das Unberechenbare in Berechnung verwandelt. Aber immer mehr muß dieses Unbekannte eine Beute des Menschen werden, dessen höchster Wille ist: »dompter l'inconnu«. Immer mehr dringt sein Blick in das Unterirdische und Geheimnisvolle der Naturwirkung.

> »Aujourd'hui c'est la réalité
> Secrète encore, mais néanmoins enclose
> Au cœur perpétuel et rythmique des choses
> Qu'on veut avec ténacité
> Saisir, pour ordonner la vie et la beauté
> Selon les causes.«

Für diesen Kampf ist jeder ein Soldat im Befreiungskriege der Menschheit, alle stehen in unsichtbarer Reihe beisammen. Jeder, der der Natur eine Erkenntnis abringt, eine Tat schafft, jeder, der dichterisch die andern dazu anfeuert, reißt einen Fetzen des Schleiers ab. Mit jedem

Schritt, den die Menschheit gegen das Dunkel vordringt, mit jedem Fußbreit Landes, das sie erobert, verliert die Göttlichkeit gegen sie an Kraft, bis dann schließlich nichts von dem einstigen Gott übrigbleiben wird, und sich die Identität der beiden Begriffe Menschlichkeit und Göttlichkeit unbewußt vollziehen wird.

>>Héros, savant, artiste, apôtre, aventurier,
Chaque troue à son tour le mur noir des mystères,
Et grâce à ces labeurs groupés et solitaires
L'être nouveau se sent l'univers tout entier.<<

Von dieser Höhe aus gesehen ergibt sich eine neue dichterische Wertung der Berufe. In der ersten Reihe der Kämpfenden stehen für Verhaeren diejenigen, deren Lebensanstrengung es ist, Erkenntnis zu gewinnen: die Männer der Wissenschaft. Verhaeren ist vielleicht der einzige unter den modernen Dichtern, die die Wissenschaft in voller Gleichberechtigung mit dem Poetischen empfunden haben, *der so wie früher im Industrialismus und in der Demokratie neue ästhetische Werte, ebenso in der Wissenschaft die neuen moralischen und religiösen Werte lyrisch entdeckt hat.* Die meisten Dichter bisher hatten die Wissenschaft als Hemmung empfunden, weil sie Furcht hatten vor Deutlichkeiten wie vor Wirklichkeiten. Sie galt ihnen als die Zerstörerin des Mythos, die Vernichtung jenes edlen Aberglaubens, der für sie mit dem Dichterischen untrennbar verbunden war. Aber ebenso wie die Maschine ihnen häßlich erschien, weil die Schönheit sich dort von der äußeren Form in die innere zurückgezogen hatte, so ist auch hier der neue ethische Wert nicht in der Methode, sondern in der Absicht verborgen. Verhaeren wertet die Wissenschaft als die große Kämpferin um die neue Weltanschauung: >>Le monde entier est répensé par leur cervelles.<< Er weiß, daß die kleinen Erkenntnisse, die in unserer Zeit an tausend und tausend Orten zugleich, in Sanatorien und Hörsälen, Sternwarten und Studierzimmern, mit Mikroskopen und chemischer Zersetzung, mit Photographie, Wägung und Berechnung, mit Maßen und Zahlen an Milliarden Beispielen gewonnen werden, daß diese kleinen Erkenntnisse durch Vergleich und Vervielfältigung zu großen Schöpfungen werden können, zu immenser Bereicherung des Lebensgefühls. Und dieser Hymnus an die Wissenschaft ist gleichzeitig auch ein Hymnus an unsere Zeit. Denn keine vor ihr hat so bewußt um die Bereicherung des Wissens gekämpft, keine war so erfüllt von der Sehnsucht nach neuer Erkenntnis und

Umwertung:

>»L'acharnement à tout peser, à tout savoir
Trouille la forêt drue et mouvante des êtres.«

In begeisterten Worten feiert Verhaeren die Wissenschaft als die höchste Anstrengung der Zeit und der Vergangenheit; denn er weiß, daß, was uns heute schon Voraussetzung und Selbstverständlichkeit ist, glühendste Anstrengung von tausend Jahren war, daß der Weg, den wir heute lässig schreiten, mit Märtyrerblut bedeckt ist.

>»Dites, quel sang versé sous les années
Et quelle angoisse ou quel espoir des destinés,
Et quel cerveaux chargés de noble lassitude
A-t-il fallu pour faire un peu de certitude?
Dites, le feu et les bûchers! Dites les plaies,
Les regards fous, en des visages d'effroi blanc,
Dites les corps martyrisés, dites! les plaies
Criant la vérité avec leur bouche en sang.«

Aber er weiß auch, daß die Errungenschaften von heute wieder nur Voraussetzungen sind für die neuen Wahrheiten von morgen. Der Irrtum ist unvermeidlich, aber auch er deckt neue Wege auf. Alle Ziele sind – Brezina, der tschechische Dichter sagt es einmal so schön – schwimmende Inseln, die sich entfernen, sobald wir uns nähern. Das höchste Ziel ist schon in der Anstrengung, in dem so gesteigerten Leben selbst. Der Optimismus Verhaerens wahrt hier die Grenze gegen die Banalität, Verhaeren ist Mystiker genug, um zu wissen, daß ein Unverkennbares und Unerreichbares in allen Dingen erst jene Schönheit des Unbegreiflichen gewinnt. Aber diese Erkenntnis darf die Begeisterung nicht abschrecken:

>»Partons quand même avec notre âme inassouvie,
Puisque la force et que la vie

Sont au delà de vérité et des erreurs.«

Mögen einige letzte Dinge auch für ewig unerforschlich sein: »Plutôt que de peupler leur trous avec des chimaires nous préférons de n'en savoir rien«. Lieber eine gottlose Welt als eine mit falschen Göttern, lieber eine mangelhafte Erkenntnis als eine falsche.

Hier, wo die Heroen der Wissenschaft die Grenze ihrer Möglichkeit erreichen, muß eine neue Gruppe ihnen zur Seite stehen und ihnen am Werke helfen. Die Dichter müssen es sein, die den Glauben predigen, wo das Wissen nicht ausreicht. Sie müssen die Synthese zwischen Wissenschaft und Religion, zwischen dem Irdischen und Göttlichen finden, die neue Synthese: *das religiöse Vertrauen zur Wissenschaft.* Ihr Optimismus muß die Menschen zwingen, an die Wissenschaft zu glauben, so wie sie früher an die Götter geglaubt haben: ohne Beweis, sie müssen von dieser neuen Religion verlangen, was die Kirchenväter für die alte verlangten. Und er selbst, Verhaeren, der einst – wundervoll ist hier wieder ein herbes Nein in jubelndes Ja umgewandelt – im Anfang seines Werkes sagte:

»Toute science enferme au fond d'elle le doute
Comme une mère enceinte étreint un enfant mort«,

er selbst ist heute der erste Begeisterte und Vertrauende. Wo die einzelnen Geister sich noch bekriegen – »dans la lutte de Dieux humains en haut« – wo ihre Erkenntnis noch keine Brücke findet, müssen Dichter mit Vertrauen und Begeisterung den Weg ahnen. Sie müssen Gesetz und Anschauung in eins vereinen, und so wie jene durch die Erkenntnis ihre Begeisterung gefördert haben, so nun durch ihr Vertrauen wieder die Erkenntnisse fördern. Haben sie nicht die Beweise der Tatsächlichkeiten, so gibt ihnen ihre Gläubigkeit die Begeisterung: »Nous croyons déjà ce que les autres sauront«. Sie wittern und ahnen das Neue, noch ehe es geboren ist, vertrauen den Hypothesen noch vor dem Beweis. Sie hören

»Pendant qu'ils disputent et s'embrouillent encore
A coups de textes morts
Et des dogmes de sages«

schon die Schwingen der neuen Wahrheit rauschen. Sie glauben schon an das, was erst spätere Geschlechter wissen werden, empfangen Lebensfreude von dem, was die Späteren erst ihren Besitz nennen werden. Sie zweifeln an nichts; nicht daß der Mensch die Lüfte sich erobern wird, die Krankheiten bezwingen, das Leben heiter und leichter machen, sie verzagen nicht am Fortschritt und überfliegen in der Ekstase alle Hindernisse. »La crie de Fauste n'est plus le nôtre«, die Frage nach Ja und Nein ist längst freudig bejaht, jubelt der Dichter, wir schwanken nicht mehr zwischen der Möglichkeit des Erkennens und der Unmöglichkeit, wir glauben daran, und Glauben und Vertrauen ist schon die höchste Erkenntnis des Lebens. An diesem Optimismus der Dichter müssen nun die andern Erkennenden wachsen, müssen aus diesen Träumen Kraft schöpfen für ihre Tätigkeit, alle müssen sich so ergänzen, um die Einkreisung des Dunkels, die Besiegung Gottes zu vollenden, um

»Emprisonner quand même un jour l'éternité
Dans le gel blanc d'une immobile vérité«.

Für diese letzte Wahrheit, den Menschengott, den sie entdecken sollen, sind die Dichter und Gelehrten die neuen Heiligen, und seine Diener sind alle, deren Stirnen feurig sind vom Fieber der Arbeit, deren Hände verbrennen an den Experimenten, deren Nerven zerreißen von der Anspannung, deren Auge müde wird an den Büchern. Auch allen diesen gilt der Hymnus Verhaerens:

»Qu'ils soient sacrés par les foules, ces hommes
Qui scrutèrent les faits pour en tirer la loi.«

Aber noch weiter reicht die Bewunderung Verhaerens für die Helfer am neuen Werke, für die »saccageurs d'infini«. Nicht nur der Denker und der Dichter erweitert den Lebenshorizont, sondern jeder, der schafft und irgendwie am Werke ist. Nur der Schaffende ist wahrhaft lebendig und wahrhaft Mensch, »seul existe qui crée«. So gilt sein Hymnus auch den Arbeitern, die, ohne den Zweck zu wissen, täglich stumpf in den Minen und auf den Feldern wirken, denn auch sie bauen am Antlitz der Erde, schaffen Berge, wo keine waren, stellen Lichter an den Rand der Meere, bauen Maschinen und die großen Teleskope, die den Himmel belauschen, sie alle schmieden das Rüstzeug der Erkenntnis und bereiten die neue Ära vor. Die Kaufleute, die Schiffe über die Meere senden, die Fäden spinnen zwischen den entferntesten Gebieten, auch sie weben am Netz der großen Einheit; die Händler, die das Gold verbreiten, die Blutzirkulation der Welt beschleunigen, auch sie sind Mitwirkende am Kampfe gegen das Dunkel. Ihr Zusammenschluß gibt der Menschheit erst die große Stärke, sie alle bereiten die Stunde vor, den Augenblick, der nicht ausbleiben kann.

> »Il viendra l'instant, où tant d'efforts savants et ingénus,
> Tant de génie et de cerveaux tendus vers l'inconnu
> Quand même, auront bâti sur des bases profondes
> Et jaillissant au ciel, la synthèse des mondes.«

In feurigen Morgenröten leuchten hier die Tage der Zukunft auf. Zehntausende werden ringen, werden vorbereiten, bis dann der Eine kommt, der den letzten Stein zum Werke fügt, »le tranquille rebelle«, der Christus dieser neuen Religion.

179

> »C'est que celui qu'on attendait n'est point venu,
> Celui que la nature entière
> Suscitera, un jour d'âme et rose trémière
> Sous des soleils puissants non encore connus;
> C'est que la race ardente et fine
> Dont il sera la fleur
> N'a point multiplié ses milliers des racines
> Jusqu'au tréfond des profondeurs.«

Denn diese Vision steigt hier im Werke Verhaerens inbrünstig und glühend auf. Unablässig schreitet die Menschheit fort. Einst war ihr die ganze Welt erfüllt von Göttlichkeit, »jadis tout l'inconnu était peuplé des Dieux«, dann nahm nur ein einziger Gott Recht und Gewalt in seine Hand, aber nun hat die Menschheit durch ihre Kraft und Leidenschaft diesem Unbekannten Jahr um Jahr ein Geheimnis nach dem andern abgerungen. Immer mehr hat sie den Zufall durch Gesetze, den Glauben durch das Wissen, die Furcht durch die Sicherheit überwunden, immer mehr gleitet die Gewalt der Götter in die Hände der Menschen über, immer mehr bestimmen sie ihr Leben selbst, bis es schließlich Selbstbestimmung auf allen Gebieten sein wird; immer weniger sind sie Gesetzen untertan, die sie nicht selbst erschaffen haben, immer mehr werden sie aus Knechten der Natur ihre Herren.

»Races, régnez: puisque par vous la volonté du sort
Devient de plus en plus la volonté humaine.«

Die Götter werden zu Menschen werden, das äußere Schicksal wird zurückkehren in ihre Brust, die Heiligen werden nur mehr ihre Brüder sein und das Paradies die Erde selbst. Am schönsten hat Verhaeren diese Idee in seinem jüngsten Buche ausgedrückt, im Symbol von Adam und Eva. Die vertriebene Eva findet eines Tages die Türen des Paradieses wieder offen. Aber sie kehrt nicht mehr zurück, denn in der Tätigkeit und Lust der Erde ist ihre höchste Freude, ihr Paradies. Niemals ist stärker und glühender die Lust am Sein, am Leben und der Erde dichterisch emporgeführt worden als in diesem Symbol, niemals begeisterter als von diesem Dichter – vielleicht weil er wilder und hartnäckiger als je ein anderer das Leben verleugnet hatte – der Hymnus der Menschheit gesungen worden. Restlos klingen hier die Gegensätze in eine Harmonie zusammen, die letzte Feindlichkeit zwischen Mensch und Natur wird hier zum ekstatischen Gefühl der Gottmenschlichkeit.

Und seltsam, auch hier kehrt wieder der Kreis des Lebens in sich zurück. Das Buch des Alters zu jenen Tagen der Jugend, zu der Schulbank in Gent, wo auch Maeterlinck saß, der andere große Flame. Beide, die sich dort verloren haben, haben sich wiedergefunden auf der Höhe des Lebens, in ihrer Weltanschauung, denn auch Maeterlincks höchste Erkenntnis in seinem Buche »Weisheit und Schicksal« ist, daß im Menschen selbst alles Schicksal beschlossen liege, daß es seine höchste Entwicklung, seine höchste Pflicht sei, das Schicksal, das Äußere, den Gott zu bezwingen. Dieser tiefe Gedanke, der zweimal in unseren Tagen aus flandrischer Erde erblühte, ist auf verschiedenen Wegen gewonnen. Maeterlinck hat ihn erlauscht aus der Mystik des Schweigens, Verhaeren im Lärm des Lebens. Er hat seinen neuen Gott nicht im Dunkel der Träume gefunden, sondern im Lichte der Straßen, überall, wo Menschen sich mühen und aus schweren Stunden die zitternde Blume der Freude wächst.

Die Ethik der Inbrunst

Il faut admirer tout pour s'exalter soi-méme,
Et se dresser plus haut que ceux qui ont vècu.

E. V.

Das metaphysische Ideal, das sich Verhaeren aus der zuerst wildleiden-schaftlichen, dann aber immer übersichtlicheren und geordneteren Be-trachtung des Lebens kristallisierte, hatte Einheit geheißen. Er hat selbst jüngst in einer Rundfrage diese Auffassung programmatisch bestätigt: »Es will mir scheinen«, sagt er, »als müßte die Poesie bald in einen un-zweideutigen Pantheismus ausmünden. Immer mehr erkennen gesunde und ehrliche Geister die Einheit der Welt. Der alte Dualismus zwischen Seele und Leben, Gott und dem Universum verwischt sich. Der Mensch sieht sich als ein Fragment der Weltarchitektur. Er hat Bewußtsein und Verständnis des Ganzen, von dem er einen Teil bildet ... Er fühlt sich umschlossen und beherrscht, während er zugleich umschließt und herrscht ... Er wird durch seine wunderbaren Werke in gewissem Maße der persönliche Gott, an den unsere Väter glaubten. Und ist es möglich, daß die lyrische Begeisterung von einer solchen Befreiung der mensch-lichen Macht unberührt bleiben kann, daß die Dichtung zaudert, das gewaltige Schauspiel zu verherrlichen? Der Dichter braucht sich in die-sem Augenblick nur von dem, was er sieht und hört, was seine Phantasie, seine Ahnung ihm sagt, ergreifen zu lassen, damit junge, vibrierende, neue Werke aus seinem Herzen und seinem Hirn hervorgehen.« Aber bei der Erkenntnis allein darf einer nicht haltmachen, der sich das ganze Bild aufbauen will, er muß der Ordnung der äußeren Dinge auch eine der Innerlichkeit, muß der Erkenntnis des Lebens das korrespon-dierende Gefühl entgegensetzen. Er muß ein ethisches Ideal aufstellen ebenso wie ein metaphysisches, ein Lebensgebot, das dem Lebensgesetz entspricht.

Die großen Dichter entdecken aber nie eine Lebensnorm, eine Moral-satzung, die nicht ein Reflex ihres eigenen inneren Naturgesetzes wäre. Dem Denker, dem ruhigen Betrachter stehen viele Möglichkeiten der Betrachtung offen, dem Dichter, dem Lyriker aber nur eine dichterische Philosophie des Lebens, eine lyrisch erhobene Betrachtung. Während der Philosoph zur Erkenntnis der Einheit durch Maß und Berechnung,

182

durch ein ruhig abwägendes Gefühl der Kräfte gelangen kann, wird ein Dichter das Ähnlichwerden und Einswerden der Dinge erst in der Ekstase, erst im erhobenen Zustande der Begeisterung entdecken können. Er wird seine eigene Bewunderung zum Weltgebot, den Lyrismus auch als moralische Forderung des Lebens erkennen müssen. »Toute la vie est dans l'essor«, das ganze Leben ist in der Ekstase für den Dichter. Und so wie Verhaeren die Dinge nie im Ruhezustand, sondern immer in ihrer inneren Bewegung schilderte, so ist auch sein Begreifen der Welt immer nur im dauernd erhobenen Unruhezustand der Freude und der Bewegung denkbar.

Verhaerens Verhältnis zur Umwelt war von je ein leidenschaftliches. Er ist immer fiebrig an die Dinge herangetreten wie ein Liebender an die begehrte Frau Nur das Erkämpfte gilt ihm als Besitz. Die Dinge gehören noch nicht uns, solange wir an ihnen Vorbeigehen, solange wir sie nur fühllos mit kühlen Augen betrachten wie ein Schauspiel, wie ein wandelndes Gemälde. Um den Zusammenhang zwischen ihnen und uns, zwischen Welt und Dichter, zwischen Mensch und Mensch zu fühlen, um aus dem rein betrachtenden Zustande zur Wertung überzugehen, müssen wir in irgendein persönliches Verhältnis der Sympathie oder Antipathie eintreten. Daß die Verneinung unfruchtbar sei, hatte ihn die erste Krise gelehrt, und die Genesung hat ihm dann gezeigt, daß nur Zustimmung, Bejahung, Liebe und Begeisterung uns zu den Dingen in ein wirkliches Verhältnis setzen kann.

> »Pour vivre clair, ferme et juste
> Avec mon cœur, j'admire tout
> Ce qui vibre, travaille et bout
> Dans la tendresse humaine et sur la terre auguste«.

Ein Ding gehört erst uns, wenn es – nicht so sehr für uns persönlich – als schön, notwendig und lebendig empfunden wird. Wenn wir es bejaht haben. *Und unsere ganze Entwicklung kann darum nur sein, möglichst viel zu bewundern, möglichst viel zu verstehen, möglichst vielen Dingen einmal mit unserem Gefühle nahegetreten zu sein.* Betrachten ist zu wenig, und ebenso Verstehen. Erst wenn wir ein Ding von vornherein bestätigt haben, es als notwendig bestätigt haben, gehört es uns wirklich. Es ist notwendig, in ein Ding mit zustimmendem Gefühl, mit vollkommener innerer Hingebung eingedrungen zu sein, um sein Gesetz – und alle Schönheit ist nur Verkörperung eines unsichtbaren Naturgesetzes – ganz verstanden zu haben. »Il faut aimer pour découvrir avec génie.« Und so muß unsere ganze Anstrengung sein, das Negative in uns zu überwinden, nichts abzulehnen, den kritischen Geist in uns zu töten, das Positive zu stärken, möglichst viel zu bejahen. Auch hier berührt sich Verhaeren mit Nietzsches letzten Idealen: »Das Abwehren, das ›Nichtherauf-kommen-lassen‹ ist eine Ausgabe, eine zu negativen Zwecken verschwendete Kraft« (Ecce Homo), Kritik ist unfruchtbar. Verhaeren ist hier wie immer Relativist der Werte, denn er weiß, daß sie unablässig in Wandlung sich befinden zugunsten eines höchsten Wertes, und darum scheint ihm der Enthusiasmus (das Symbol der Überschätzung) im Sinne einer höheren Gerechtigkeit wichtiger als die anscheinend absolute Gerechtigkeit selbst.

Denn dies ist das Wesentliche: daß wir mit unserer Bewunderung die Dinge oft überschätzen, die ja unabhängig von unserem Ja und Nein ihren inneren Wert bewahren, ist nicht so große Gefahr, als es Gewinn ist, daß wir selbst durch das Bewundern seelisch wachsen. »Admirer c'est grandir.« Denn wenn wir mehr und intensiver bewundern als die anderen, werden wir selbst reicher als die Zaghaften, die sich nur eine Auslese des Lebens schaffen, statt das ganze Leben selbst, die sich selbst beschränken, weil sie sich nur in ein Verhältnis zu einem Teil der Welt und nicht in ein Verhältnis zur Allwelt setzen. Je mehr einer bewundert, desto mehr gehört ihm:

»Il faut admirer tout pour s'exalter soi-même
Et se dresser plus tant que ceux qui ont vécu.«

Denn Bewundern heißt im höchsten Sinne sich selbst unterordnen gegenüber den anderen Dingen. *Je mehr einer seinen persönlichen Stolz unterdrückt, desto höher steht er im moralischen Sinn.* Denn es ist geringere Kraft nötig, sich selbst zu betonen und das andere zu negieren, als sich zu unterdrücken und allem anderen bewundernd hinzugeben. Hier erhebt sich für Verhaeren ein neues ethisches Problem. Eine ganze Stufenleiter der Werte offenbart sich ihm aus dem moralischen Maßstab der Freiheit und Offenheit, mit der ein Mensch Bewunderung entgegenbringen kann, und auf deren höchster Sprosse derjenige steht, der nichts und nichts mehr ablehnt, der jeder Manifestation des Lebens eine Ekstase entgegenbringt. Mehr bewundern können, heißt selbst mehr werden:

»O vivre et vivre et se sentir meilleur
A mesure que bout plus fervement le cœur;
Vivre plus clair, dès qu'on marche en conquête;
Vivre plus haut encore, dès que le sort s'entête
A dessécher la force et l'audace des bras.«

Und so stark muß dieser rastlose Enthusiasmus, diese unablässige Begeisterung an den Dingen werden, daß die Höhe des Aufstieges einen plötzlich selbst in seligem Schwindelgefühle überrascht. Das lyrische Gebot der höchsten Ekstase ist hier ethische Norm:

»Il faut en tes ardeurs te dépasser sans cesse
Etre ton propre étonnementu«.

In diesem Gedanken der ruhelosen Begeisterung, dem Verhaeren prinzipielle Form auch in einem Essay »Weltbewunderung« (Insel-Almanach 1913) gab, hat Verhaeren ein dichterisches Äquivalent zu seinem anderen großen Antrieb der Menschheit geschaffen, ein ethisches Ideal neben das metaphysische gestellt. Denn war bisher die Sehnsucht nach Erkenntnis, jener grandiose Kampf nach der Besiegung des Unbekannten, das einzige, was die Menschen in ein ewig lebendiges Verhältnis zu den neuen Dingen setzte, so ist in der unablässig gesteigerten ekstatischen Bewunderung ein vielleicht noch wertvollerer Trieb aufgedeckt. Bewundern ist mehr als Abschätzen und Erkennen. Sich in Liebe allem hinzugeben ist höher als die Neugierde, alles zu verstehen. »Tout affronter vaut mieux que tout comprendre.« Denn in aller Erkenntnis ist noch ein Rest von Egoismus, vom Stolz des persönlichen Gewinnens, während Bewunderung der Dinge nur Demut enthält, aber jene große Demut, die unendlichste Bereicherung des Lebens ist, weil sie Auflösung in das All bedeutet. Während die Erkenntnis vor manchen letzten Dingen plötzlich haltmachen muß und den Weg von Dunkelheiten versperrt findet, ist der Bewunderung, ist der Ekstase keine Schranke des Ich geboten. *Verschließen sich manche Werte der Erkenntnis, so weigert sich keiner ganz der Bewunderung.* Selbst das Kleinste wird groß, wenn es liebevoll durchdrungen wird, und je größer wir die Dinge werden lassen, desto mehr bereichern wir unseren Lebensinhalt, desto unendlicher machen wir unser Ich. Und es ist die höchste ethische Aufgabe des großen Menschen, in jeder Erscheinung den höchsten Wert zu finden, ihn aus der oft erdrückenden Fülle des Antipathischen und Fremden herauszuschälen. Sich nicht abstoßen lassen durch den Widerstand ist die höchste Vollendung eines edlen Enthusiasmus. Ist irgendein Ding leer von Schönheit, so wird es eine Kraft haben, die durch ihre Energie Schönheit ausdrückt. Wird etwas im bisherigen Sinne fremd und häßlich sein, so wird es die wundervolle Aufgabe geben, den neuen Sinn zu finden, in dem es schön ist. *Und diese neue Schönheit in den neuen Dingen gefunden zu haben, war die tätige Größe des dichterischen Werkes, die nun aus dem Unbewußten bewußt, aus Erkenntnis zum Gesetz wird.* Verhaeren hat, während alle noch die Großstädte als furchtbar und häßlich empfunden haben, ihre Grandiosität gepriesen, während alle die Wissenschaft als Hemmung des Poetischen verabscheuten, sie als reinste Form des Lebens gefeiert. Denn er weiß, daß alles sich wandelt, daß »ce qui fut« hier »le but et l'obstacle de demain«, und umgekehrt, daß das Hemmnis von heute vielleicht schon wieder das Ziel der näch- sten Generation ist. Er hat dichterisch schon erkannt, was die architektonische Bewegung der letzten Jahre in den neuen Großstädten zur Tat gemacht hat, daß die Warenhäuser als Emporien des geistigen Lebens, als neue Zentren der Kräfte für die Kunst Aufgaben sein müssen, wie es früher die Kathedralen waren, daß im Dunst der Großstadt neue Farbwerte für die Maler, neue Aufgaben für die Philosophen warteten, daß alles, was in unserer Zeit groß ist und häßlich erscheint, in der nächsten proportional sein wird und schön genannt werden muß. Der Enthusiasmus für das Neue überwindet bei Verhaeren die Resistenz der Pietät. Verhaeren ist wertvoll geworden für unsere Zeit dadurch, daß er als erster die großen Impressionisten, alle Neuerer der Kunst und der Dichtung erkannte und propagierte. Denn nichts Neues abzulehnen, keinem Ding der Welt fremd zu sein, erst das heißt für ihn die ganze Welt erkennen und sie wahrhaft lieben. Die Stufenleiter der Werte endet oben in diesem absoluten Ideal der Bewunderung der ganzen Welt, nicht nur des Seienden, auch des Werdenden, der Identität jedes Ich mit seiner Zeit und ihren Formen:

»L'homme n'est suprême et clair que si sa volonté

Est d'être lui en même temps qu'il est monde.«

Und da diese schrankenlose Bewunderung den Egoismus zerstäubt – den Egoismus, das ewige Hemmnis aller rein menschlichen Beziehungen – da sie mit einem Wort eine Art brüderliches Verhältnis zu allen Dingen gibt, eröffnet sie auch die Möglichkeit eines Ausgleiches des

Verhältnisses von Mensch zu Mensch. Das Buch »La multiple Splendeur«, das diesen ethischen Ideen definitiven Ausdruck verliehen hat, war ursprünglich unter dem Titel »Admirez-vous les uns les autres« gedacht. Hingebung gilt darin als das höchste Ideal, Hingebung, das Sichverstreuen, Sichverschenken an alle Welt, an alle Menschen. Nicht mehr wie in den früheren Werken ist die Energie, die Kraft und damit das Erobern, das Bezwingen der letzte Sinn des Lebens, sondern die Güte, das Sichverteilen, das Allwerden durch Hingabe an das All. Größe in diesem neuen Sinne entsteht nur durch ekstatische Bewunderung. »Il faut aimer pour découvrir avec génie.« Bewunderung und Liebe sind die stärksten Kräfte der Welt. Sie, die Liebe, wird die höchste Form der neuen Beziehungen sein, sie wird alle irdischen Verhältnisse regeln, sie schafft den sozialen Ausgleich.

> »L'amour dont la puissance est encore inconnue
> Dans sa profondeur douce et sa charité nue,
> Ira porter la joie égale aux résignés.
> Les sacs ventrus de l'or seront saignés,
> Un soir d'ardente et large équité rouge
> Disparaîtront palais, banques, comptoirs et bouges,
> Tout sera simple et clair, quand l'orgueil sera mort,
> Quand l'homme, au lieu de croire à l'égoiste effort
> Qui s'éterniserait, en une âme immortelle
> Dispensera, vers tous, sa vie accidentelle;
> Des paroles, qu'aucun livre ne fait prévoir,
> Débrouilleront ce qui paraît complexe et noir;
> Le faible aura sa part dans l'existence entière,
> Il aimera son sort – et la matière
> Confessera, peut-être, alors ce qui fut Dieu.«

Und noch größer, noch monumentaler, gleichsam in steinernen Gesetzestafeln hat Verhaeren seine neue moralische Idee in einem einzigen Gedichte zusammengefaßt:

> »Si nous nous admirons vraiment les uns les autres,
> Du fond même de notre ardeur et notre foi,
> Vous les penseurs, vous les savants, vous les apôtres,
> Pour les temps qui viendront, vous extrairez la loi.

Nous apportons, ivres du monde et de nous-mêmes,
Des cœurs d'hommes nouveaux dans le vieil univers.
Les Dieux sont loins et leur louange et leur blasphème;
Notre force est en nous et nous avons souffert.
Nous admirons nos mains, nos yeux et nos pensées,
Même notre douleur qui devient notre orgueil;
Toute recherche est fermement organisée
Pour fouiller l'inconnu dont nous cassons le seuil.
S'il est encore là-bas des caves de mystère,
Où tout flambeau s'éteint ou recule effaré:
Plutôt que d'en peupler les coins par des chimères
Nous préférons ne point savoir que nous leurrer.
Un infini plus sain nous cerne et nous pénètre;
Notre raison monte plus haut; notre cœur bout;
Et nous nous exaltons si bellement des êtres
Que nous changeons le sens que nous avons de tout.
Cerveau, tu règnes seul sur nos actes lucides;
Aimer, c'est s'asservir; admirer, se grandir;
O tel profond vitrail, dans l'ombre des absides,
Qui reflète la vie et la fait resplendir!
Aubes, matins, midis et soirs, toute lumière
Est aussitôt muée en or et en beauté.
Il exalte l'espace et le ciel et la terre
Et transforme le monde à travers sa clarté.«

Dieses Gefühl, sich in allen Dingen durch Enthusiasmus wiederzuerkennen, zu leben mit allem, was Existenz und Erscheinung hat, ist Pantheismus, ist germanische Weltanschauung. Aber bei Verhaeren findet der Pantheismus noch seine letzte Steigerung. Identität ist ihm nicht nur zelebrale Erkenntnis, sondern Erlebnis, Identität nicht das Empfinden gleicher Materie und gleicher Seele mit den Dingen, sondern ein untrennbares Einssein. Wer ein Ding so ganz bewundert, daß er hinabsteigt in die Wurzeln seines Gefühles, daß er sich selbst auflöst und negiert, um ganz das andere zu sein, der ist mit ihm in diesem Augenblick der Ekstase identisch. Ekstase ist nicht mehr die Tatsache des im griechischen Wortsinne Aussichheraustretens, des Sichverlierens, sondern auch des Sichwiederfindens in dem andern Ding. Und damit reicht Verhaerens Weltanschauung über den Pantheismus hinaus. Nicht nur brüderlich

190

empfindet er die Dinge, nicht nur sich in ihnen, sondern er lebt sie selbst. Er fühlt nicht sein Blut nur in die anderen Wesen sich ergießen, sondern fühlt überhaupt kein eigenes Blut mehr, nur diesen fremden glühenden Weltstoff in seinen Adern. Ich weiß kein feurigeres Überschäumen, als die Augenblicke Verhaerens, wo er nicht mehr weiß, die Welt von seinem Ich zu unterscheiden, diese Welttrunkenheit ohnegleichen:

> »Je ne distingue plus le monde de moi-même,
> Je suis l'ample feuillage et les rameaux flottants,
> Je suis le sol dont je foule les cailloux pâles
> Et l'herbe de fosses où soudain je m'affale:
> Ivre et fervent, hagard, heureux et sanglotant.«

Alle Formen der Elemente sind ihm persönliches Erlebnis: »J'existe en tout ce qui m'entoure et me pénètre«. Alles Geschehene wird ihm Manifestation des eigenen Körpers, er fühlt alles Weltgeschehen als persönliches Erlebnis:

> »Oh, les rythmes fougueux de la nature l'entière
> Et les sentir et les darder à travers soi,
> Vivre les mouvements répandus dans les bois,
> Le sol, les vents, la mer et les tonnerres,
> Vouloir qu'en son cerveau tressaille l'univers.«

Immer höher schlagen hier die Wellen der Begeisterung, zu immer leidenschaftlicherem Gebot wird dieser Ruf nach Vereinung durch Bewunderung:

> »Exaltez-vous encore et comprenez-vous mieux,
> Reconnaissez-vous donc et magnifiez-vous
> Dans l'ample et myriadaire splendeur de choses!«

Denn wenn die Menschen bislang noch zu keinem reinen Verhältnis gelangten, so war es, meint Verhaeren, weil sie nicht genug Bewunderung hatten, weil sie zu mißtrauisch waren und zu wenig gläubig. »Magnifiez-vous donc et comprenez-vous mieux!« ruft ihnen Verhaeren zu, »admirez-vous les uns les autres!« und berührt sich hier in dieser höchsten

Erkenntnis wieder mit seinem großen amerikanischen Antipoden, der in seinem Paumanoc-Gedichte predigt:

»Ich sage, kein Mensch noch war jemals halb gläubig genug, keiner hat jemals nur halb genug verehrt und angebetet, keiner zu denken nur begonnen, wie göttlich er selbst ist und wie sicher die Zukunft.«

Denn erst in dieser höchsten Ekstase ist höchste Lust. Und darum sind diese Ideale Verhaerens nicht kalte, nüchterne Gebote, sondern leidenschaftlicher Hymnus.

> »Aimer avec ferveur soi-même en tous les autres,
> Qui s'exaltent de même en de mêmes combats,
> Vers le même avenir dont on entend le pas;
> Aimer leur cœur et leur cerveau pareils aux vôtres,
> Parce qu'ils ont souffert en des jours noirs et fous
> Même angoisse, même affre et même deuil que nous.
> Et s'enivrer si fort de l'humaine bataille,
> Pâle et flottant reflet des monstrueux assauts
> Ou des groupements d'or des étoiles là-haut,
> Qu'on vit en tout ce qui agit, lutte ou tressaille
> Et qu'on accepte avidement, le cœur ouvert,
> L'âpre et terrible loi qui régit l'univers.« 192

Diese mystischen Augenblicke der Ekstase, diese Sekunden der Identität, die jeder in seinem Leben in ganz seltenen sonderbaren Momenten erlebt, zur Dauer zu erheben, zum konstanten, unüberwindlichen Lebensgefühl – das ist die höchste Absicht Verhaerens. Seine Weltanschauung konzentriert sich in diesem höchsten Ideal einer unaufhörlich empfundenen, durch Leidenschaft immer wieder neu befeuerten Identität des Ich und der Umwelt.

Denn dann erst, wenn nichts mehr Betrachtung ist und alles Erlebnis, erst nach dieser ungeheuren Bereicherung ist das Leben kein Vegetieren mehr, kein gleichgültiges Dämmern, sondern Lust. Nicht einzelne Lustgefühle, sondern das Leben selbst in allen seinen Formen als höchste Lust zu empfinden, ist das letzte Ziel seiner Kunst. Was er von Julliers sagt, dem Helden von Flandern, »l'existence était sa volupté«, *die Tatsache des Lebens selbst war seine Lust,* ist auch seine eigene höchste Sehnsucht. Er will das Leben nicht nur, um die Spanne auszufüllen, die jedem gegeben ist, sondern um jede einzelne Minute als Tatsache des

Lebens bewußt als Genuß und Glück auszukosten. Und in einem solchen Moment der Ekstase sagt er:

»Il me semble, jusqu'à ce jour n'avoir vécu
Que pour mourir et non pour vivre«,

ein Wort, das mir unvergeßlich scheint, als höchste Ekstase der Vitalität.

Und wunderbar, auch hier ist der Kreis geschlossen, auch hier das Ende der Erkenntnis Verhaerens – wie in so vielen Dingen schon bei ihm – eine Rückkehr zum Anfang. Auch hier ist nichts anderes als ererbter Instinkt zu seliger Bewußtheit geworden. Das erste Buch wie das 193 letzte, die »Flamandes« ebenso wie »Les Rhythmes souverains«, feiern das Leben. Nur freilich das erste bloß seine äußere Form, den sinnlich dumpfen Genuß, das letzte aber das bewußte, gesteigerte sublimierte Lebensgefühl. – Die ganze Entwicklung Verhaerens ist – hier im Einklang mit den großen Dichtern unserer Nation, mit Nietzsche und Dehmel – nicht Unterdrückung, sondern eine bewußte Steigerung der ursprünglichen Triebe. So wie er in seinen ersten Büchern die Heimat schilderte, und ebenso wieder in den letzten, nur daß nun die Horizonte der ganzen Welt sie überhöhen, so kehrt auch hier das Lebensgefühl als Sinn des Lebens zurück, hier nun aber mit allen Erkenntnissen und allen Siegen. Die Leidenschaft, die dort sinnlos und revoltierend war, ist hier Gesetz geworden, das instinktive Lustgefühl an der Gesundheit hat sich gewandelt in eine gewollte bewußte Lust am Leben und an allen seinen Formen. Nun hat Verhaeren wieder den großen Stolz des Starken:

»Je marche avec l'orgueil d'aimer l'air et la terre,
D'être immense et d'être fou,
Et de mêler le monde et tout
A cet enivrement de vie élémentaire.«

Die Gesundheit der starken Rasse, die er früher feierte in den Burschen und Dirnen seiner Heimat, besingt er nun in sich selbst. Und so stark ist die Identität zwischen seinem Ich und der Welt, daß er, der die Schönheit der ganzen Welt singen will, nun sich selbst einbeziehen muß und seinen eigenen Körper feiern. Er, der früher seinen Körper haßte als ein Gefängnis, aus dem er sich nicht entfliehen konnte, der sich selbst »ausspeien« wollte, fügt nun in den Hymnus der Welt die Strophe über sein eigenes Ich.

> »J'aime mes yeux, mes bras, mes mains, ma chair, mon torse, 194
> Et mes cheveux amples et blonds,
> Et je voudrais par mes poumons
> Boire l'espace entier pour en gonfler ma force.«

Das Identitätsgefühl hat ihm dem Persönlichen gegenüber absolute Objektivität gegeben.

Nicht aus Eitelkeit feiert er sich, sondern aus Dankbarkeit. Denn der Körper ist ihm nur das Mittel, die Schönheit, Gewalt und Gabe der Welt zu empfinden, ist ihm eine wundervolle Möglichkeit, durch Stärke in starker Leidenschaft sich an den Dingen zu freuen. Und wunderbar ist dieser Dank des Alternden an sein Auge an das Ohr, seine Brust dafür, daß sie ihn noch heute mit gleicher Glut wie einst die Schönheit der Erde empfinden lassen:

> »Soyez remerciés, mes yeux,
> D'être restés si clairs, sous mon front déjà vieux,
> Pour voir au loin bouger et vibrer la lumière,
> Et vous, mes mains de tressaillir dans le soleil,
> Et vous, mes doigts, de vous dorer aux fruits vermeils,
> Pendus au long du mur parmi les roses premières!
> Soyez remercié, mon corps,
> D'être ferme, rapide et frémissant encor
> Au toucher des vents prompts ou des brises profondes,
> Et vous, mon torse droit et mes larges poumons,
> De respirer, au long des mers ou sur les monts
> L'air radieux au vif qui baigne et mord les mondes!«

Und so feiert er nun alle Dinge, denen er verwandt ist, den Körper, die Rasse, die Ahnen, die ihn geschaffen, das Land, das ihm Jugend gegeben hat, die Städte, die ihm den großen Ausblick verliehen, er feiert Europa, Amerika, Vergangenheit und Zukunft. *Und so wie er sich selbst als stark und gesund spürt, so empfindet auch sein Gefühl die ganze Welt als gesund und groß.* Das ist das Unvergleichliche und vielleicht noch 195 nie Dagewesene in den Versen Verhaerens, was ihn manchen und mir so über die Maßen teuer macht, daß hier Heiterkeit, Weltlust, Freude und Ekstase nicht nur geistig als Stolz empfunden sind, sondern daß diese Lust geradezu *körperlich* mit allen Fibern des Blutes, mit allen Muskeln und Nerven empfunden wird. Seine Strophen sind wirklich, wie Bazalgette so schön sagt: »une décharge d'électricité humaine«, eine Entladung menschlicher, körperlicher Elektrizität. Die Freude wird hier ein körperlicher Exzeß, eine Trunkenheit, ein Überschwang ohnegleichen:

> »Nous appartons ivres du monde et de nous-mêmes,
> Des cœurs des hommes nouveaux, dans le vieil univers.«

Keine Disharmonie ist nunmehr zwischen den einzelnen Gedichten, sie sind ein einziger Aufschwall von Begeisterung, »un enivrement de soi-même«, über die vielen zuckenden, zitternden, unregelmäßigen Ekstasen von einst flammt nun die Ekstase des ganzen Lebensgefühles. Wie eine Gestalt, hoch aufgereckt, stolz und stark steht diese Ekstase in unseren Tagen, in der Hand die Fackel der Leidenschaft mit Jubel zur Zukunft geschwungen, »vers la joie«!

Hier endet das ethische Werk Verhaerens. Und ich glaube, keine Exaltation, keine Erkenntnis kann diese letzte reine Form noch verändern oder verschönern. Eine ungeheure Kraftaufbietung ist hier am Ziel, die Anstrengung eines unserer Stärksten und Unvergleichlichsten. Einst schien die Kraft ihm der Sinn der Welt, nun aber ist er in reinerer Erkenntnis zur Güte, zur Bewunderung gewandelt, jener Kraft, die mit gleicher Intensität wie einst nach außen, nun nach innen gewandt, nicht mehr zur Eroberung zwingt, sondern zur Hingabe, zur grenzenlosen Demut. Über der ungeheuren Wildheit und anscheinenden Zerrissenheit des einstigen Werkes wölbt diese Erkenntnis den versöhnenden Bogen, über »Les Forces tumultueuses« leuchtet »La multiple Splendeur«. Und von ihm selbst gilt das Wort, das er seinem Hymnus der ganzen Menschheit weiht: »La joie et la bonté sont la fleur de sa force.«

Liebe

Ceux qui vivent d'amour vivent d'éternité.

E. V.

So sehr das Werk Verhaerens zeitgenössisch ist, in einem Punkte scheint es sich doch von unserer Epoche zu entfernen, fern zu sein der künstlerischen Bestrebung der anderen Dichter. Die Dichtung Verhaerens ist fast ganz unerotisch. Das Liebesproblem wird bei ihm durchaus nicht wie bei den meisten Dichtern zum Urgefühl aller Empfindungen, sondern betätigt sich fast überhaupt nicht motorisch in seinem Werke, bleibt eine kleine, zart geschwungene Arabeske über den großen architektonischen Formen. Verhaerens Begeisterungen springen aus anderen Quellen. Liebe ist für ihn ein Wort fast ohne sexuelle Betonung, vollkommen identisch mit Begeisterung, Hingebung, Ekstase, und der Zwiespalt der Geschlechter erscheint ihm nicht als die wesentliche, sondern nur eine gelegentliche von den tausendfachen Kampfesformen des Lebens. Die Liebe zur Frau, das sexuelle Bedürfnis ist kaum eine mehr als jede andere im Ringe der Kräfte, nie die wichtigste oder gar die Urkraft, wie etwa bei Dehmel, dem alle großen kosmischen Erkenntnisse erst aus dem Liebeserlebnis bewußt worden sind. Nicht die Flamme des Erotischen, sondern der leidenschaftliche Brand der rein geistigen Triebe erhellt ihm die Horizonte. Die ersten Bücher Verhaerens, jene lyrischen Bücher, die sonst bei Dichtern fast immer Konfessionen der Liebe sind, waren den Landschaften gewidmet und dann sozialen Phänomenen, den Mönchen und den Arbeitern. Seine Dramen haben ihre Kraft aus nur männlichen Konflikten. Damit wird sein Werk, ohnehin schon in ungeheurer Distanz von dem der anderen Lyriker unserer Zeit, noch isolierter. Nur ein einziges Blatt, nicht das erste und nicht das letzte im Buche der Welt, ist für Verhaeren die Liebe, zu viel glühende Leidenschaft und Ekstatik hat dieser Dichter allen einzelnen Dingen und dem All zugewendet, als daß der Schrei der Begehrung an die Frau die anderen noch übertönen könnte.

Diese geringe Betonung der Erotik im Werke Verhaerens scheint mir durchaus keine Schwäche, durchaus kein mangelnder Nerv in seinem künstlerischen Organismus. Vielleicht klingt es paradox, aber es muß gesagt sein: gerade dieser scheinbare künstlerische Mangel deutet auf persönliche Stärke. Verhaeren ist zu ausgesprochen stark-männlich, als daß die Frau das Grundproblem seiner Leidenschaft werden könnte oder ihn in den Fundamenten seines Schicksals erschüttern. Dem wahrhaft Starken wird die Liebe, die Erotik eine Selbstverständlichkeit, der wirkliche Mann empfindet sie nicht als Hemmung und nicht als Lebenskonflikt, sondern als Bedingung wie Nahrung, Luft und Freiheit. Das Selbstverständliche aber wird dem Künstler nie zum Problem. In seiner Jugend hat ihn die Frauenliebe nicht verwirrt, weil sie ihm nicht wichtig genug war, weil seine dichterischen Interessen zunächst auf den gewaltigeren Besitz, auf die Weltanschauung und nicht auf die Frau gerichtet waren. Der wirkliche Mann in der Auffassung Verhaerens lebt seine Kraft nicht in der Erotik aus. Für ihn steht der metaphysische Trieb, das Verlangen nach Erkenntnis, das Bedürfnis, seine innere Statik im Kosmos zu finden, vor der Erotik. »Ève voulait aimer, Adam voulait connaître.« Nur der Lebenssinn der Frau ist Liebe, der Lebenssinn des Mannes ist für Verhaeren vor allem Erkenntnis. Noch deutlicher hat er dieser gesunden Idee in dem frühen Gedichte »Les Forts« Ausdruck

gegeben:

> »Les forts montent la vie ainsi qu'un escalier
> Sans voir d'abord que les femmes sur leurs passages
> Tendent vers eux leurs seins, leurs fronts et leurs visages.«

Unachtsam für die Verlockung der Liebe steigen sie, die Starken, die wirklich Großen, auf zum Himmel, zu den spirituellen Erkenntnissen, pflücken die Früchte der Sterne und der Kometen, und erst dann, ermüdet von ihren einsamen Wegen, im Rückschreiten bemerken sie die Frauen und legen in ihre Hände die Erkenntnisse der großen Welten nieder. *Nicht im Anbeginn, in den ungestümen Jünglingstagen, sondern erst in der Männlichkeit, erst in der Zeit der inneren Reife, kann für Verhaeren die Frau ein großes Erlebnis werden.* Er muß erst Grund unter seinen Füßen fühlen, seinen Platz in der Welt wissen, ehe er sich an die Liebe hingibt. Seltsam ist es, daß dieses Sonett aus den frühesten Jahren stammt, weil es wie eine Ahnung sein eigenes Lebensschicksal vorauserzählt. Denn ihn haben die Bilder der Frauen nicht gehemmt, nicht abgelenkt, die Liebe hat ihn, ich möchte sagen, nur sinnlich beschäftigt, aber nicht seelisch absorbiert. Erst später, in den Jahren, als die Krise seinen Körper unterwühlte, als die Nerven unter der übermäßigen Spannung zusammenbrachen, als die Einsamkeit sich wie ein Feind in ihm aufrichtete, ist eine Frau in sein Leben getreten. Erst dann hat die Liebe und die Ehe – das persönliche Symbol der ewigen äußeren Ordnung – ihm die innere Ruhe gegeben. Und dieser Frau gelten seine einzigen Liebesgedichte. In dem trilogisch aufgestuften Werke Verhaerens, in dieser oft brutalen Symphonie ist auch ein stilles, leises Andante, eine Trilogie der Liebe. Künstlerisch sind diese drei Bücher »Les Heures claires«, »Les Heures d'après-midi« und »Les Heures du soir« nicht geringer im Wert als seine großen Werke, aber leiser. Man hätte von diesem Wilden und Leidenschaftlichen sich vielleicht visionäre überschäumende Ekstasen erwartet, gewitterhafte Entladung der Erotik, aber diese Bücher sind eine wundervolle Enttäuschung. Sie sind nicht für die Menge gesprochen, sondern für eine einzige, sie sind darum nicht laut gesagt, sondern mit halber Stimme. Das religiöse Bewußtsein – denn bei Verhaeren ist alles Dichterische in einem neuen Sinne religiös – findet hier eine andere Form. *Hier predigt Verhaeren nicht, hier betet er.* Diese kleinen Gedichte sind das Private und Persönliche seines Lebens, das Bekenntnis einer unendlichen, aber fast schamhaft abgetönten Leidenschaft. »Oh, la tendresse des forts!« sagt Bazalgette von ihnen begeistert. Und wirklich, nichts Rührenderes kann man sich denken als diesen großen Kämpfer, der hier die tönende Stimme zur Andacht senkt. So wie ein Starker, ein Brutaler, der Furcht hat, mit seiner erzgewohnten Berührung einer zierlichen Frau wehe zu tun, und sie nur leise, ganz vorsichtig wie ein Zerbrechliches anfaßt, so sind diese Verse ganz schlicht, ganz still gesagt, als könnten wilde, zu leidenschaftliche Worte einem so edlen Gefühle gefährlich werden.

Wie schön sind diese Gedichte! Wenn man sie liest, so nehmen sie einen mit leiser Hand und führen einen in einen Garten. Hier sind nicht mehr die trüben Horizonte der Stadt, die Fabriken, nicht der Lärm der Straßen, nicht dieser schwingende, in Sturzbächen tosende Rhythmus, sondern leise Musik wie von sprudelnder Quelle. Die Leidenschaft schnellt einen hier nicht auf zu den großen Ekstasen der Menschheit und des Himmels, sie will nicht wild und begeistert machen, sondern zärtlich und inbrünstig. Die rauhe Stimme ist sanft darin, die Farben sind kristallen und durchsichtig, hier klingt gewissermaßen die ungeheure Stille ausgesprochen, aus der jene großen Leidenschaften ihre Kraft empfangen haben. Aber nicht künstlich sind diese Gedichte. Auch sie sind ganz elementar mit der Natur verwoben, aber nicht mit der großen, wilden und pathetischen Welt, nicht mit dem feurigen Himmel, den Donnern und den Stürmen, nur einen Garten ahnt man hier, ein stilles Haus, um das die Vögel singen, die Blumen duften und wo Stille zwischen blühenden Bäumen hängt. Die Erlebnisse sind äußerlich unscheinbar. Es atmet die Poesie des täglichen Lebens darin, aber nicht die der offenen wildwogenden Straßen, sondern die der verschlossenen Wände, leise Dialoge von kleinen Dingen, zarteste Heimlichkeiten. Es sind die Erlebnisse der persönlichen Existenz, der Alltag zwischen den großen Ekstasen. Die Lampe brennt leise im Zimmer, das Schweigen ist voll leiser Wunder:

>>Et l'on se dit des simples choses:
Le fruit qu'on a cueilli dans le jardin,
La fleur qui s'est ouverte
Entre les mousses vertes,
Et la pensée enclose en des émois soudains
Au souvenir d'un mot de tendresse fanée,
Surpris au fond d'un vieux tiroir
Sur un billet de l'autre année.<<

Hier ist das tiefste Gefühl, Dank und Hingebung, nicht zu Gott und Welt in Ekstase, sondern an einen einzelnen gewandt. Denn Verhaeren ist der unaufhörlich Beschenkte, der sich unablässig begnadet Fühlende, der immer danken muß für das Leben und alle seine Wunder. Unermeßlich, mit jenem Elan, mit jener Unaufhörlichkeit der Erneuerung der Freude, die ja das tiefste Geheimnis seiner Kunst ist, ist hier immer und immer wieder Liebe und Dank gesagt. Wie Orpheus aufsteigt zu Eurydike aus der Unterwelt, so wandelt der Kranke mit gefalteten Händen empor zu der geliebten Frau, die ihn vor dem Dunkel gerettet. Und dankt und dankt immer wieder für die guten Stunden der Stille, immer wieder erinnert er an die erste Begegnung, an die sonnige Güte dieser Tage:

>>Avec mes sens, avec mon cœur et mon cerveau,
Avec mon être entier, tendu comme un flambeau
Vers ta bonté et vers ta charité
Sans cesse inassouvies,
Je t'aime et te louange et je te remercie

D'être venue un jour si simplement
Par les chemins du dévouement
Prendre en tes bienfaisantes ma vie.«

Niedergeneigte Knie, gefaltete Hände sind diese Verse, Liebe, die durch Demut Religion wird.

Aber noch schöner und bedeutender ist vielleicht der zweite Band der Trilogie, »Die Stunden im Abendlicht«; denn hier ist ein Neues entdeckt, eine moralische Schönheit über das Erotische hinaus, eine Größe der Empfindung, wie sie nur edelste Lebenserfahrung verleihen kann. Es ist ein Buch nach fünfzehn Jahren Ehe. Aber die Liebe ist darin nicht ärmer geworden. *Das tiefste Lebensgeheimnis Verhaerens, Gefühle nie zu einem Gleichmäßigen erkalten zu lassen, sondern sie unablässig zu steigern, hat auch aus dieser Liebe keinen Ruhezustand gemacht, auch sie zu einem ewig Belebten und Gesteigerten erhoben.* Und so konnte sie den höchsten Triumph feiern, »vaincre l'habitude«, die Eintönigkeit, die Gefühllosigkeit besiegen. Die immerwährende Ekstase hat sie stark gemacht. Nur wer seine Leidenschaft erneut, lebt sie wirklich. Stillestehen ist hier ein Vergehen: »Je te regarde chaque jour et te découvre.« Jeder Tag hat hier das Gefühl erneut und es unabhängig gemacht von seinem Anfang, von der sinnlichen Freude. Wie im ganzen Werke Verhaerens hat die Leidenschaft sich hier schon vergeistigt, die Ekstase schwingt über das individuelle Erlebnis hinaus. Nicht mehr das Äußerliche ist es, was die nun Alternden an sich lieben. Die Lippen sind matter geworden, der Körper hat an Frische verloren, das Fleisch an Glanz und Farbe, die Jahre der Vereinung haben ihre Spuren in das Antlitz geschrieben. Nur die Liebe hat nichts verloren durch das Verblühen, sie ist stärker geblieben als das Körperliche, sie hat dem Wandel getrotzt, weil sie sich selbst gewandelt und unablässig gesteigert hat. Unerschütterlich ist sie nun und unverlierbar:

> »Puisque je sais que rien au monde
> Ne troublera jamais notre être exalté,
> Et que notre âme est trop profonde
> Pour que l'amour dépende encore de la beauté.«

Das Zeitliche ist hier überwunden, und selbst die Zukunft, selbst der Tod hat keine Schrecken mehr. Ohne Angst, sich zu verlieren, kann der so Liebende – denn »qui vit d'amour vit d'éternité« – an ihn denken, der am Ende aller Wege steht. Keine Furcht wird ihn mehr anrühren, wenn er sich geliebt weiß, und wunderbar hat Verhaeren in einem Gedichte dieser Empfindung Ausdruck gegeben:

> »Vous m'avez dit, tel soir, des paroles si belles,
> Que sans doute les fleurs qui se penchaient vers nous
> Soudain nous ont aimé et que l'une d'entre elles
> Pour nous toucher tous deux, tomba sur nos genoux.
> Vous me parliez des temps prochains où nos années
> Comme des fruits trop murs se laisseraient cueillir,
> Comment éclaterait le glas des destinées
> Et comme on s'aimerait, en se sentant vieillir.
> Votre voix m'enlaçait comme une chère étreinte,
> Et votre cœur brûlait si tranquillement beau
> Qu'en ce moment j'aurais pu voir s'ouvrir sans crainte
> Les tortueux chemins qui vont vers le tombeau.«

Der dritte Band, »Die Stunden des Abends«, hat den stillen Reigen wundervoll vollendet mit einer Reihe Gedichten, die wohl das Alter zum Motive haben, doch niemals als künstlerische Ermattung fühlen lassen. Aus Sommer ist es Herbst geworden, aber ein wie reicher und reifer, golden hängen die Früchte der Erinnerung nieder und glühen im Widerschein der so sehr geliebten Sonne. Noch einmal zieht mit hellen Bildern die Liebe vorbei, verwandelt und geläutert, aber zwingend und stark wie am ersten Tage.

Ich liebe diese kleinen Gedichte Verhaerens mit einer anderen und nicht geringeren Liebe als seine großen und wichtigen lyrischen Werke. Es ist mir nie verständlich gewesen, daß diese Verse – denn bei dem großen Werke Verhaerens mag noch Pietät und die Angst vor dem Neuen manchen zurückschrecken – nicht in den weitesten Kreisen lebendig geworden sind. Denn nie seit der zärtlich schwingenden Musik des »bonne chanson« Verlaines, nie seit den Briefen der Brownings sind in unseren Tagen ähnliche Strophen ehelichen Glückes geschrieben worden. Nirgends ist so rein, so edel, so kristallen, so im höchsten Sinne moralisch die Liebe vergeistigt worden, nirgends ward inniger die Synthese von Liebe und Ehe gestaltet. Mit einer ganz besonderen Liebe liebe ich diese »poèmes francs et doux«, denn hier taucht hinter dem

Wilden und Ekstatischen, hinter dem Leidenschaftlichen und Starken, dem Dichter der »Villes tentaculaires« ein anderer auf, der Einfache, Stille und Bescheidene, der Sanfte und Gütige, wie wir ihn aus seinem Leben kennen. Hier ist jenseits der dichterischen Ekstase die edle Persönlichkeit Verhaerens, in dem wir nicht nur eine dichterische Gewalt, sondern eine menschliche Vollkommenheit verehren. Durch die helle Tür dieser zarten Gedichte geht der Weg zu seinem eigenen Leben. 206

Die Lebenskunst Verhaerens

Je suis d'accord avec moi-même
Et c'est assez.

E. V.

Camille Lemonnier, der Meister seiner Jugend, der Freund seiner Mannesjahre, hat bei dem Feste, das Belgien zu Ehren des Dichters von »Tout la Flandre« veranstaltete, einer dreißigjährigen Freundschaft Ausdruck gegeben und in einer machtvollen Rede ein wundervolles Wort gesagt. »Die Zeiten werden kommen«, sagte er, »wo man, um mit wahrhafter Wirkung vor den Menschen zu erscheinen, vorerst wird beweisen müssen, daß man selbst wahrhaft ein Mensch gewesen ist«, und hat Verhaeren dann gerühmt, wie voll und ganz er dieser hohen Anforderung der Zukunft entsprochen habe, wie sehr er Mensch im Sinne eines Kunstwerkes und einer Vollendung gewesen sei. Denn wer ein großes Kunstwerk schaffen will, muß selbst Kunstwerk sein. Wer nicht nur künstlerisch, sondern auch moralisch wirken und unser Leben an seinem Vorbild formen und erhöhen will, gibt uns das Recht, nach seinem eigenen Leben, seiner eigenen Lebenskunst zu fragen.

Bei Verhaeren steht hinter dem dichterischen Kunstwerk das unvergleichliche Kunstwerk eines großen Lebens, ein wundervoller, siegreicher Kampf um diese Kunst. Denn nur eine ausgeglichene, lebendige Menschlichkeit, nicht eine flinke, kombinatorische Geistigkeit konnte zu solchen Erkenntnissen gelangen. Verhaeren war nie eine harmonische Natur, doppelt mußte daher seine Anstrengung sein, das Chaos seiner Empfindung in eine Welt zu wandeln. Er war ein Unruhiger, ein Unmäßiger, der sich bändigen mußte, in seiner Natur waren alle Keime der Ausschweifung und Zersplitterung, alle Möglichkeiten der Selbstvernichtung und Verschwendung. Nur ein in seinen Zielen sicheres, auf starke Fundamente gestütztes Leben konnte aus den widerstrebenden Neigungen Harmonie erzwingen, nur ein großes Menschentum so disparate Kräfte zu einer Kraft zusammendrängen. Am Ende und am Anfang von Verhaerens Werken, am Ende und am Anfang seines Lebens steht die gleiche große Gesundheit. Der Knabe ist dem gesunden flämischen Lande entwachsen, hat alle Vorzüge der starken Rasse mit sich gebracht. Und vor allem die Leidenschaft. Dieser Leidenschaft zum Übermaße hat er in seinen Jugendjahren gelebt, hat sich ausgetobt nach allen Richtungen, war unmäßig im Studium, im Trunk, in der Geselligkeit, in der Sexualität, war unmäßig in seiner Kunst. Bis an den äußersten Rand seiner Kräfte hat er sich angespannt, aber im letzten Moment wieder zurückgerissen und ist wieder zu sich selbst und seiner Gesundheit zurückgekehrt. Die Harmonie von heute ist kein Geschenk des Schicksals, sondern eine Beute des Lebens. Im entscheidenden Moment wußte Verhaeren umzukehren, um in dem Jungbrunnen seiner Heimat, in der Ruhe der Familie wie Anteus seine Kraft wiederzugewinnen.

Die Erde hat ihn wiedergerufen und die Heimat. Dichterisch und menschlich bedeutet die Heimkehr nach Belgien seine Befreiung, den Triumph seiner Lebenskunst. Wie jenes Schiff, das er in der »Guirlande des dunes« besingt, das über die ganze Welt gefahren ist und selbst halb vernichtet immer wieder nach Flandern heimkehrt, so ist er selbst wieder gelandet, von wo er ausgegangen war. Dichterisch hat er geendet, wo er begonnen hat. Er hat im letzten Werk das Flandern des Jünglings gefeiert, aber nun nicht als provinzieller Dichter mehr, sondern als na- tionaler. Nun hat er Zukunft und Vergangenheit an die Gegenwart gereiht, nun auch Flandern sowie die ganze Welt nicht in einzelnen Gedichten besungen, sondern ganz in ein Gedicht verwandelt. »Verhaeren élargit de son souffle l'horizon de sa petite patrie, et comme le fit Balzac de son ingrat et douce Touraine, il annexe aux plaines flamandes le beau royaume humain de son idéal et de son art.« (Vielé-Griffin.) Er ist heimgekehrt in die Rasse, in die Natur, in die ewigen Kräfte der Gesundheit und des Lebens.

Und nun lebt er in Caillou qui bique, einem kleinen Flecken im Wallonischen. Drei, vier Häuser stehen dort weitab von der Eisenbahn, im Walde versteckt, und doch nahe den Feldern; und unter diesen kleinen Häusern das kleinste, mit ein paar Zimmern und einem stillen Garten, ist das seine. Dort führt er die leise Existenz, die großen Werken immer notwendig ist, dort hält er die einsame Zwiesprache mit der Natur, in die sich die Stimme der Menschen und das Tosen der Städte nicht mehr einmengt, und träumt die Visionen der Welt. Gesunde und einfache Nahrung hat er wie die Landleute; früh geht er über die Felder, spricht mit den Bauern und kleinen Bürgern wie mit seinesgleichen; sie erzählen ihm von ihren Sorgen und kleinen Geschäften, und er hört ihnen zu mit jenem innigen Interesse, das er für jede Form und Abart des Lebens hat. Im Schreiten über die Felder werden die großen Gedichte, der immer rascher werdende Schritt gibt ihnen den Rhythmus, der Wind die Melodie, die Ferne den Ausblick. Wer dort einmal zu Gaste war, wird manches der Landschaft wieder im Gedichte erkennen, manches Haus, manche Ecke, manche Menschen, die kleinen Künste des Handwerkers. Aber wie flüchtig, wie klein erscheint dort alles, was im Gedichte durch die Glut der Visionen glühend, stark und wie ewig ist. Im Herbste lebt Verhaeren im Wallonischen, aber im Frühsommer und Frühling flüchtet er vor seiner Krankheit ans Meer. Flüchtet vor dem Heufieber. Diese Krankeit Verhaerens ist mir immer symbolisch für seine Kunst und für sein Lebensgefühl erschienen, denn es ist, wenn ich so sagen darf, eine elementare Krankheit, daß, wenn die Pollen vom Winde bewegt fliegen, wenn der Frühling sich schwül über die Länder dehnt, ein Mensch dies mitempfindet, daß die Augen sich nun mit Tränen füllen, alle Sinne gereizt werden und der Kopf bedrückt. Dieses Leiden mit der Natur, dieses Insichfühlen des Schmerzes, das dem Frühling vorangeht, diese Qual des Aufbrechens aller Kräfte, des Druckes in der Luft war mir immer wie ein Symbol der elementaren und körperlichen Art erschienen, mit der Verhaeren die Natur empfindet. Denn es ist, als sagte sie, die ihm alle Ekstasen, alle ihre dunklen Geheimnisse gibt, auch ihren Schmerz, als reichten ihre Fäden bis in sein Blut, bis in seine Nerven, als hätte hier die Identität zwischen dem Dichter und der Welt einen noch höheren Grad als bei den anderen Menschen. In diesen schmerzhaften ersten Tagen des Frühlings flüchtet er ans Meer, wo er den Gesang der Winde liebt und die rauschenden Wellen. Dort arbeitet er selten, denn die Unrast des Meeres macht ihn selbst unrastig, nur Träume gibt sie ihm und keine Werke.

Aber Verhaeren ist kein Primitiver mehr. Er ist zu viel mit dem Zeitgenössischen verknüpft, zu sehr in Kontakt mit allen modernen Bestrebungen und Schöpfungen, als daß er sich ganz auf die ländliche Existenz beschränken könnte. In ihm ist jener wunderbare Zwieklang

des modernen Menschen, der mit der Natur in Bruderschaft lebt und
doch ihre höchste Blüte, die Kultur, nicht missen will. Den Winter über
lebt Verhaeren in Paris, in der lebendigsten Stadt; denn die Stille ist
ihm zwar inneres Bedürfnis, aber auch die Unruhe und der Lärm der
großen Städte wertvoller Anreiz. Hier empfängt er die Eindrücke des
lauten Lebens, die dann Gedicht werden in der Stille. Er liebt es, sich
treiben zu lassen von der verworrenen Vielstimmigkeit der Straßen, von
Bildern, Büchern und Menschen Begeisterung zu empfangen. Seit Jahren
verfolgt er, in innigem Zusammenhang mit allem Werdenden und
Wachsenden, die feinsten Regungen der künstlerischen Entwicklung,
auch hier auf das glücklichste Absonderung mit Teilnahme verbindend.
Denn er lebt eigentlich nicht in Paris selbst, sondern in Saint-Cloud, in
einer kleinen Wohnung, die voll mit Bildern und Büchern ist und meist
auch mit guten Freunden. Denn Freundschaft, lebendige, heitere Kame-
raderie ist ihm immer eine Bedingung des Lebens gewesen, ihm, der
sich so ganz herzlich und innig hinzugeben weiß, und kaum ist einer
unter den Dichtern von heute, der so viele zu Freunden hat und so
viele der Besten. Rodin, Maeterlinck, Lemonnier, Meunier, Gide, Mockel,
Vielé-Griffin, Carrière, Signac, Rysselberghe, Rilke, Romain Rolland,
alle diese, die unserer Zeit Großes geschaffen haben, stehen ihm auch
menschlich nahe. In diesen engen Kreisen verbringt er seine Pariser
Tage, sorgsam das vermeidend, was man Gesellschaft nennt, abseits von
den Salons, wo der Ruhm gezüchtet und die Geschäfte der Kunst ver-
mittelt werden. Sein innerstes Wesen ist Einfachheit. Und diese Beschei-
denheit hat ihn ein Leben lang gleichgültig gegen finanzielle Erfolge
gemacht, weil er nie aus seinen primitiven Lebensbedingungen empor
wollte, nie die Sehnsucht des Blendens und Beneidetseins kannte.
Während die andern verwirrt wurden, sich anspornen ließen von Erfol-
gen, sich überhitzten und zu Tode hetzten, ist er ruhig und unbeirrt
seines Weges gegangen. Er hat gearbeitet und sein Werk langsam organisch wachsen lassen. Und so hat ihn auch der Ruhm nicht behelligt,
der langsam, aber mit unaufhaltsamer Sicherheit an ihm emporgewachsen
ist. Es ist eine Lust zu sehen, wie er diese letzte und größte Probe be-
standen hat, wie er ihn mit sicheren Schultern trägt, freudig und doch
ohne Stolz. Belgien feiert ihn heute als seinen größten Dichter. In
Frankreich hat er sich Geltung erzwungen gegen eine innere Neigung.
Am höchsten aber hat es gewertet, daß vom Ausland, von den fremden
Rassen, von ganz Europa und darüber hinaus, selbst von Amerika Ant-

wort kam auf den großen Ruf, daß die kleinen Gehässigkeiten der Nationen vor seinem Werke haltgemacht haben, und vor allem daß die Jugend es ist, die heute mit Begeisterung an seiner Seite steht. Unerschöpflich ist dieses sein Interesse an der Jugend gewesen, vielleicht mit nur zu viel Güte hat er jeden aufgenommen, der am Anfang seines Werkes stand, und ihn ermutigt. Denn unerschöpflich ist seine Freude an fremder Kunst, jenes unendliche Identitätsgefühl macht ihn im höchsten Sinne unparteiisch und begeistert, und es ist eine Wollust, mit ihm vor großen Werken zu stehen und von ihm Begeisterung zu lernen.

Seltsam und zuerst überraschend ist dieser scheinbare Kontrast der dichterischen und der Lebenskunst bei Verhaeren. Denn nie würde man hinter einem so leidenschaftlichen Dichter einen so stillen und gütigen Menschen vermuten. Von den Leidenschaften und Ekstasen spricht nur sein Gesicht – das so viele Maler und Bildhauer schon verlockte – jene Stirne, auf der unter der ergrauenden Locke die tiefen Falten, die jene Krise einst hämmerte, wie Ackerfurchen eingegraben sind. Der überhängende Nietzscheschnurrbart gibt dem Antlitz Gewalt und Ernst. An den vorspringenden, knochigen, scharfgemeißelten Linien erkennt man die bäuerische Abkunft und stärker vielleicht noch am Schritt, dem harten, merkwürdig rhythmischen, vorgebeugten Gang, der erinnert an den Pflüger, wie er gebückt in harter Arbeit über die Schollen stapft, und der rhythmisch immer wieder erinnert an sein Gedicht. Die Güte aber glänzt aus dem Auge, das – »couleur de mer« – wie neugeboren nach all den Mattigkeiten der Fieberjahre, Helligkeit und Frische lebendig lebt, in der herzlichen Spontaneität seiner Gesten. Auch in seinem Antlitz ist Kraft der erste Eindruck, und der zweite, daß diese Kraft durch Güte gebändigt ist. Wie jedes bedeutende Antlitz ist es, ins Plastische übersetzt, die Idee seines Lebens.

Viele werden einst von der Kunst Verhaerens sprechen, viele lieben sie schon heute. Aber ich glaube, keiner wird den Dichter so lieben können, wie manche heute die Kunst seines Lebens lieben, diese einzige Persönlichkeit, eben mit jener Angst und Freude, wie man ein Verlierbares und Unwiederbringliches liebt. Meint man zuerst einen Zwiespalt zu finden zwischen dem Bescheidenen, Sanften, Herzlichen seiner Menschlichkeit und dem Wilden, Heroischen, Spröden seiner Kunst, so entdeckt man sich schließlich ihre *Einheit im Erlebnis, im Gefühl.* Wenn man die Türe schließt hinter einem Gespräch mit ihm oder ein Buch nach der letzten Seite, so bleibt ein gleiches zurück: erhöhte Lebensfreude, Begeisterung, Vertrauen in die Welt, das gesteigerte Gefühl der Lust, das einem das Leben in reineren, gütigeren und grandioseren Formen erscheinen läßt. Gleich stark geht von ihm selbst und seinem Werke diese idealisierende Wirkung des Lebens aus, jede Berührung mit ihm, mit dem Dichter, mit dem Menschen, scheint das Leben zu bereichern und lehrt einem auch für ihn selbst die Wertung, die er für alle Gaben des Lebens so willig hatte: die immer erneute, in Leidenschaft grenzenlos gesteigerte Dankbarkeit.

Die europäische Bedeutung des Werkes

Futur, vous m'exaltez comme autrefois mon Dieu!

E. V.

Die letzte, die entscheidend wirkende Kraft eines jeden, diejenige, die allein erst sein Werk oder seine Tätigkeit zur höchsten Möglichkeit anspannen kann, ist das Verantwortungsgefühl. Verantwortlich sein und sich so empfinden heißt, das ganze Leben gewissermaßen als eine ungeheure Schuld betrachten, die man mit allen Kräften abzuzahlen sich bemühen muß, heißt, seine jeweilige irdische Aufgabe in ihrer ganzen umspannenden Bedeutung, Wichtigkeit und Peripherie zu überschauen und dann seine eigenen innerlichen Möglichkeiten und Fähigkeiten zu ihrer vollkommensten Bewältigung zu erheben. Diese irdische Aufgabe ist nun den meisten schon äußerlich abgegrenzt in einem Amt, in einem Beruf, im Umkreis einer Tätigkeit. Bei einem Künstler aber ist sie gewissermaßen ein unendliches Maß, das nie erreichbar wird, seine Aufgabe daher eine unbegrenzte, eine ewige, nie ermattende Sehnsucht. Da seine Pflicht eigentlich nur sein kann, sich selbst möglichst vollkommen zum Ausdruck zu bringen, so fällt diese Verantwortung mit der Anforderung zusammen, sein Leben und damit auch sein Talent zur höchsten Vollendung zu bringen, im Goetheschen Sinn »das enge Dasein zur Ewigkeit zu erweitern«. Der Künstler ist für sein Talent verantwortlich, weil es seine Aufgabe ist, es zu entäußern. Je höher nun die Idee der Kunst begriffen ist, je mehr sie ihre Aufgabe als Aufgabe zum universellen Lebensausgleich empfindet, um so mehr muß das Verantwortlichkeitsgefühl in einem Schaffenden gesteigert sein.

Verhaeren ist nun von den Dichtern unserer Tage derjenige, der dieses Verantwortlichkeitsgefühl am stärksten empfunden hat. Dichten heißt für ihn nicht nur sich selbst zum Ausdruck zu bringen, sondern das Ringen, Streben, Bemühen der ganzen Zeit, die furchtbare Qual und die Seligkeit des Gebarens der neuen Dinge. Eben weil sein Werk ganz die Gegenwart umfaßt, sie ganz aussagen will, fühlt er sich vor der Zukunft verantwortlich. Für ihn muß ein wahrhafter Dichter die ganze seelische Sorge seiner Zeit veranschaulichen. Denn wenn die Späteren – so wie sie die Monumente abfragen werden nach unserer Kunst, die Bilder nach unseren Malern, die sozialen Formen nach unseren Philosophen – an die Verse und Werke der Heutigen die Frage stellen werden: was war eure Hoffnung, euer Empfinden, euer Ausgleich? wie habt ihr die Städte empfunden, die Menschen, die Dinge, die Götter? – werden wir ihnen antworten können? Das ist die innere Frage seines künstlerischen Gewissens. *Und dieses Verantwortlichkeitsgefühl hat das Werk Verhaerens groß gemacht.* Die meisten Dichter unserer Zeit sind fast unbekümmert um die Wirklichkeit. Die einen spielen zum Tanz auf, erheitern und beschäftigen die Sorglosen im Theater, andere wieder erzählen ihr eigenes Leid, verlangen Mitleid und Mitempfinden, sie, die mit den andern nie empfunden haben. Verhaeren aber wendet sich über Beifall und Mißfall unserer Zeit weit hinüber zu den Späteren:

> »Celui qui me lira, dans les siècles un soir,
> Troublant mes vers, sous leur sommeil ou sous leur cendre,
> Et ranimant leur sens lointains, pour mieux comprendre
> Comment ceux d'aujourd'hui s'armaient d'espoir:
> Qu'il sache, avec quel violent élan ma joie
> S'est, à travers les cris, les révoltes, les pleurs,
> Ruée au combat fier et mâle des douleurs,
> Pour en tirer l'amour, comme on conquiert sa proie.«

Dieses großzügige Verantwortungsgefühl war es im letzten Grunde, das ihn an keiner Erscheinung unserer Gegenwart unbeachtet und ungewertet Vorbeigehen ließ, denn er weiß, daß die Späteren die Frage stellen werden, wie wir jenes Neue, das ihnen schon Besitz und Selbstverständlichkeit ist, damals empfunden haben, als es noch fremd und fast feindlich war. Sein Werk ist diese Antwort. Der wahrhafte Dichter von heute in seinem Sinne muß die Qual und die Mühe des ganzen seelischen Überganges aufzeigen, die mühevolle Entdeckung der neuen Schönheit in den neuen Dingen, die Revolte, die Krise, die Kämpfe, die es uns kostet, all dies zu begreifen, sich ihm anzupassen und es schließlich zu lieben. Unsere ganze Zeit in ihrer irdischen, ihrer materiellen, ihrer seelischen Form hat Verhaeren auszudrücken versucht. Seine Verse stellen lyrisch das Europa um die Jahrhundertwende vor, uns und unsere Zeit, bewußt betrachten sie den ganzen Umkreis der Lebensdinge: *sie schreiben eine lyrische Enzyklopädie unserer Zeit, die geistige Atmosphäre Europas an der Wende des zwanzigsten Jahrhunderts.*

Das ganze Europa spricht durch seine Stimme, spricht über unsere Zeit hinaus, und aus ganz Europa kommt schon vorläufige Antwort. In Belgien ist Verhaeren vor allem der nationale Dichter, der Dichter der Heiden, der Städte, der Dünen und der flandrischen Vergangenheit, der große Erneuerer des heimatlichen Stolzes. Dort steht er zu nahe, um in seiner ganzen Bedeutung erfaßt zu werden. Und auch in Frankreich würdigen ihn die wenigsten nur richtig. Die meisten betrachten ihn dort literarisch als einen Symbolisten und Dekadenten, einen Umformer des Verses, einen kühnen und genialen Revolutionär. Aber die wenigsten sehen das neue und bedeutsame Werk, das in seinen Versen erbaut ist, umfassen die Gesamtheit und Geschlossenheit seiner Weltanschauung. Aber schon ist er wirksam. In vielen Dichtern erkennt man den neuen Rhythmus wieder, den er geschaffen, und ein genialer Schüler wie Jules Romains hat sogar seine Idee des städtischen Gefühles zu neuer Eindringlichkeit gebracht. Am besten aber verstehen ihn jene Franzosen, die in geheimnisvoller Gemeinschaft stehen mit all dem, was groß und drängend ist im Ausland, die ein ethisches Bedürfnis, ein Verlangen nach innerer Umwertung, nach Umbildung der Rassen, nach Internationalität und Vereinung haben, so vor allem Léon Bazalgette, der Entdecker Walt Whitmans, für Frankreich, der Prophet aller starken bewußten Wirklichkeitskunst. Am freudigsten aber hallt die Antwort aus jenen Ländern, die selbst innerlich in sozialen und ethischen Krisen befindlich sind, jenen Ländern, wo das religiöse Bedürfnis vitaler Trieb ist, die den ewigen Gotteshunger haben, vor allem aus Rußland und Deutschland. In Rußland feiert man wie nirgends den Dichter der »Villes tentaculaires«. Als der Dichter der sozialen Erneuerungen wird er auf den Universitäten gelesen, und in den Kreisen der Intellektuellen gilt er als der geistige Wegweiser unserer Zeit. Brjussow, der ausgezeichnete junge Dichter, hat ihn übersetzt und ihm die Möglichkeit der Popularität gegeben. Auch in den andern slawischen Ländern beginnt die Verbreitung seines Werkes.

Am stärksten, eindringlichsten und selbst für uns unerwartet intensiv, die wir dafür gearbeitet hatten, ist Verhaerens Erfolg, und man darf wohl sagen Triumph in Deutschland geworden. Wenige Jahre haben genügt, ihn hier so populär zu machen wie jeden heimischen Dichter, und das schönste seines Erfolges ist, daß man schon zu vergessen beginnt, ihn als Ausländer zu werten. Verhaeren ist heute deutscher Kulturbesitz und vieles der neueren Lyrik, jene wohltuende Wendung zur Lebensbejahung, ohne sein Werk und Wirken nicht mehr zu denken. Unzählig sind die Studien, die man ihm gewidmet hat, die Rezitationsabende, an denen unsere ersten Sprechkünstler – Kainz, Moissi, Kayßler, Heine, Wiecke, Durieux, Rosen, Gregori – ihr Teil hatten, keiner von diesen Interpreten ist aber so glühend begrüßt worden, als dann Verhaeren selbst auf seiner deutschen Tournee, die ihm nicht minder als dem Publikum zum Erlebnis wurde, weil er froh fühlte, daß er nun auch in deutscher Erde für immer mit seinem Werke wurzelt. In Skandinavien, wo Johannes V. Jensen unbewußt das lyrische Werk Verhaerens essayistisch transkribierte, hat Ellen Key, die begeisterte Prophetin des Lebensglaubens, ihm zugejubelt wie keinem andern, und Georg Brandes, der Dichterkröner, ihn mit lauter Zustimmung empfangen. Unablässig in beharrlichem, sicherem Aufstieg, wächst Verhaerens Ruhm. Und vor allem, nicht mehr als Einzelnes wird sein Gedicht betrachtet, sondern als Werk, als Weltanschauung, als Antwort auf die Fragen unserer Zeit, als stärkste und schönste Bereicherung unseres Lebensgefühles. Wo immer man müde ist des Pessimismus, müde der verworrenen Mystik und müde monistischer Flachheit, wo immer sich Sehnsucht rührt nach reiner idealistischer Form der Betrachtung, nach einem neuen Ausgleich zwischen unsern neuen Wirklichkeiten und der alten Ehrfurcht vor den ewigen Geheimnissen, nach der Verirdischung des Göttlichen und der Vergöttlichung des Irdischen, steht sein Name in erster Reihe. Antwort kommt von allen Seiten, aber nicht weil sein Werk eine Frage war, sondern weil es selbst schon Antwort ist auf das unbewußte Begehren nach einer neuen Gemeinsamkeit, in der Menschen aller Nationen sich heute allerorts begegnen.

Aber all dies ist nur ein Anfang. Werke wie das seine, die zu wenig paradox, zu wenig blendend sind, um plötzliche Ekstasen und literarische Moden erzeugen zu können, die eben, weil sie selbst organisch gewachsen sind, nur organisch, aber darum unaufhaltsam in ihrer Wirksamkeit, wachsen können, ergreifen nur langsam die Massen. Erst die Späteren werden die Frucht genießen, deren Reife aus bescheidenster Blüte wir mit immer erneuter Bewunderung gesehen haben. Aus allen Nationen aber reiht sich ein Ring von Menschen, die Verhaerens Persönlichkeit als ein neues Zentrum der Geistigkeit empfinden. Und wir, die wenigen, die wir heute ganz seinem Werke hingegeben sind, dürfen es nur mit jenem Gefühle werten, das er uns selbst als höchstes Lebensgefühl gelehrt hat, mit Enthusiasmus, immer erneuter Dankbarkeit und freudiger Bewunderung. Denn wem in unseren Tagen sollte man diese neue Lebenslehre vom Enthusiasmus als dem seligsten Gefühle reicher und stürmischer entgegenbringen als Verhaeren, der als erster sie in bittersten Kämpfen den Tiefen unserer Zeit bildnerisch entrungen und zum ewigen Gesetze des Lebens erhoben hat?

220

Bibliographie

I. Les Flamandes, poèmes. Bruxelles, Hochsteyn, 1883.

Les Contes de Minuit, prose. Bruxelles (Jeune Belgique), Franck, 1885.

Joseph Heymans, peintre, critique. Bruxelles (Société Nouvelle), 1885.

II. Les Moines, poèmes. Paris, Lemerre, 1886.

Fernand Khnopff, critique. Bruxelles (Société Nouvelle), 1886.

III. Aux Bords de la Route, poèmes. Liège (La Wallonie), 1891.

IV. Les Soirs, poèmes. Bruxelles, Deman, 1887.

V. Les Débâcles, poèmes. Bruxelles, Deman, 1888.

VI. Les Flambeaux noirs, poèmes. Bruxelles, Deman, 1890.

VII. Les Villages illusoires, poèmes, illustrés par Georges Minne. Bruxelles, Deman, 1895.

VIII. Les Apparus dans mes Chemins, poèmes. Bruxelles, Lacomblez, 1891.

Les Campagnes hallucinées, poèmes, ornementés par T. van Rysselberghe. Bruxelles, Deman, 1893.

Almanach, poèmes, illustrés par T. van Rysselberghe. Bruxelles, Dietrich, 1895.

Poèmes (1e série: I, II, III). Paris, Mercure de France, 1895.

Les Villes tentaculaires, poèmes, couvertures et ornementations de T. van Rysselberghe. Bruxelles, Deman, 1895.

Poèmes (2e série: IV, V, VI). Paris, Mercure de France, 1896.

Les Heures claires, poèmes, ornementés par T. van Rysselberghe. Bruxelles, Deman, 1896.

Emile Verhaeren 1883–1896, portrait par T. van Rysselberghe. Bruxelles, Deman, o. J.

Les Aubes, drame lyrique en 4 actes, ornementés par T. van Rysselberghe. Bruxelles, Deman, 1898.

Les Visages de la Vie, poèmes, ornementés par T. van Rysselberghe. Bruxelles, Deman, 1899.

Poèmes (3e série: VII, VIII, *Les Vignes de ma Muraille*). Paris, Mercure de France, 1899.

Le Cloître, drame en 4 actes, prose et vers, ornementé par T. van Rysselberghe. Bruxelles, Deman, 1900.

Images Japonaises, texte d'E.V. …, illustrations de Kwassou. Tokio, Hasegawa, 1900.

Les petites Légendes, poèmes. Bruxelles, Deman, 1900.

Les Villes tentaculaires, précédées des *Campagnes hallucinées*, poèmes. Paris, Mercure de France, 1901.

Les Forces tumultueuses, poèmes. Paris, Mercure de France, 1902.

Philippe II, tragédie en 3 actes, vers et prose. Paris, Mercure de France, 1903.

Toute la Flandre: Tendresses premières, poèmes. Bruxelles, Deman, 1904.

Les Heures d'après-midi, poèmes. Bruxelles, Deman, 1905.

Rembrandt, étude. Paris, Henri Laurens, o. J.

La multiple Splendeur, poèmes. Paris, Mercure de France, 1906.

Toute la Flandre: La Guirlande des Dunes, poèmes. Bruxelles, Deman, 1907.

Les Visages de la Vie: Les Mois, poèmes, nouvelle édition. Paris, Mercure de France, 1908.

Toute la Flandre: Les Héros. Bruxelles, Deman, 1908.

James Ensor, étude. Bruxelles, E. van Oest, 1908.

Les petites Villes à Pignons. Bruxelles, Deman, 1909.

Hélène de Sparte (Helenas Heimkehr). Leipzig, Insel-Verlag, 1909.

Les Rhythmes souverains, poèmes. Paris, Mercure de France, 1910.

Les Heures du Soir. Leipzig, Insel-Verlag, 1911.

Hélène de Sparte. Paris, »Nouvelle Revue Française«, 1912.

Les Blés mouvants. Paris, Crès, 1912.

Les Villages illusoires, avec 15 gravures à l'eau forte par Henry Ramah. Leipzig, Insel-Verlag, 1913.

Rubens. Leipzig, Insel-Verlag, 1913.

Dekadente Erzählungen

Im kulturellen Verfall des Fin de siècle wendet sich die Dekadenz ab von der Natur und dem realen Leben, hin zu raffinierten ästhetischen Empfindungen zwischen ausschweifender Lebenslust und fatalem Überdruss. Gegen Moral und Bürgertum frönt sie mit überfeinen Sinnen einem subtilen Schönheitskult, der die Kunst nichts anderem als ihr selbst verpflichtet sieht.

Rainer Maria Rilke Die Aufzeichnungen des Malte Laurids Brigge **Joris-Karl Huysmans** Gegen den Strich **Hermann Bahr** Die gute Schule **Hugo von Hofmannsthal** Das Märchen der 672. Nacht **Rainer Maria Rilke** Die Weise von Liebe und Tod des Cornets Christoph Rilke

ISBN 978-3-8430-1881-4, 412 Seiten, 29,80 €

Erzählungen aus dem Sturm und Drang

Zwischen 1765 und 1785 geht ein Ruck durch die deutsche Literatur. Sehr junge Autoren lehnen sich auf gegen den belehrenden Charakter der - die damalige Geisteskultur beherrschenden - Aufklärung. Mit Fantasie und Gemütskraft stürmen und drängen sie gegen die Moralvorstellungen des Feudalsystems, setzen Gefühl vor Verstand und fordern die Selbstständigkeit des Originalgenies.

Jakob Michael Reinhold Lenz Zerbin oder Die neuere Philosophie **Johann Karl Wezel** Silvans Bibliothek oder die gelehrten Abenteuer **Karl Philipp Moritz** Andreas Hartknopf. Eine Allegorie **Friedrich Schiller** Der Geisterseher **Johann Wolfgang Goethe** Die Leiden des jungen Werther **Friedrich Maximilian Klinger** Fausts Leben, Taten und Höllenfahrt

ISBN 978-3-8430-1882-1, 476 Seiten, 29,80 €

Erzählungen aus dem Sturm und Drang II

Johann Karl Wezel Kakerlak oder die Geschichte eines Rosenkreuzers **Gottfried August Bürger** Münchhausen **Friedrich Schiller** Der Verbrecher aus verlorener Ehre **Karl Philipp Moritz** Andreas Hartknopfs Predigerjahre **Jakob Michael Reinhold Lenz** Der Waldbruder **Friedrich Maximilian Klinger** Geschichte eines Teutschen der neusten Zeit

ISBN 978-3-8430-1883-8, 436 Seiten, 29,80 €

Erzählungen der Frühromantik

1799 schreibt Novalis seinen Heinrich von Ofterdingen und schafft mit der blauen Blume, nach der der Jüngling sich sehnt, das Symbol einer der wirkungsmächtigsten Epochen unseres Kulturkreises. Ricarda Huch wird dazu viel später bemerken: »Die blaue Blume ist aber das, was jeder sucht, ohne es selbst zu wissen, nenne man es nun Gott, Ewigkeit oder Liebe.«

Tieck Peter Lebrecht **Günderrode** Geschichte eines Braminen **Novalis** Heinrich von Ofterdingen **Schlegel** Lucinde **Jean Paul** Des Luftschiffers Giannozzo Seebuch **Novalis** Die Lehrlinge zu Sais
ISBN 978-3-8430-1878-4, 416 Seiten, 29,80 €

Erzählungen der Hochromantik

Zwischen 1804 und 1815 ist Heidelberg das intellektuelle Zentrum einer Bewegung, die sich von dort aus in der Welt verbreitet. Individuelles Erleben von Idylle und Harmonie, die Innerlichkeit der Seele sind die zentralen Themen der Hochromantik als Gegenbewegung zur von der Antike inspirierten Klassik und der vernunftgetriebenen Aufklärung.

Chamisso Adelberts Fabel **Jean Paul** Des Feldpredigers Schmelzle Reise nach Flätz **Brentano** Aus der Chronika eines fahrenden Schülers **Motte Fouqué** Undine **Arnim** Isabella von Ägypten **Chamisso** Peter Schlemihls wundersame Geschichte **Hoffmann** Der Sandmann **Hoffmann** Der goldne Topf
ISBN 978-3-3430-1879-1, 408 Seiten, 29,80 €

Erzählungen der Spätromantik

Im nach dem Wiener Kongress neugeordneten Europa entsteht seit 1815 große Literatur der Sehnsucht und der Melancholie Die Schattenseiten der menschlichen Seele, Leidenschaft und die Hinwendung zum Religiösen sind die Themen der Spätromantik.

Brentano Die drei Nüsse **Brentano** Geschichte vom braven Kasperl und dem schönen Annerl **Hoffmann** Das steinerne Herz **Eichendorff** Das Marmorbild **Arnim** Die Majoratsherren **Hoffmann** Das Fräulein von Scuderi **Tieck** Die Gemälde **Hauff** Phantasien im Bremer Ratskeller **Hauff** Jud Süss **Eichendorff** Viel Lärmen um Nichts **Eichendorff** Die Glücksritter
ISBN 978-3-3430-1880-7, 440 Seiten, 29,80 €

Erzählungen aus dem Biedermeier

Biedermeier - das klingt in heutigen Ohren nach langweiligem Spießertum, nach geschmacklosen rosa Teetässchen in Wohnzimmern, die aussehen wie Puppenstuben und in denen es irgendwie nach »Omma« riecht.

Zu Recht. Aber nicht nur.

Biedermeier ist auch die Zeit einer zarten Literatur der Flucht ins Idyll, des Rückzuges ins private Glück und der Tugenden. Die Menschen im Europa nach Napoleon hatten die Nase voll von großen neuen Ideen, das aufstrebende Bürgertum forderte und entwickelte eine eigene Kunst und Kultur für sich, die unabhängig von feudaler Großmannssucht bestehen sollte.

Georg Büchner Lenz **Karl Gutzkow** Wally, die Zweiflerin **Annette von Droste-Hülshoff** Die Judenbuche **Friedrich Hebbel** Matteo **Jeremias Gotthelf** Elsi, die seltsame Magd **Georg Weerth** Fragment eines Romans **Franz Grillparzer** Der arme Spielmann **Eduard Mörike** Mozart auf der Reise nach Prag **Berthold Auerbach** Der Viereckig oder die amerikanische Kiste

ISBN 978-3-8430-1884-5, 444 Seiten, 29,80 €

Erzählungen aus dem Biedermeier II

Annette von Droste-Hülshoff Ledwina **Franz Grillparzer** Das Kloster bei Sendomir **Friedrich Hebbel** Schnock **Eduard Mörike** Der Schatz **Georg Weerth** Leben und Taten des berühmten Ritters Schnapphahnski **Jeremias Gotthelf** Das Erdbeerimareili **Berthold Auerbach** Lucifer

ISBN 978-3-8430-1885-2, 440 Seiten, 29,80 €

Erzählungen aus dem Biedermeier III

Eduard Mörike Lucie Gelmeroth **Annette von Droste-Hülshoff** Westfälische Schilderungen **Annette von Droste-Hülshoff** Bei uns zulande auf dem Lande **Berthold Auerbach** Brosi und Moni **Jeremias Gotthelf** Die schwarze Spinne **Friedrich Hebbel** Anna **Friedrich Hebbel** Die Kuh **Jeremias Gotthelf** Barthli der Korber **Berthold Auerbach** Barfüßele

ISBN 978-3-8430-1886-9, 452 Seiten, 29,80 €